知堂谈吃

上册

周作人/著
钟叔河/编订

岳麓書社·长沙

图书在版编目（CIP）数据

知堂谈吃 / 周作人著；锺叔河编订. -- 长沙：岳麓书社，2025. 3
ISBN 978-7-5538-2013-2

Ⅰ. ①知… Ⅱ. ①周… ②锺… Ⅲ. ①散文集—中国—现代 Ⅳ. ① I266

中国国家版本馆 CIP 数据核字（2024）第 019487 号

ZHITANG TAN CHI

知堂谈吃

作　　者 | 周作人
编　　订 | 锺叔河
出 版 人 | 崔　灿
策划编辑 | 刘书乔
责任编辑 | 谢一帆　王　畅
责任校对 | 舒　舍
书籍设计 | 钟　颖
营销编辑 | 唐　睿　向媛媛

岳麓书社出版发行

地址 | 长沙市岳麓区爱民路 47 号
承印 | 长沙超峰印刷有限公司

开本 | 787mm × 1092mm 1/32　印张 | 19. 5　字数 | 288 千字
版次 | 2025 年 3 月第 1 版　印次 | 2025 年 3 月第 1 次印刷
书号 | ISBN 978-7-5538-2013-2
定价 | 108. 00 元

如有印装质量问题，请与本社印务部联系

电话 | 0731-88884129

编者序言

钟叔河

吃是人生第一事，比写文章重要得多。

“民以食为天”，这话谁都承认，不像“文章千古事，得失寸心知”之类文人墨客自我陶醉的雅言，一句“吃饱了撑的”就足够使摇而晃之的脑袋低成九十度。

其实文人也是人，他的第一件事也是吃，不过他未必善于吃，更未必善于谈吃。

《招魂》和《七发》都谈了吃，但一是为了骗死人，一是为了骗活人，谈吃而意实不在吃。束皙《饼赋》、陆羽《茶经》，算是专门谈吃的了，却又太像今之食品介绍或生活指南，文学性稍嫌不够。

我们这些普通人感兴趣的，例如苏东坡这首诗：

三年京国厌藜蒿，长羡淮鱼压楚糟。

今日骆驼桥下泊，恣看修网出银刀。

不知列位看官感觉如何，鄙人所欣赏的还不只是活蹦乱跳的鲜鱼，首先是苏东坡那一副若无其事的态度。

贬谪出京，在以做官为性命的人看来，应该如丧考妣了，可是他却因为从此可以享受早已艳羡的“淮鱼压楚糟”而洋洋得意，简直比连升三级还要高兴。

对照一下我们自己，如果一年到头被各种压力压得驼背弯腰，什么菜肴夹到口里都味同嚼蜡，岂不太窝囊，太对不起自己这一世了吗？还是打起精神，打开炉灶，做一顿好吃的再说罢！

由此可见，谈吃也好，听谈吃也好，重要的并不在吃，而在于谈吃亦即对待现实之生活时的那种气质和风度。

感兴趣的还有知堂这首诗：

红日当窗近午时，肚中虚实自家知。

人生一饱原难事，况有茵陈酒满卮。

有此种气质和风度，则在无论怎样枯燥、匮乏以至窒息的境遇中，也可以生活，可吃，可弄吃，亦可谈吃，而且可以吃得或谈得津津有味也。

鄙人非美食家，从不看“名菜大全”“食材大典”这类东西，却喜看会写文章的人偶尔谈吃的文章，盖愚意亦只在从杯匕之间窥见一点前辈文人的风度和气质，而糟鱼与茵陈酒的味道实在还在其次。今应出版社之请，将知堂谈吃文字辑为一册，书此数行，即以为序。

一九九〇年一月三十日于长沙，锺叔河。

【重版题记】 本书为十四年前应卫建民君之约而编选的，由商业出版社出版以后，听说读者反映还好，还评得了一个什么图书奖（卫君告诉过我，却早就忘记了）。

知堂其实并不是一个讲究吃的人，我也一样。我喜欢这些文章的原因，正如序言中所说，并不在于他谈吃本身，而在于他谈吃也就是他对待生活的态度，当然文章好也是重要的一点。

山东画报出版社段春娟女士看中了这本十四年前的小书，决定重新来出版，我以为是很有眼光的，所以欣然同意，并且重读了一遍，改正了排印的一些错误。我以为，尽管如今吃得更好更讲究，谈吃的也更多，“肚中虚实自家知”的却未必能有几个，写得出这样文章的就更少了。

二〇〇四年初夏，锺叔河于长沙城北之念楼。

【三版题记】《知堂谈吃》原称《周作人散文和诗一百篇》，实际上是文九十四篇，诗三十首则归为六篇了。它于一九九〇年和二〇〇五年由两家出版社印过两版，脱销已久。此次增订，从《周作人散文全集》中搜得原版失收的八十六篇，又节录港版《周作人晚年书信》中谈吃食较多的信十一封①为《与鲍耀明书》（节抄）一篇，篇数差不多增加了一倍，所收文章从九十四篇变成了一百八十一篇。

这一百八十一篇，写作从光绪戊戌到“文革”开始，前后长达六十八年。以一九四九年新中国成立分界，前五十一年中周作人只写了四十二篇，如《结缘豆》《谈食鳖》诸篇，还“谈吃而意实不在

① 本书增补为十七封。

吃”，于食物和食事之外，尽有使读者不得不深长思之的内容，远远不是“谈吃”所能范围的。而后一十七年中却写了一百三十九篇，尤其是从一九五〇年起的两年半时间，他在《亦报·饭后随笔》专栏里就“谈”过一百一十四次“吃”，用他自己的话说是“为稻粱谋”即挣稿费维持生活，“人生一饱原难事”，他这句诗在这里算用上了。但即使是这些文章，仍然是大家的手笔，细心和有心的读者是不难发现的，正如他为孟心史作的一副挽联：

野记偏多言外意；

新诗应有井中函。

其然，岂其然乎！

二〇一六年一月十一日子夜，锺叔河于长沙城北之念楼。

【新版题记】 一九九〇年本书初版，中国商业出版社首印五千册，责编卫建民带我往访八道湾，知堂旧迹已难寻觅，编者序言便是我归来后写的。

山东画报出版社二〇〇五年重版首印六千册，责编段春娟在前勒口上引知堂二语后，还附上了编序中“重要的并不在吃，而在于谈吃亦即对待现实之生活时的那种气质和风度”这一句，亦使我心生感激。

二〇一七年中华书局的第三版（首印亦六千册）先是由于方韶毅君的看重，后来的责编胡正娟也很是用心，使书的印装质量大为提高，还想争取再印彩色插图本，其工作热忱实在可佩。

新版现由岳麓书社接手，完全是我主持编订的“周作人著作四十种”[1]已交给该社出版的缘故。因为本书所收诸文均出有本人校记，所以不便再给别处印行了。

二〇二四年八月，锺叔河于长沙。

① 即岳麓书社出版的《周作人作品集》第一辑、第二辑，第一辑二十种，第二辑二十种，共四十种。

目录

上册

戊戌日记三则①

◇ 1898.2.20—5.13

正月三十日，雨。上午兄去。食水芹，紫油菜，味同油菜，第茎紫如茄树耳，花色黄。兄飧归，贻予建历一本，口香饼二十五枚。作《炒红果法》，存稿。

二月初五日，晴，燠暖异常。上午，食龙须菜，京师呼豌豆苗，即蚕豆苗也，以有藤似须故名，每斤四十馀钱，以炒肉丝，鲜美可啖。

闰三月廿三日，雨。食莴苣笋，青鲳鲞，出太湖，每尾二十馀文，形如撑鱼，首如带鱼，背青色，长约一尺，味似勒鱼，细骨皆作入字形。午晴，下午小雨即止，天色蔚蓝可玩。

【锺校】

① 日记及自日记中辑出的文章均据原件影印本，下同。

江南杂记[1] 七则

◇ 1902.4.11—7.17

莴苣菜生食鲜脆，江南人用以煮肉，味如蒲子。

（三月初四日）

红萝卜[2]大如芋头，色红如胭脂，皮甚薄，味甘。捶碎，不可用刀切，加秋油拌食。江南人杂以莴苣片，红绿相间可喜。

（三月十一日）

【锺校】

① 自日记中辑出，“江南”二字今增。

② “卜”原作“蔔”。

江南笋甚少。淡笋无[1]大者，长只五六寸。百钱得六七支。切片同咸菜炒食甚好，土人颇珍之。然吾乡则为常物，以菘芥蔓菁视之，每斤只需青蚨数翼。

（三月廿二日）

紫苋菜长尺许，如常苋，叶深碧，茎[2]鲜红。瀹熟，汁作胭脂色，味尚可口。江南有之。

（五月初二日）

《前汉书·苏武传》：掘野鼠去草实而食之。苏林注：取鼠所去草实而食之。张晏注：取鼠及草实，并而食之。刘攽注：今北方野鼠之类甚多，皆可食。诸注未知孰是，然苏说似为近之。颜师古训去为藏，盖亦以苏说为是也。

（五月廿四日）

蟠桃大如茶杯，色青黄，形扁，如吾乡之双合

【锺校】

①“无”原作“毋”。

②“茎”原作“筋”。

桃。皮多斑驳痕，食之甘美。海上有之，价甚贵，且不能致远。由轮舟递宁，隔宿辄败，十八娘之流亚也。

（六月十一日）

六月中，江南人买小藕，切片瀹微熟，去水，加秋油、醋拌食，以为馔，色淡紫可爱，味不甚佳。

（六月十三日）

北京的茶食

◇ 1924.2

在东安市场的旧书摊上买到一本日本文章家五十岚力的《我的书翰》，中间说起东京的茶食店的点心都不好吃了，只有几家如上野山下的“空也”，还做得好点心，吃起来馅和糖及果实浑然融合，在舌头上分不出各自的味来。想起德川时代江户的二百五十年的繁华，当然有这一种享乐的流风馀韵留传到今日，虽然比起京都来自然有点不及。北京建都已有五百馀年之久，论理于衣食住方面应有多少精微的造就，但实际似乎并不如此，即以茶食而论，就不曾知道什么特殊的有滋味的东西。固然我们对于北京情形不甚熟悉，只是随便撞进一家饽饽铺里去买一点来吃，但是就撞过的经验来说，总没有很好吃的点心买到过。难道北京竟是没有好的茶食，还是有而我们不知道呢？这也未必全是为贪口腹之欲，总觉得住在古老的京城里吃不到包含历史的精炼的或颓废的点心是一个很大的缺陷。北京的朋友们，能够告诉我两三家做得上好点心的饽饽铺么？

我对于二十世纪的中国货色，有点不大喜欢，粗恶的模仿品，美其名曰国货，要卖得比外国货更贵些。新房子里卖的东西，便不免都有点怀疑，虽然这样说好像遗老的口吻，但总之关于风流享乐的事我是颇迷信传统的。我在西四牌楼以南走过，望着“异馥斋”的丈许高的独木招牌，不禁神往，因为这不但表示他是义和团以前的老店，那模糊阴暗的字迹又引起我一种焚香静坐的安闲而丰腴的生活的幻想。我不曾焚过什么香，却对于这件事很有趣味，然而终于不敢进香店去，因为怕他们在香合上已放着花露水与日光皂了。我们于日用必需的东西以外，必须还有一点无用的游戏与享乐，生活才觉得有意思。我们看夕阳，看秋河，看花，听雨，闻香，喝不求解渴的酒，吃不求饱的点心，都是生活上必要的——虽然是无用的装点，而且是愈精炼愈好。可怜现在的中国生活，却是极端地干燥粗鄙，别的不说，我在北京彷徨了十年，终未曾吃到好点心。

（十三年二月）

故乡的野菜

◇ 1924.2

我的故乡不止一个，我住过的地方都是故乡。故乡对于我并没有什么特别的情分，只因钓于斯游于斯的关系，朝夕会面，遂成相识，正如乡村里的邻舍一样，虽然不是亲属，别后有时也要想念到他。我在浙东住过十几年，南京东京都住过六年，这都是我的故乡；现在住在北京，于是北京就成了我的家乡了。

日前我的妻往西单市场买菜回来，说起有荠菜在那里卖着，我便想起浙东的事来。荠菜是浙东人春天常吃的野菜，乡间不必说，就是城里只要有后园的人家都可以随时采食，妇女小儿各拿一把剪刀一只“苗篮”，蹲在地上搜寻，是一种有趣味的游戏的工作。那时小孩们唱道："荠菜马兰头，姊姊嫁在后门头。"后来马兰头有乡人拿来进城售卖了，但荠菜还是一种野菜，须得自家去采。关于荠菜向来颇有风雅的传说，不过这似乎以吴地为主。《西湖游览志》云："三月三日男女皆戴荠菜花。谚云，三春戴荠花，桃李羞繁华。"顾禄的《清嘉录》上亦说：

荠菜花俗呼野菜花，因谚有三月三蚂蚁上灶山之语，三日人家皆以野菜花置灶陉上，以厌虫蚁。侵晨村童叫卖不绝。或妇女簪髻上以祈清目，俗号眼亮花。

但浙东人却不很理会这些事情，只是挑来做菜或炒年糕吃罢了。

黄花麦果通称[①]鼠曲草，系菊科植物，叶小微圆互生，表面有白毛，花黄色，簇生梢头。春天采嫩叶，捣烂去汁，和粉作糕，称黄花麦果糕。小孩们有歌赞美之云：

黄花麦果韧结结，关得大门自要吃。

【鄙校】

①"通称"原作"称通"。

半块拿弗出，一块自要吃。

清明前后扫墓时，有些人家——大约是保存古风的人家——用黄花麦果作供，但不作饼状，做成小颗如指顶大，或细条如小指，以五六个作一攒，名曰茧果，不知是什么意思，或因蚕上山时设祭，也用这种食品，故有是称，亦未可知。自从十二三岁时外出不参与外祖家扫墓以后，不复见过茧果，近来住在北京，也不再见黄花麦果的影子了。日本称作“御形”，与荠菜同为春的七草之一，也采来做点心用，状如艾饺，名曰“草饼”，春分前后多食之，在北京也有，但是吃去总是日本风味，不复是儿时的黄花麦果糕了。

扫墓时候所常吃的还有一种野菜，俗名草紫，通称紫云英，农人在收获后，播种田内，用作肥料，是一种很被贱视的植物，但采取嫩茎瀹食，味颇鲜美，似豌豆苗。花紫红色，数十亩接连不断，一片锦绣，如铺着华美的地毯，非常好看，而且花朵状若胡蝶，又如鸡雏，尤为小孩所喜。间有白色的花，相传可以治痢，很是珍重，但不易得。日本《俳句大辞典》云：“此草与蒲公英同是习见的东西，从幼年时代便已熟识。在女人里边，不曾采过紫云英的人，恐未必有罢。”中国古来没有花环，但紫云英的花球却是小孩常玩的东西，这一层我还替那些小人们欣幸的。浙东扫墓用鼓吹，所以少年常随了乐音去看“上坟船里的姣姣”；没有钱的人家虽没有鼓吹，但是船头上篷窗下总露出些紫云英和杜鹃的花束，这也就是上坟船的确实的证据了。

（十三年二月）

喝茶[1]

◇ 1924.12

前回徐志摩先生在平民中学讲“吃茶”,——并不是胡适之先生所说的“吃讲茶”,——我没有工夫去听，又可惜没有见到他精心结构的讲稿，但我推想他是在讲日本的“茶道”(英文译作 Teaism)，而且一定说的很好。茶道的意思，用平凡的话来说，可以称作“忙里偷闲，苦中作乐”，在不完全的现世享乐一点美与和谐，在刹那间体会永久，是日本之“象征的文化”里的一种代表艺术。关于这一件事，徐先生一定已有透彻巧妙的解说，不必再来多

【锺校】

①《泽泻集》《知堂文集》题作《吃茶》。

嘴，我现在所想说的，只是我个人的很平常的喝茶观罢了。

喝茶以绿茶为正宗。红茶已经没有什么意味，何况又加糖——与牛奶？葛辛（George Gissing）的《草堂随笔》（原名 *Private Papers of Henry Ryecroft*）确是很有趣味的书，但冬之卷里说及饮茶，以为英国家庭里下午的红茶与黄油面包是一日中最大的乐事，支那饮茶已历千百年，未必能领略此种乐趣与实益的万分之一，则我殊不以为然。红茶带“土斯”未始不可吃，但这只是当饭，在肚饥时食之而已；我的所谓喝茶，却是在喝清茶，在赏鉴其色与香与味，意未必在止渴，自然更不在果腹了。中国古昔曾吃过煎茶及抹茶，现在所用的都是泡茶，冈仓觉三在《茶之书》（*Book of Tea*，1919）里很巧妙的称之曰“自然主义的茶”，所以我们所重的即在这自然之妙味。中国人上茶馆去，左一碗右一碗的喝了半天，好像是刚从沙漠里回来的样子，颇合于我的喝茶的意思（听说闽粤有所谓吃工夫茶者自然也有道理），只可惜近来太是洋场化，失了本意，其结果成为饭馆子之流，只在乡村间还保存一点古风，唯是屋宇器具简陋万分，或者但可称为颇有喝茶之意，而未可许为已得喝茶之道也。

喝茶当于瓦屋纸窗之下，清泉绿茶，用素雅的陶瓷茶具，同二三人共饮，得半日之闲，可抵十年的尘梦。喝茶之后，再去继续修各人的胜业，无论为名为利，都无不可，但偶然的片刻优游乃正亦断不可少。中国喝茶时多吃瓜子，我觉得不很适宜；喝茶时所吃的东西应当是清[①]淡的“茶食”。中国的茶食却变了“满汉饽饽”，其性质与“阿阿兜”相差无几，不是喝茶时所吃的东西了。日本的点心虽是豆米的成品，但那优雅的形色，朴素的味道，很合于茶食的资格，如各色的“羊羹”（据上田恭辅氏考据，说是出于中国唐时的羊肝饼）尤有特殊的风味。江南茶馆中有一种“干丝”，用豆腐干切成细丝，加姜丝酱油，重汤炖热，上浇麻油，出以供客，其利益为“堂倌”所独有。豆腐干中本有一种“茶干”，今变而为丝，亦颇与茶相宜。在南京时常食此品，据云有某寺方丈所制为最，虽也曾尝试，却已忘记，所记得者乃只是下关的江天阁而已。学

【锺校】

①“清”原作“轻”。

生们的习惯，平常“干丝”既出，大抵不即食，等到麻油再加，开水重换之后，始行举箸，最为合式。因为一到即罄，次碗继至，不遑应酬，否则麻油二浇，旋即撤去，怒形于色，未免使客不欢而散，茶意都消了。

吾乡昌安门外有一处地方，名三脚桥（实在并无三脚，乃是三出，因以一桥而跨三叉的河上也），其地有豆腐店曰周德和者，制茶干最有名。寻常的豆腐干方约寸半，厚三分，值钱二文，周德和的价值相同，小而且薄，才及一半，黝黑坚实，如紫檀片。我家距三脚桥有步行两小时的路程，故殊不易得，但能吃到油炸者而已。每天有人挑担设炉镬，沿街叫卖，其词曰：

> 辣酱辣，麻油炸，
> 红酱搽，辣酱拓：
> 周德和格五香油炸豆腐干。

其制法如上所述，以竹丝插其末端，每枚值三文。豆腐干大小如周德和，而甚柔软，大约系常品，惟经过这样烹调，虽然不是茶食之一，却也不失为一种好豆食。——豆腐的确也是极东的佳妙的食品，可以有种种的变化，唯在西洋不会被领解，正如茶一般。

日本用茶淘饭，名曰“茶渍”，以腌菜及“泽庵”（即福建的黄土萝卜，日本泽庵法师始传此法，盖从中国传去）等为佐，很有清淡而甘香的风味。中国人未尝不这样吃，唯其原因，非由穷困即为节省，殆少有故意往清茶淡饭中寻其固有之味者，此所以为可惜也。

（十三年十二月）

谈酒（一）①

◇ 1926.6.20

这个年头儿，喝酒倒是很有意思的。我虽是京兆人，却生长在东南的海边，是出产酒的有名地方。我的舅父和姑父家里时常做几缸自用的酒，但我终于不知道酒是怎么做法，只觉得所用的大约是糯米，因为儿歌里说，“老酒糯米做，吃得变nionio”——末一字是本地叫猪的俗语。做酒的方法与器具似乎都很简单，只有煮的时候的手法极不容易，非有经验的工人不办，平常做酒的人家大抵聘请一个人来，俗称“酒头工”，以自己不能喝酒者

【编者按】

①“（一）”为新增。因篇名相同文章较多，故加“（一）”“（二）”等以区分，后同。

为最上，叫他专管鉴定煮酒的时节。有一个远房亲戚，我们叫他“七斤公公”，——他是我舅父的族叔，但是在他家里做短工，所以舅母只叫他作“七斤老”，有时也听见她叫“老七斤”，是这样的酒头工，每年去帮人家做酒；他喜吸旱烟，说玩话，打马将，但是不大喝酒（海边的人喝一两碗是不算能喝，照市价计算也不值十文钱的酒），所以生意很好，时常跑一二百里路被招到诸暨嵊县去。据他说这实在并不难，只须走到缸边屈着身听，听见里边起泡的声音切切察察的，好像是螃蟹吐沫（儿童称为蟹煮饭）的样子，便拿来煮就得了；早一点酒还未成，迟一点就变酸了。但是怎么是恰好的时期，别人仍不能知道，只有听熟的耳朵才能够断定，正如骨董家的眼睛辨别古物一样。

大人家饮酒多用酒钟，以表示其斯文，实在是不对的。正当的喝法是用一种酒碗，浅而大，底有高足，可以说是古已有之的香宾杯。平常起码总是两碗，合一“串筒”，价值似是六文一碗。串筒略如倒写的凸字，上下部如一与三之比，以洋铁为之，无盖无嘴，可倒而不可筛，据好酒家说酒以倒为正宗，筛出来的不大好吃。唯酒保好于量酒之前先“荡”（置水于器内，摇荡而洗涤之谓）串筒，荡后往往将清水之一部分留在筒内，客嫌酒淡，常起争执，故喝酒老手必先戒堂倌以勿荡串筒，并监视其量好放在温酒架上。能饮者多索竹叶青，通称曰“本色”，“元红”系状元红之略，则着色者，唯外行人喜饮之。在外省有所谓花雕者，唯本地酒店中却没有这样东西。相传昔时人家生女，则酿酒贮花雕（一种有花纹的酒坛）中，至女儿出嫁时用以饷客，但此风今已不存，嫁女时偶用花雕，也只临时买元红充数，饮者不以为珍品。有些喝酒的人预备家酿，却有极好的，每年做醇酒若干坛，按次第埋园中，二十年后掘取，即每岁皆得饮二十年陈的老酒了。此种陈酒例不发售，故无处可买，我只有一回在旧日业师家里喝过这样好酒，至今还不曾忘记。

我既是酒乡的一个土著，又这样的喜欢谈酒，好像一定是个与“三酉”结不解缘的酒徒了。其实却大不然。我的父亲是很能喝酒的，我不知道他可以喝多少，只记得他每晚用花生米水果等下酒，且喝且谈天，至少要花费两点钟，恐怕所喝的酒一定很不少了。但我却是不肖，不，或者可以说有志未逮，因为我很喜欢喝酒而不会喝，所以每逢酒宴我总是第一个醉与脸红的。自从辛酉患病后，医生叫我喝酒以代药饵，定量是勃阑地每回二十格阑姆，蒲陶酒与老酒等倍之，六年以后酒量一点没有进步，到现在只要喝下一百格阑姆的花雕，便立刻变成关夫子了。（以前大家笑谈称作“赤化”，此刻自然应当谨慎，虽然是说笑话。）有些有不醉之量的，愈饮愈是脸白的朋友，我觉得非常可以欣羡，只可惜他们愈能喝酒便愈不肯喝酒，好像是美人之不肯显示她的颜色，这实在是太不应该了。

黄酒比较的便宜一点，所以觉得时常可以买喝，其实别的酒也未尝不好。白干于我未免过凶一点，我喝了常怕口腔内要起泡，山西的汾酒与北京的莲花白虽然可喝少许，也总觉得不很和善。日本的清酒我颇喜欢，只是仿佛新酒模样，味道不很静定。蒲桃酒与橙皮酒都很可口，但我以为最好的还是勃阑地。我觉得西洋人不很能够了解茶的趣味，至于酒则很有工夫，决不下于中国。天天喝洋酒当然是一个大的漏卮，正如吸烟卷一般，但不必一定进国货党，咬定牙根要抽净丝，随便喝一点什么酒其实都是无所不可的，至少是我个人这样的想。

喝酒的趣味在什么地方？这个我恐怕有点说不明白。有人说，酒的乐趣是在醉后的陶然的境界。但我不很了解这个境界是怎样的，因为我自饮酒以来似乎不大陶然过，不知怎的我的醉大抵都只是生理的，而不是精神的陶醉。所以照我说来，酒的趣味只是在饮的时候，我想悦乐大抵在做的这一刹那，倘若说是陶然，那也当是杯在口的一刻罢。醉了，困倦了，或者应当休息一会儿，也是很安舒的，却未必能说酒的真趣是在此间。昏迷，梦魇，呓语，或是忘却现世忧患之一法门；其实这也是有限的，倒还不如把宇宙性命都投在一口美酒里的耽溺之力还要强大。我喝着酒，一面也怀着“杞天之虑”，生恐强硬的礼教反动之后将引起颓废的风气，结果是借醇酒妇人以避礼教的迫害，沙宁（Sanin）时代的出现不是不可能的。但是，或者在中国什么运动都未必彻底成功，青年的反拨力也未必怎么强盛，那么杞天终于只是杞天，仍旧能够让我们喝一口非耽溺的酒也未可知。倘若如此，那时喝酒又一定另外觉得很有意思了罢？

（民国十五年六月二十日，于北京）

菱角

◇ 1926.8.9

每日上午门外有人叫卖“菱角”，小孩们都吵着要买，因此常买十来包给他们分吃，每人也只分得十几个罢了。这是一种小的四角菱，比刺菱稍大，色青而非纯黑，形状也没有那样奇古，味道则与两角菱相同。正在看乌程汪曰桢的《湖雅》(光绪庚辰即一八八〇年出版)，便翻出卷二讲菱的一条来，所记情形与浙东大抵相像，选录两则于后：

《仙潭文献》：“水红菱”最先出。青菱有二种，一曰“花蒂”，一曰“火刀”，风干之皆可致远，唯“火刀”耐久，迨春犹可食。因塔村之“鸡腿”，生啖殊佳；柏林圩之“沙角”，熟瀹颇胜。乡人以九月十月之交撤荡，多则积之，腐其皮，如收贮银杏之法，曰“阉菱”。

《湖录》：菱与芰不同。《武陵记》：“四角三角曰芰，两角曰菱。”今菱湖水中多种两角，初冬采之，曝干，可以致远，名曰“风菱”。唯郭西湾桑渎一带皆种四角，最肥大，夏秋之交，煮熟鬻于市，曰“熟老菱”。

按，鲜菱充果，亦可充蔬。沉水乌菱俗呼“浆菱”。乡人多于溪湖近岸处水中种之，曰“菱荡”，四围植竹，经绳于水面，闲之为界，曰“菱籦竹”。……

越中也有两角菱，但味不甚佳，多作为“酱大菱”，水果铺去壳出售，名“黄菱肉”，清明扫墓时常用作供品，“迨春犹可食”，亦别有风味。实熟沉水抽芽者用竹制发篦状物曳水底摄取之，名“掺芽大菱”，初冬下乡常能购得，市上不多见也。唯平常煮食总是四角者为佳，有一种名“驼背白”，色白而拱背，故名，生熟食均美，十年前每斤才十文，一角钱可得一大筐，近年来物价大涨，不知需价若干了。城外河中弥望皆[①]菱荡，唯中间留一条

【锺校】

① 原无“皆”字，今增。

水路，供船只往来，秋深水长风起，菱科漂浮荡外，则为“散荡”，行舟可以任意采取残留菱角，或并摘菱科之嫩者，携归作菹食。明李日华在《味水轩日记》卷二（万历三十八年即一六一〇）记途中窃菱事，颇有趣味，抄录于左。

> 九月九日，由谢村取馀杭道，曲溪浅渚，被水皆菱角，有深浅红及惨碧三色，舟行掬手可取而不设塍堑，僻地俗淳，此亦可见。余坐篷底阅所携《康乐集》，遇一秀句则引一酹，酒渴思解，奴子康素工掠食，偶命之，甚资咀嚼，平生耻为不义，此其愧心者也。

水红菱只可生食，虽然也有人把他拿去作蔬。秋日择嫩菱瀹熟，去涩衣，加酒酱油及花椒，名“醉大菱”，为极好的下酒物（俗名过酒坯），阴历八月三日灶君生日，各家供素菜，例有此品，几成为不文之律。水红菱形甚纤艳，故俗以喻女子的小脚，虽然我们现在看去，或者觉得有点唐突菱角，但是闻水红菱之名而“颇涉遐想”者，恐在此刻也仍不乏其人罢？

写《菱角》既了，问疑古君讨回范寅的《越

谚》来一查，见卷中“大菱”一条说得颇详细，补抄在这里，可以纠正我的好些错误。甚矣我的关于故乡的知识之不很可靠也！

老菱装篰，日浇，去皮，冬食，曰[①]“酱大菱”。老菱脱蒂沉湖底，明春抽芽，搀起，曰“搀芽大菱”，其壳乌，又名“乌大菱”。肉烂壳浮，曰“汆起乌大菱”，越以讥无用人。搀菱肉黄，剥卖，曰“黄菱肉”。老菱晾干，曰“风大菱”。嫩菱煮坏，曰“烂勃七”。

【锺校】

①“曰”原作“昰”。

苋菜梗

◇ 1931.10.26

近日从乡人处分得腌苋菜梗来吃，对于苋菜仿佛有一种旧雨之感。苋菜在南方是平民生活上几乎没有一天缺的东西，北方却似乎少有，虽然在北平近来也可以吃到嫩苋菜了。查《齐民要术》中便没有讲到，只在卷十列有人苋一条，引《尔雅》郭注，但这一卷所讲都是"五谷果蓏菜茹非中国物产者"，而《南史》中则常有此物出现，如《王智深传》云，"智深家贫无人事，尝饿五日不得食，掘苋根食之"，又《蔡樽附传》云，"樽在吴兴不饮郡斋井，斋前自种白苋紫茄以为常饵，诏褒其清"，都是很好的例。

苋菜据《本草纲目》说共有五种，马齿苋在

外。苏颂曰：

> 人苋白苋俱大寒，其实一也，但大者为白苋，小者为人苋耳，其子霜后方熟，细而色黑。紫苋叶通紫，吴人用染爪者，诸苋中唯此无毒不寒。赤苋亦谓之花苋，茎叶深赤，根茎亦可糟藏，食之甚美味辛。五色苋今亦稀有，细苋俗谓之野苋，猪好食之，又名猪苋。

李时珍曰："苋并三月撒种，六月以后不堪食，老则抽茎如人长，开细花成穗，穗中细子扁而光黑，与青葙子鸡冠子无别，九月收之。"《尔雅》释草，"蒉赤苋"，郭注云，"今之苋赤茎者"，郝懿行疏乃云："今验赤苋茎叶纯紫，浓如燕支，根浅赤色，人家或种以饰园庭，不堪啖也。"照我们经验来说，嫩的紫苋固然可以瀹食，但是"糟藏"的却都用白苋，这原只是一乡的习俗，不过别处的我不知道，所以不能拿来比较了。

说到苋菜同时就不能不想到甲鱼。《学圃馀疏》云："苋有红白二种，素食者便之，肉食者忌与鳖共食。"《本草纲目》引张鼎曰："不可与鳖同食，生鳖瘕，又取鳖肉如豆大，以苋菜封裹置土坑内，以土盖之，一宿尽变成小鳖也。"其下接联地引汪机曰："此说屡试不验。"《群芳谱》采张氏的话稍加删改，而末云"即变小鳖"之后却接写一句"试之屡验"，与原文比较来看未免有点滑稽。这种神异的物类感应，读了的人大抵觉得很是好奇，除了雀入大水为蛤之类无可着手外，总想怎么来试他一试，苋菜鳖肉反正都是易得的材料，一经实验便自分出真假，虽然也有越试越胡涂的，如《酉阳杂俎》所记："蝉未脱时名复育，秀才韦翾庄在杜曲，常冬中掘树根，见复育附于朽处，怪之，村人言蝉固朽木所化也，翾因剖一视之，腹中犹实烂木。"这正如剖鸡胃中皆米粒，遂说鸡是白米所化也。苋菜与甲鱼同吃，在三十年前曾和一位族叔试过，现在族叔已将七十了，听说还健在，我也不曾肚痛，那么鳖瘕之说或者也可以归入不验之列了罢。

苋菜梗的制法须俟其"抽茎如人长"，肌肉充实的时候，去叶取梗，切作寸许长短，用盐腌藏瓦坛中，候发酵即成，生熟皆可食。平民几乎家家皆制，每食必备，与干菜腌菜及螺蛳霉豆腐千张等为日用的副食物，苋菜梗卤中又可浸豆腐干，卤可蒸豆腐，味与"溜豆腐"相似，稍带枯涩，别有一种山野之趣。读外乡人游越的文章，大抵众口一词地讥笑土人之臭食，其实这是不足怪的，绍兴中等以下的人家大都能安贫贱，敝衣恶食，终岁勤劳，其所食者除米而外唯菜与盐，盖亦自然之势耳。干腌者有干菜，湿腌者以腌菜及苋菜梗为大宗，一年间的“下饭”差不多都在这里。诗云，“我有旨蓄，可以御冬”，是之谓也，至于存置日久，干腌者别无问题，湿腌则难免气味变化，顾气味有变而亦别具风味，此亦是事实，原无须引西洋干酪为例者也。

《邵氏闻见录》云，汪信民常言，人常咬得菜根则百事可做，胡康侯闻之击节叹赏。俗语亦云，布衣暖，菜根香，读书滋味长。明洪应明遂作《菜根谭》以骈语述格言，《醉古堂剑扫》与《娑罗馆清言》亦均如此，可见此体之流行一时了。咬得菜根，吾乡的平民足以当之，所谓菜根者当然包括白菜芥菜头，萝卜芋艿之类，而苋菜梗亦附其下，至于苋根虽然救了王智深的一命，实在却无可吃，因为这①只是梗的末端罢了，或者这里就是梗的别称也未可知。咬了菜根是否百事可做，我不能确说，

【锺校】

①“这”原作“在”。

但是我觉得这是颇有意义的，第一可以食贫，第二可以习苦，而实在却也有清淡的滋味，并没有蕺这样难吃，胆这样难尝。这个年头儿人们似乎应该学得略略吃得起苦才好。中国的青年有些太娇养了，大抵连冷东西都不会吃，水果冰激淋除外，我真替他们忧虑，将来如何上得前敌，至于那粉泽不去手，和穿红里子的夹袍的更不必说了。其实我也并不激烈地想禁止跳舞或抽白面，我知道在乱世的生活法中耽溺亦是其一，不满于现世社会制度而无从反抗，往往沉浸于醇酒妇人以解忧闷，与山中饿夫殊途而同归，后之人略迹原心，也不敢加以菲薄，不过这也只是近于豪杰之徒才可以，决不是我们凡人所得以援引的而已。——喔，似乎离本题太远了，还是就此打住，有话改天换了题目再谈罢。

（二十年十月二十六日，于北平）

吃菜

◇ 1931.11.18

偶然看书讲到民间邪教的地方，总常有吃菜事魔等字样。吃菜大约就是素食，事魔是什么事呢？总是服侍什么魔王之类罢，我们知道希腊诸神到了基督教世界多转变为魔，那么魔有些原来也是有身分的，并不一定怎么邪曲，不过随便地事也本可不必，虽然光是吃菜未始不可以，而且说起来我也还有点赞成。本来草的茎叶根实只要无毒都可以吃，又因为有维他命某，不但充饥还可养生，这是普通人所熟知的，至于专门地或有宗旨地吃，那便有点儿不同，仿佛是一种主义了，现在我所想要说的就是这种吃菜主义。

吃菜主义似乎可以分作两类。第一类是道德

的。这派的人并不是不吃肉，只是多吃菜，其原因大约是由于崇尚素朴清淡的生活。孔子云：“饭疏食，饮水，曲肱而枕之，乐亦在其中矣。”可以说是这派的祖师。《南齐书》周颙传云：“颙清贫寡欲，终日长蔬食。文惠太子问颙菜食何味最胜，颙曰，春初早韭，秋末晚菘。”黄山谷题画菜云：“不可使士大夫不知此味，不可使天下之民有此色。”——当作文章来看实在不很高明，大有帖括的意味，但如算作这派提倡咬菜根的标语却是颇得要领的。李笠翁在《闲情偶寄》卷五说：

> 声音之道，丝不如竹，竹不如肉，为其渐近自然，吾谓饮食之道，脍不如肉，肉不如蔬，亦以其渐近自然也。草衣木食，上古之风，人能疏远肥腻，食蔬蕨而甘之，腹中菜园不使羊来踏破，是犹作羲皇之民，鼓唐虞之腹，与崇尚古玩同一致也。所怪于世者，弃美名不居，而故异端其说，谓佛法如是，是则谬矣。吾辑《饮馔》一卷，后肉食而首蔬菜，一以崇俭，一以复古，至重宰割而惜生命，又其念兹在兹而不忍或忘者矣。

笠翁照例有他的妙语，这里也是如此，说得很是清脆。虽然照文化史上讲来吃肉该在吃菜之先，不过笠翁不及知道，而且他又哪里会来斤斤地考究这些事情呢。

吃菜主义之二是宗教的，普通多是根据佛法，即笠翁所谓异端其说者也。我觉得这两类显有不同之点，其一吃菜只是吃菜，其二吃菜乃是不食肉，笠翁上文说得蛮好，而下面所说念兹在兹的却又混到这边来，不免与佛法发生纠葛了。小乘律有杀戒而不戒食肉，盖杀生而食已在戒中，唯自死鸟残等肉仍在不禁之列，至大乘律始明定食肉戒，如《梵网经》菩萨戒中所举，其辞曰：

> 若佛子故食肉，——一切众生肉不得食：夫食肉者断大慈悲佛性种子，一切众生见而舍去。是故一切菩萨不得食一切众生肉，食肉得无量罪，——若故食者，犯轻垢罪。

贤首疏云：

> 轻垢者，简前重戒，是以名轻，简异无犯，故亦名垢。又释，渎污清净行名垢，礼非重过称轻。

因为这里没有把杀生算在内，所以算是轻戒。但话虽如此，据《目莲问罪报经》所说，犯突吉罗众学戒罪，如四天王寿，五百岁堕泥犁中，于人间数九百千岁，此堕等活地狱，人间五十年为天一昼夜，可见还是不得了也。

我读《旧约·利未记》，再看大小乘律，觉得其中所说的话要合理得多，而上边食肉戒的措辞我尤为喜欢，实在明智通达，古今莫及。《入楞伽经》所论虽然详细，但仍多为粗恶凡人说法，道世在《诸经要集》中酒肉部所述亦复如是，不要说别人了。后来讲戒杀的大抵偏重因果一端，写得较好的还是莲池的《放生文》和周安士的《万善先资》，文字还有可取，其次《好生救劫编》《卫生集》等，自郐以下更可以不论，里边的意思总都是人吃了虾米再变虾米去还吃这一套，虽然也好玩，难免是幼稚了。我以为菜食是为了不食肉，不食肉是为了不杀生，这是对的，再说为什么不杀生，那么这个解释我想还是说不欲断大慈悲佛性种子最为得体，别的总说得支离。众生有一人不得度的时候自己决不先得度，这固然是大乘菩萨的弘愿，但凡夫到了中年，往往会看轻自己的生命而尊重人家的，并不是怎么奇特的现象。难道肉体渐近老衰，精神也就与宗教接近么？未必然，这种态度有的从宗教出，有的也会从唯物论出的。或者有人疑心唯物论者一定是主张强食弱肉的，却不知道也可以成为大慈悲宗，好像是《安士全书》信者，所不同的他是本于理性，没有人吃虾米那些律例而已。

据我看来，吃菜亦复佳，但也以中庸为妙，赤米白盐绿葵紫蓼之外，偶然也不妨少进三净肉，如要讲净素已不容易，再要彻底便有碰壁的危险。《南齐书·孝义传》纪江泌事，说他“食菜不食心，以其有生意也”，觉得这件事很有风趣，但是离彻底总还远呢。英国柏忒勒（Samuel Butler）所著《无何有[1]之乡游记》（*Erewhon*）中第二十六七章叙述一件很妙的故事，前章题曰《动物权》，说古代有哲人主张动物的生存权，人民实行菜食，当初许可吃牛乳鸡蛋，后来觉得挤牛乳有损于小牛，鸡蛋也是一条可能的生命，所以都禁了，但陈鸡蛋还勉强可以使用，只要经过检查，证明确已陈年臭坏了，贴上一张“三个月以前所生”的查票，就可

【锺校】

① “无何有”原作“有何无”。

发卖。次章题曰《植物权》，已是六七百年过后的事了，那时又出了一个哲学家，他用实验证明植物也同动物一样地有生命，所以也不能吃，据他的意思，人可以吃的只有那些自死的植物，例如落在地上将要腐烂的果子，或在深秋变黄了的菜叶。他说只有这些同样的废物，人们可以吃了于心无愧。

> 即使如此，吃的人还应该把所吃的苹果或梨的核，杏核，樱桃核及其他，都种在土里，不然他就将犯了堕胎之罪。至于五谷，据他说那是全然不成，因为每颗谷都有一个灵魂像人一样，他也自有其同样地要求安全之权利。

结果是大家不能不承认他的理论，但是又苦于难以实行，逼得没法了便索性开了荤，仍旧吃起猪排牛排来了。这是讽刺小说的话，我们不必认真，然而天下事却也有偶然暗合的，如《文殊师利问经》云：

> 若为己杀，不得啖。若肉林中已自腐烂，欲食得食。若欲啖肉者，当说此咒：如是，无我无我，无寿命无寿命，失失，烧烧，破破，有为，除杀去。此咒三说，乃得啖肉，饭亦不

食。何以故？若思惟饭不应食，何况当啖肉。

这个吃肉林中腐肉的办法岂不与陈鸡蛋很相像，那么烂果子黄菜叶也并不一定是无理，实在也只是比不食菜心更彻底一点罢了。

（二十年十一月十八日，于北平）

溜豆腐的盐奶①

◇ 1933.8.12

伏园兄：

今有一事奉托：因做溜豆腐吃，需用盐奶，此间绝不易得，可否乞为在绍兴买些，于北来时带下。专此顺颂

近安。

作人启，八月十二日。

【镭校】

①“溜”原作“搵”。

《一岁货声》

◇ 1934.1

从友人处借来闲步庵所藏一册抄本，名曰《一岁货声》，有光绪丙午（一九〇六）年序，盖近人所编，记录一年中北京市上叫卖的各种词句与声音，共分十八节，首列除夕与元旦，次为二月至十二月，次为通年与不时，末为商贩工艺铺肆。序文自署“闲园鞠农偶志于延秋山馆”，其文亦颇有意思，今录于后：

虫鸣于秋，鸟鸣于春，发其天籁，不择好音，耳遇之而成声，非有所爱憎于人也。而闻鹊则喜，闻鸦则唾，各适其适，于物何有，是人之聪明日凿而自多其好恶者也。朝逐于名利之场，暮夺于声色之境，智昏气馁，而每好择好音自居，是其去天之愈远而不知也。嗟乎，雨怪风盲，惊心溅泪，诗亡而礼坏，亦何处寻些天籁耶？然而天籁亦未尝无也，而观夫以其所蕴，陡然而发，自成音节，不及其他，而犹能少存乎古意者，其一岁之货声乎。可以辨乡味，知勤苦，纪风土，存节令，自食乎其力，而益人于常行日用间者固非浅鲜也。朋来亦乐，雁过留声，以供夫后来君子。

凡例六则。其一云："凡一岁货声注重门前，其铺肆设摊工艺赶集之类，皆附入以补不足。"其二云："凡货声率分三类，其门前货物者统称货郎，其修作者为工艺，换物者为商贩，货郎之常见者与一人之特卖者声色又皆不同。"其四云："凡同人所闻见者，仅自咸同年后，去故生新，风景不待十年而已变，至今则已数变矣。往事凄凉，他年寤寐，声犹在耳，留赠后人。"说明货声的时代及范围种类已甚明了，其纪录方法亦甚精细，其五则云："凡货声之从口旁诸字者，用以叶其土音助语而已，其字下叠点者，是重其音，像其长声与馀韵耳。"如五月中卖桃的唱曰：

樱桃嘴的桃呕嗷噎啊……

即其一例。又如卖硬面饽饽者，书中记其唱声曰：

硬面喳，饽啊饽……

则与现今完全相同，在寒夜深更，常闻此种悲凉之声，令人怃然，有百感交集之慨。卖花生者曰：

脆瓤儿的落花生啊，芝麻酱的一个味来，抓半空儿的——多给。

这种呼声至今也时常听到，特别是单卖那所谓半空儿的，大约因为应允多给的缘故罢，永远为小儿女辈所爱好。昔有今无，固可叹慨，若今昔同然，亦未尝无今昔之感，正不必待风景不殊举目有山河之异也。

自来纪风物者大都止于描写形状，差不多是谱录一类，不大有注意社会生活，讲到店头担上的情形者。《谑庵文饭小品》卷三《游满井记》中有这几句话：

卖饮食者邀诃好火烧，好酒，好大饭，好果子。

很有破天荒的神气，《帝京景物略》及《陶庵梦忆》亦尚未能注意及此。清光绪中富察敦崇著《燕京岁时记》，于六月中记冰胡儿曰：

京师暑伏以后，则寒贱之子担冰吆卖曰：

冰胡儿！胡者核也。

又七月下记菱角鸡头曰：

七月中旬则菱芡已登，沿街吆卖曰：老鸡头，才下河。盖皆御河中物也。

但其所记亦遂只此二事，若此书则专记货声，描模维肖，又多附以详注，斯为难得耳。著者自序称可以辨乡味，知勤苦，纪风土，存节令，此言真实不虚，若更为补充一句，则当云可以察知民间生活之一斑，盖挑担推车设摊赶集的一切品物半系平民日用所必需，其闲食玩艺一部分亦多是一般妇孺的照顾，阔人们的享用那都在大铺子里，在这里是找不到一二的。我读这本小书，深深的感到北京生活的风趣，因为这是平民生活所以当然没有什么富丽，但是却也不寒伧，自有其一种丰厚温润的空气，只可惜现在的北平民穷财尽，即使不变成边塞也已经不能保存这书中的盛况了。

我看了这些货声又想到一件事，这是歌唱与吆喝的问题。中国现在似乎已没有歌诗与唱曲的技术，山野间男女的唱和，妓女的小调，或者还是唱曲罢，但在读书人中间总可以说不会歌唱了，每逢无论什么聚会在馀兴里只听见有人高唱皮簧或是昆腔，决没有鼓起喉咙来吟一段什么的了。现在的文人只会读诗词歌赋，会听或哼几句戏文，想去创出新格调的新诗，那是十分难能的难事。中国的诗仿佛总是不能不重韵律，可是这从哪里去找新的根苗，那些戏文老是那么叫唤，我从前生怕那戏子会回不过气来真是“气闭”而死，即使不然也总很不卫生的，假如新诗要那样的唱才好，亦难乎其为诗人矣哉。卖东西的在街上吆喝，要使得屋内的人知道，声音非很响亮不可，可是并不至于不自然，发声遣词都有特殊的地方，我们不能说这里有诗歌发生的可能，总之比戏文却要更与歌唱相近一点罢。卖晚香玉的道：

嗳……十朵，花啊晚香啊，晚香的玉来，一个大钱十五朵。

什么“来”的句调本来甚多，这是顶特别的一例。又七月中卖枣者唱曰：

枣儿来，糖的咯哒喽，尝一个再买来哎，一个光板喽。

此颇有儿歌的意味，其形容枣子的甜曰糖的咯哒亦质朴而新颖。卷末铺肆一门中仅列粥铺所唱一则，词尤佳妙，可以称为掉尾大观也，其词曰：

喝粥咧，喝粥咧，十里香粥热的咧。

炸了一个焦咧，烹了一个脆咧，脆咧焦咧，

像个小粮船的咧，好大的个儿咧。

锅炒的果咧，油又香咧，面又白咧，

扔在锅来漂起来咧，白又胖咧，胖又白咧，

赛过烧鹅的咧，一个大的油炸的果咧。

水饭咧，豆儿多咧，子母原汤儿的绿豆的粥咧。

此书因系传抄本，故颇多错误，下半注解亦似稍略，且时代变迁虑其间更不少异同，倘得有熟悉北京社会今昔情形如于君闲人者为之订补，刊印行世，不特存录一方风物可以作志乘之一部分，抑亦间接有益于艺文，当不在刘同人之《景物略》下也。

（二十三年一月）

《一岁货声》之馀

◇ 1934.2.10

去年冬天曾借闲步庵所藏抄本《一岁货声》手录一过，后来对西郊自然居士说及，居士说在英国买到或是见过一本叫作《伦敦呼声》的书，可惜我终于未得拜见。近日翻阅茀来则博士的文集，其中有《小普利尼时代的罗马生活》与《爱迪生时代的伦敦生活》两篇很觉得可喜，在《伦敦生活》篇中讲到伦敦呼声，虽然都即根据《旁观》报，说的很简略，却也足供参考，今译出于下：

在爱迪生时代伦敦街上不但是景象就是声音也与现今的情形很有些不同。半夜里，睡着的人常被更夫打门从梦中惊醒，迷迷胡胡的听他嗡嗡的报告时刻，听他退到街上响着的铃声。在白天里，据说没有东西比那伦敦的呼声更会使得外国人听了诧异，使得乡下绅士出惊的了。洛及卡佛来勋爵离开他那庄园的静默，乌司得郡绿的路径和原野的寂静，来到伦敦大道的时候，他时常说他初上城的一星期里，头里老是去不掉那些街上的呼声，因此也睡不着觉。可是维尔汉尼昆却正相反，他觉得这比百灵的唱歌和夜莺的翻叫还好，他听这呼声比那篱畔林中的一切音乐还觉得喜欢。

伦敦呼声在那时候可以分作两种，即声乐与器乐。那器乐里包含着敲铜锅或熬盘，各人都可自由的去整个时辰的敲打，直闹得全街不宁，居民几乎神经错乱。阉猪的所吹的画角颇有点儿音乐味，不过这在市内难得听到，因为该音乐家所割治的动物并不是街上所常有的东西。但是声乐的各种呼声却更多种多样。卖牛奶的尖声叫得出奇，多感的人们听了会牙齿发酸。扫烟通的音调很是丰富，他的呼声有时升到最尖的高音，有时也降到最沉的低音去。同样的批评可以应用于卖碎煤的，更不必说那些收[1]破玻璃和砖屑的了。箍桶的叫出末了的一字用一种空音，倒也并不是没有调和。假如听那悲哀庄严的调子，问大家有没有椅子要修，那时要不感到一种很愉快的幽郁是不可能的。一年中应该腌黄瓜和小黄瓜的时候，便有些歌调出来叫人听了非常的舒服，只是可惜呀，这正同夜莺的歌一样，在十二个月里止有两个月能够听到。这是真的，那些呼声大抵不很清楚，所以极不容易辨别，生客听了也猜不出唱歌的所卖是什么东西，因此时常看见乡村里来的孩子跑出去，要想问修风箱的买苹果，或问磨刀剪的买生姜饼。即使文句可以明了的听出，这也无从推知那叫喊者的职业。例如吆喝有工我来做，谁能知道这是割稻的呢？然而在女王安尼朝代，也同我们的时代一样，有许多人他全不理会街上呼声的谐调，他不要听阉猪的画角的低诉，像聋似的对于那割稻的声音，而且在他的野蛮的胸中听了修椅子的音乐的请

【锺校】

① 原无“收”字，今增。

求也并不发生什么反应。我们曾听说有这样一个人，他拿钱给一个用纸牌看婚姻的，叫他不要再到他这条街里来。但是结果怎样呢？所有用纸牌看婚姻的在明天早上都来他门口走过，希望同样的用钱买走哩。

原书小注引斯威夫德的《给斯德拉的日记》一七一二年十二月十三日的一节云：

这里有一个吵闹的狗子，每天早晨在这个时候来烦扰我，叫唤着白菜和甘蓝。现在他正来闹着了。我愿他顶大的一棵白菜塞住他的嗓子。

在这里，我们固然看出斯威夫德牧师照例的那种狠相，但也可以想见那卖白菜的朋友怎样出力，因为否则他或者当不至于这样的被咒骂了。我不知道中国谁的日记或笔记里曾经说起过这些事情，平日读书太少实在说不出来，但如《越缦堂日记》《病榻梦痕录》等书里记得似乎都不曾有，大约他们对于这种市声不很留意，说不上有什么好恶罢。我只记得章太炎先生居东京的时候，每早听外边卖鲜豆豉的呼声，对弟子们说："这是卖什么的？natto，natto，叫的那么凄凉？"我记不清这事是钱德潜君还是龚未生君所说的了，但章先生的批评实在不错，那卖“纳豆”的在清早冷风中在小巷里叫唤，等候吃早饭的人出来买她一两把，而一把草苞的纳豆也就只值一个半铜元罢了，所以这确是很寒苦的生意，而且做这生意的多是女人，往往背上背着一个小儿，假如真是言为心声，那么其愁苦之音也正是无怪的了。北京叫卖声中有卖硬面饽饽的约略可以相比，特别在寒夜深更，有时晚睡时买些来吃，味道并不坏，但是买来时冻得冰凉的，那“双喜字加糖”之类差不多要在火炉上烤了吃才好了。

（廿三年二月十日记）

再论吃茶

◇ 1934.5

郝懿行《证俗文》一云：

> 考茗饮之法始于汉末，而已萌芽于前汉，然其饮法未闻，或曰为饼咀食之，逮东汉末蜀吴之人始造茗饮。

据《世说》云，王濛好茶，人至辄饮之，士大夫甚以为苦，每欲候濛，必云今日有水厄。又《洛阳伽蓝记》说王肃归魏住洛阳初不食羊肉及酪浆等物，常饭鲫鱼羹，渴饮茗汁，京师士子见肃一饮一斗，号为漏卮。后来虽然王肃习于胡俗，至于说茗不中与酪作奴，又因彭城王的嘲戏，“自是朝贵宴会虽设茗饮，皆耻不复食，唯江表残民远来降者好之”，但因此可见六朝时南方吃茶的嗜好很是普遍，而且所吃的分量也很多。到了唐朝统一南北，这个风气遂大发达，有陆羽卢仝等人可以作证，不过那时的茶大约有点近于西人所吃的红茶或咖啡，与后世的清茶相去颇远。明田艺衡《煮泉小品》云：

> 唐人煎茶多用姜盐，故鸿渐云，初沸水合量，调之以盐味，薛能诗，盐损添常戒，姜宜着更夸。苏子瞻以为茶之中等用姜煎信佳，盐则不可。余则以为二物皆水厄也，若山居饮水，少下二物以减岚气，或可耳，而有茶则此固无须也。至于今人荐茶类下茶果，此尤近俗，是纵佳者，能损真味，亦宜去之。且下果则必用匙，若金银大非山居之器，而铜又生腥，皆不可也。若旧称北人和以酥酪，蜀人入以白土，此皆蛮饮，固不足责。人有以梅花菊花茉莉花荐茶者，虽风韵可赏，亦损茶味，如有佳茶亦无事此。

此言甚为清茶张目，其所根据盖在自然一点，如下文即很明了地表示此意：

> 茶之团者片者皆出于碾硙之末，既损真味，复加油垢，即非佳品，总不若今之芽茶也，盖天真者自胜耳。芽茶以火作者为次，生

晒者为上，亦更近自然，且断烟火气耳。

谢肇淛《五杂组》十一亦有两则云：

古人造茶，多舂令细，末而蒸之，唐诗家僮隔竹敲茶臼是也。至宋始用碾，揉而焙之则自本朝（案明朝）始也。但揉者恐不若细末之耐藏耳。

×

《文献通考》，茗有片有散。片者即龙团旧法，散者则不蒸而干之，如今之茶也。始知南渡之后茶渐以不蒸为贵矣。

清乾隆时茹敦和著《越言释》二卷，有撮泡茶一条，撮泡茶者即叶茶，撮茶叶入盖碗中而泡之也，其文云：

《诗》云[①]荼苦，《尔雅》苦荼，荼者茶之减笔字，前人已言之，今不复赘。茶理精于唐，茶事盛于宋，要无所谓撮泡茶者。今之撮泡茶或不知其所自，然在宋时有之，且自吾越人始之。案炒青之名已见于陆诗，而放翁《安

【锺校】

①“云”原作“人”。

国院试茶》之作有曰，我是江南桑苎家，汲泉闲品故园茶，只应碧缶苍鹰爪，可压红囊白雪芽。其自注曰，日铸以小瓶蜡纸，丹印封之，顾渚贮以红蓝缣囊，皆有岁贡。小瓶蜡纸至今犹然，日铸则越茶矣。不团不饼，而曰炒青曰苍龙爪，则撮泡矣。是撮泡者对硙茶言之也。又古者茶必有点。无论其为硙茶为撮泡茶，必择一二佳果点之，谓之点茶。点茶者必于茶器正中处，故又谓之点心。此极是杀风景事，然里俗以此为恭敬，断不可少。岭南人往往用糖梅，吾越则好用红姜片子，他如莲药榛仁，无所不可。其后杂用果色，盈杯溢盏，略以瓯茶注之，谓之果子茶，已失点茶之旧矣。渐至盛筵贵客，累果高至尺馀，又复雕鸾刻凤，缀绿攒红以为之饰，一茶之值乃至数金，谓之高茶，可观而不可食，虽名为茶，实与茶风马牛。又有从而反之者，聚诸干藤烂煮之，和以糖蜜，谓之原汁茶，可以食矣，食竟则摩腹而起，盖疗饥之上药，非止渴之本谋，其于茶亦了无干涉也。他若莲子茶龙眼茶种种诸名色相沿成故，而种种[1]糕餐饼饵皆名之为茶食，尤为可笑。由是撮泡之茶遂至为世诟病。凡事以费钱为贵耳，虽茶亦然，何必雅人深致哉。又江广间有礌茶，是姜盐煎茶遗制，尚存古意，未可与越人之高茶原汁茶同类而并讥之。

王侃著《巴山七种》，同治乙丑刻，其第五种曰《江州笔谈》，卷上有一则云：

乾隆嘉庆间宦家宴客，自客至及入席时，以换茶多寡别礼之隆杀。其点茶花果相间，盐渍蜜渍以不失色香味为贵，春不尚兰，秋不尚桂，诸果亦然，大者用片，小者去核，空其中，均以镂刻争胜，有若为饤盘者，皆闺秀事也。茶匙用金银，托盘或银或铜，皆錾细花，髹漆皮盘则描金细花，盘之颜色式样人人各异，其中托碗处围圈高起一分，以约碗底，如托酒盏之护衣碟子。茶每至，主人捧盘递客，客起接盘自置于几。席罢乃啜叶茶一碗而散，主人不亲递也。今自客至及席罢皆用叶茶，言

【锺校】

①“种种”原作“种”。

及换茶人多不解。又今之茶托子绝不见如舟如梧橐鄂者。事物之随时而变如此。

予生也晚，已在马江战役之后，儿时有所见闻亦已后于栖清山人者将三十年了。但乡曲之间有时尚存古礼，原汁茶之名虽不曾听说，高茶则屡见，有时极精巧，多至五七层，状如浮图，叠灯草为栏干，染芝麻砌作种种花样，中列人物演故事，不过今不以供客，只用作新年祖像前陈设耳。因高茶而联想到的则有高果，旧日结婚祭祀时必用之，下为锡碗，其上立竹片，缚诸果高一尺许，大抵用荸荠金橘等物，而令人最不能忘记的却是甘蔗这一种，因为上边有“甘蔗菩萨”，以带皮红甘蔗削片，略加刻画，穿插成人物，甚古拙有趣，小时候分得此菩萨一尊，比有甘蔗吃更喜欢也。莲子等茶极常见，大概以莲子为最普通，杏酪龙眼为贵，芡栗已平凡，百合与扁豆茶则卑下矣。凡待客以结婚时宴“亲送”舅爷为最隆重，用三道茶，即杏酪莲子及叶茶，平常亲戚往来则叶茶之外亦设一果子茶，十九皆用莲子。范寅《越谚》卷中饮食门下，有“茶料”一条，注曰：“母以莲栗枣糖遗出嫁女，名此。”又“酾茶”一条注曰：“新妇煮莲栗枣，遍奉夫家戚族尊长卑幼，名此，又谓之喜茶。”此风至今犹存，即平日往来馈送用提合，亦多以莲子白糖充数。儿童入书房拜蒙师，以茶盅若干副分装莲子白糖为礼，师照例可全收，似向来釃茶系致敬礼。此所谓茶又即是果子茶，为便利计乃用茶料充之，而茶料则以莲糖为之代表也。点茶用花今亦有之，唯不用鲜花临时冲入，改而为窨，取桂花茉莉珠兰等和茶叶中，密封待用。果已少用，但尚存橄榄一种，俗称元宝茶，新年入茶店多饮之取利市，色香均不恶，与茶尚不甚相忤，至于姜片等则未见有人用过。越中有一种茶盅，高约一寸许，口径二寸，有盖，与茶杯茶碗茶缸异，盖专以盛果子茶者，别有旧式者以银皮为里，外面系红木，近已少见，现所有者大抵皆陶制也。

茶本是树的叶子，摘来瀹汁喝喝，似乎是颇简单的事，事实却并不然。自吴至南宋将一千年，始由团片而用叶茶，至明大抵不入姜盐矣，然而点茶下花果，至今不尽改，若又变而为果羹，则几乎将与酪竞爽了。岂釃茶致敬，以叶茶为太清淡，改用果饵，茶终非吃不可，抑或留恋于古昔之膏香盐味，故仍于其中杂投华实，尝取浓厚的味道乎？均未可知也。南方虽另有果茶，但在茶店凭栏所饮的一碗碗的清茶却是道地的苦茗，即俗所谓龙井，自农工以至老相公盖无不如此，而北方民众多嗜香片，以双窨为贵，此则犹有古风存焉。不佞食酪而亦吃茶，茶常而酪不可常，故酪疏而茶亲，唯亦未必平反旧案，主茶而奴酪耳，此二者盖牛羊与草木之别，人性各有所近，其在不佞则稍喜草木之类也。

（二十三年五月）

【附记】 大义汪氏《大宗祠祭规》，嘉庆七年刊，有汪龙庄序，其《祭器祭品式》一篇中云大厅中堂用水果五碗，注曰高尺三，神座前及大厅东西座各用水果五碗，注曰高一尺。案此即高果，萧山风俗盖与郡城同，但《越谚》中高果却失载，不知何也。

关于苦茶

◇ 1935.2

去年春天偶然做了两首打油诗，不意在上海引起了一点风波，大约可以与今年所谓中国本位的文化宣言相比，不过有这差别，前者大家以为是亡国之音，后者则是国家将兴必有祯祥罢了。此外也有人把打油诗拿来当作历史传记读，如字的加以检讨，或者说玩骨董那必然有些钟鼎书画吧，或者又相信我专喜谈鬼，差不多是蒲留仙一流人。这些看法都并无什么用意，也于名誉无损，用不着声明更正，不过与事实相远这一节总是可以奉告的。其次有一件相像的事，但是却颇愉快的，一位友人因为记起吃苦茶的那句话，顺便买了一包特种的茶叶拿来送我。这是我很熟的一个朋友，我感谢他的好意，可是这茶实在太苦，我终于没有能够多吃。

据朋友说这叫作苦丁茶。我去查书，只在日本书上查到一点，云系山茶科的常绿灌木，干粗，叶亦大，长至三四寸，晚秋叶腋开白花，自生山地间，日本名曰唐茶（Tocha），一名龟甲茶，汉名皋芦，亦云苦丁。赵学敏《本草拾遗》卷六云：

角刺茶，出徽州。土人二三月采茶时兼采十大功劳叶，俗名老鼠刺，叶曰苦丁，和匀同炒，焙成茶，货与尼庵，转售富家妇女，云妇人服之终身不孕，为断产第一妙药也。每斤银八钱。

案十大功劳与老鼠刺均系五加皮树的别名，属于五加科，又是落叶灌木，虽亦有苦丁之名，可以制茶，似与上文所说不是一物，况且友人也不说这茶喝了可以节育的。再查类书关于皋芦却有几条，《广州记》云：

皋卢，茗之别名，叶大而涩，南人以为饮。

又《茶经》有类似的话云：

南方有瓜芦木，亦似茗，至苦涩，取为屑茶饮，亦可通夜不眠。

《南越志》则云：

茗苦涩，亦谓之过罗。

此木盖出于南方，不见经传，皋卢云云本系土俗名，各书记录其音耳。但是这是怎样的一种植物呢，书上都未说及，我只好从茶壶里去拿出一片叶子来，仿佛制腊叶似的弄得干燥平直了，仔细看时，我认得这乃是故乡常种的一种坟头树，方言称作枸朴树的就是，叶长二寸，宽一寸二分，边有细锯齿，其形状的确有点像龟壳。原来这可以泡茶吃的，虽然味大苦涩，不但我不能多吃，便是且将就斋主人也只喝了两口，要求泡别的茶吃了。但是我很觉得有兴趣，不知道在白菊花以外还有些什么叶子可以当茶？《毛诗草木鸟兽虫鱼疏》“山有樗[①]”一条下云：

山樗生山中，与下田樗大略无异，叶似差狭耳，吴人以其叶为茗。

《五杂组》卷十一云：

以绿豆微炒，投沸汤中倾之，其色正绿，香味亦不减新茗，宿村中觅茗不得者可以

【锺校】

①“樗”原作“栲”。

此代。

此与现今炒黑豆作咖啡正是一样。又云：

北方柳芽初茁者采之入汤，云其味胜茶。曲阜孔林楷木其芽可烹。闽中佛手柑橄榄为汤，饮之清香，色味亦旗枪之亚也。

卷十“记孔林楷木”条下云：

其芽香苦，可烹以代茗，亦可干而茹之，即俗云黄连头。

孔林吾未得瞻仰，不知楷木为何如树，唯黄连头则少时尝茹之，且颇喜欢吃，以为有福建橄榄豉之风味也。关于以木芽代茶，《湖雅》卷二亦有二则云：

桑芽茶，案山中有木俗名新桑荑，采嫩芽可代茗，非蚕所食之桑也。

柳芽茶，案柳芽亦采以代茗，嫩碧可爱，有色而无香味。

汪谢城此处所说与谢在杭不同，但不佞却有点左袒汪君，因为其味胜茶的说法觉得不大靠得住也。

许多东西都可以代茶，咖啡等洋货还在其外，可是我只感到好玩，有这些花样，至于我自己还只觉得茶好，而且茶也以绿的为限，红茶以至香片嫌其近于咖啡，这也别无多大道理，单因为从小在家里吃惯本山茶叶耳。口渴了要喝水，水里照例泡进茶叶去，吃惯了就成了规矩，如此而已。对于茶有什么特别了解，赏识，哲学或主义么？这未必然。一定喜欢苦茶，非苦的不喝么？这也未必然。那么为什么诗里那么说，为什么又叫作庵名，岂不是假话么？那也未必然。今世虽不出家亦不打诳语。必要说明，还是去小学上找罢。吾友沈兼士先生有诗为证，题曰《又和一首自调》，此系后半首也：

端透于今变澄彻，鱼模自古读歌麻。

眼前一例君须记，荼苦原来即苦荼。

（二十四年二月）

《食味杂咏》注

◇ 1935.3.13

今年厂甸买不到什么书，要想买一本比较略为好的书总须得往书店去找，而旧书的价近来又愈涨愈贵，一块钱一本的货色就已经不大有了。好在有几家书店有点认识，暂时可以赊欠，且不管三七二十一先拿几本来看罢，有看了中意的便即盖上图章，算是自己的东西了。这里边我所顶喜欢的是一册《食味杂咏》，东墅老人嘉善谢墉撰，有门生阮元序，道光中小门生阮福刊。据石韫玉后序，乾隆辛丑主会试，士之不第者造为蜚语云，谢金圃抽身便讨，吴香亭到口即吞，坐此贬官，但此二语实出《寄园寄所寄》中，两公之姓相合，故毷氉者移易其词以腾口说耳云。东墅老人自序云：

乾隆辛亥夏养疴杜门，因思家乡土物数种不可得，率以成吟，于是连续作诗，积五十八首，而以现在所食皆北产也，复即事得四十三首，共成一百一首，各系数言于题下。盖墉家世习耕读，少时每从老农老圃谈树艺，当名辨物，多以目验得之，又邻江海介五湖，水生陆产咸易致之，考其性味，别其土宜，不为丹铅家剿说所淆。中年以北游之后食味一变，而轺车驿路，爰好谘诹，京城顾役者无问男女皆田家也，圉人御者皆知稼穑，下至老妪亦可询之，以是辨南北之异宜，析山泽之殊质。又少多疾病，时学医聚药，参之经传，证以见闻，或有疑义辄为诠注。陶斯咏斯，绝无关于喜愠，游矣休矣，非假喻于和同。诗成，汇录之，方言里语，敢附博物哉，庶其以击壤之声，入采风之末云尔。

序文末尾写得不漂亮，也是受了传统的影响，但是序里所说的大约都是实情，我所喜欢的部分实在也还是那些题下的附注，本文的诗却在其次。古人云买椟还珠，我恐怕难免此诮，不过这并无妨碍，在我看来的确是这椟要好得多，要比诗更有意思，虽然那些注原是附属于诗的，如要离诗而独立也是不可能。阮云台序中有云：“此卷为偶咏食品之诗，通乎雅俗，然考证之多，非贯彻经史荅雅博极群书者不能也。”可谓知言。我同时所得尚有王鸣盛《练川杂咏》，并钱大昕王鸣韶和作共一百八十首，朱彝尊《鸳鸯[①]湖棹歌》百首，谭[②]吉璁和作百十八首，杨抡《芙蓉湖棹歌》百首，并刘继增《惠山竹枝词》三十首为一卷。这些诗里也大都讲到风物，只是缺少注解，有注也略而不详，更不必说能在丹铅家剿说之外自陈意见的了。以诗论，在我外行看去，似朱竹垞最佳，虽然王西庄钱竹汀的有几句我也喜欢。如朱诗云：

姑恶飞鸣触晓烟，红蚕四月已三眠。
白花满把蒸成露，紫葚盈筐不取钱。

注云：“姑恶鸟名，蚕月最多。野蔷薇开白花，田家篱落间处处有之，蒸成香露，可以泽发。”又云：

鸭馄饨小漉微盐，雪后垆头酒价廉。
听说河豚新入市，蒌蒿荻笋急须拈。

【锺校】

①“鸯”原作“央”。
②“谭”原作“潭”。

注云："方回题竹杖诗，跳上岸头须记取，秀州门外鸭馄[1]饨。"王诗云：

西风策策碧波明，菰雨芦烟两岸平。

暮汐过时渔火暗，沙边觅得小娘蛏。

注引宋吴惟信元王逢简句外，只云"俗呼蛏为小娘蛏"。以上注法或是诗注正宗亦未可知，不过我总嫌其太简略，与《食味杂咏》相比更是显然。"南味五十八首"之十六曰《喜蛋》，题注甚长，今具录于下：

古无蛋字，亦无此名，经传皆作卵，音力管反。《说文》，蜑，释云，南方夷也，从虫，延声，徒旱切，在新附文之首，是汉时本无此字，故叔重不载而徐氏增之。《玉篇》仍《说文》不收，《广韵》则亦注为南方夷，至《唐书》柳文皆以为蛮俗之称，《集韵》并载蜑蝁，要皆不关禽鸟之卵。今自京师及各省凡鸟卵皆呼为蛋，无称为卵者，字从虫从延，本以延

【锺校】

①"馄"原作"饨"。

衍卵育取义，蛋则蜑[1]省也。考《说文》卵字部内有毈字，卵不孚也，徒玩切，与蛋为音之转，盖古人呼不以之孚鸡鸭之卵而徒供食者即以孚之不成之卵名之，因而俗以蛋抵毈也。隋唐前无蜑字，亦无此名。元方回诗曰，秀州城外鸭馄饨[2]，即今嘉兴人所名之喜蛋，乃鸭卵未孚而殒，已有雏鸭在中，俗名哺退蛋者也。市人镊去细毛，洗净烹煮，乃更香美，以哺退名不利，反而名之曰喜蛋，若鸭馄饨者则又以喜蛋名不雅而文其名。其实秀州之鸭馄饨乃《说文》毈字之铁注脚也。

诗中又有注云：

喜蛋中有已成小雏者味更美。近雏而在内者俗名石榴子，极嫩，即蛋黄也。在外者曰砂盆底，较实，即蛋白也，味皆绝胜。

第二十九首为《鲜蛏》，注云：

【锺校】

①“蜑”原作“延”。

【鄢校】

② 方回此诗末二句一作“争似梢公留口吃，秀州城外鸭馄饨”，与朱诗注引异。

蛏字《说文》《玉篇》俱无，亦不见他书，《广韵》始收，注云蚌属，盖即《周官》狸物蠃𧐖之类，味胜蚬蛤，若以较西施舌则远不逮矣。

诗中注云：

蛏本江海所产，而西湖酒肆者乃即买之湖上渔船，乘鲜烹食极美。同年王谷原与麹生交莫逆，每寓杭乡试时邀同游西湖，取醉酒家，有五柳居酒肆在湖上，烹饪较精，谷原嗜食蛏，谓[①]此乃案酒上品，即醉蛏亦绝佳，因令与煮熟者并供之。此景惘然。

第三十首为《活虾》，诗中有注两则，均琐屑有致，为笔记中之佳品：

家乡名渔家之船曰网船，渔妇曰网船婆。夏秋鱼虾盛时，网船婆蓑笠赤脚，与渔人分道卖鱼虾，自率儿女携虾桶登岸，至所识大户厨下卖虾，易钱回船，不避大风雨。

南中活虾三十年前每斤不过十馀文，时初

【锺校】

① 此处原衍“为”字，已删。

至京，京中已四五倍之。近日京城活者须大钱三四百文，其不活而犹鲜者，以用者多，亦须二百左右，然大率捞之浊水中，其生于清水者更不易得。

适值那时所得的几部诗词里也还有类似的题咏，可谓偶然。其一是全祖望的《句馀土音》，系陈铭海补注本，其第五卷全是咏本地物产，共有六十九首，只可惜原注补注都不大精详。四赋四明土物九首之一为《荔枝蛏》，诗下原注云：

浙东之蛏皆女儿蛏也，而荔枝则女儿之佳者。

上文所云小娘蛏盖即一物，吾乡土俗蛏不尚大者，但不记得有什么别名，只通称蛏子耳。冯云鹏著《红雪词》甲乙集各二卷，乙之一中有禽言二十二章，禽言词未曾见也，又有咏海错者二十五章，其十四至十六皆是蛏，曰竹蛏，曰女儿蛏，曰笔管蛏，却无注。其第二咏白小，有注云：

即银鱼，杜诗，白小群分命，天然二寸鱼，《记事珠》以为面条，非也，吾通产塔影河者佳，不亚于莺脰湖。

《食味杂咏》南味之五云《银鱼》，注云：

色白如银，长寸许，大者不过二寸，乡音亦呼儿鱼，音同泥，银言白，儿言小也。此鱼古书不载，罗愿《翼雅》[1]于王馀脍残云又名银鱼。脍残虽相类，然大数倍，不可混也。

诗中注云：

银鱼出水即不活，渔家急暴干市之。有甫出水生者以作羹极鲜美，乡俗名之曰水银鱼，以别于干者。

东墅老人对于土物之知识丰富实在可佩服，可惜以诗为主，因诗写注，终有所限制，假如专作笔记，像郝兰皋的《记海错》那样，一定是很有可观的。至于以诗论，则谢金圃的银鱼诗与冯晏海的白小词均不能佳，因系用典制题做法，咏物诗少佳作，不关二公事也。倒还是普通一点的风物诗可以写得好，如前所举棹歌即是，关于白小可举出吾乡孙子九一绝句来：

【锺校】

①"罗愿《翼雅》"原作"罗愿《雅》"。案罗愿有《尔雅翼》，《记海错》引郝懿行与孙渊如观察书有云："陆农师之《埤雅》，罗端良之《翼雅》，盖不足言。"

南湖白小论斗量，北湖鲫鱼尺半长。

鱼船进港麹船出，水气着衣闻酒香。

孙子九名垓，有《退宜堂诗集》四卷，此诗为《过东浦口占》之第二首，在诗集卷一中。

（廿四年三月十三日，北平）

日本的衣食住

◇ 1935.6.21

我留学日本还在民国以前，只在东京住了六年，所以对于文化云云够不上说什么认识，不过这总是一个第二故乡，有时想到或是谈及，觉得对于一部分的日本生活很有一种爱着。这里边恐怕有好些原因，重要的大约有两个，其一是个人的性分，其二可以说是思古之幽情罢。我是生长于东南水乡的人，那里民生寒苦，冬天屋内没有火气，冷风可以直吹进被窝来，吃的通年不是很咸的腌菜也是很咸的腌鱼，有了这种训练去过东京的下宿生活，自然是不会不合适的。我那时又是民族革命的一信徒，凡民族主义必含有复古思想在里边，我们反对清朝，觉得清以前或元以前的差不多都好，何况更早的东西。听说夏穗卿钱念劬两位先生在东京街上走路，看见店铺招牌的某文句或某字体，常指点赞叹，谓犹存唐代遗风，非现今中国所有。冈千仞著《观光纪游》中亦纪杨惺吾回国后事云：

> 惺吾杂陈在东所获古写经，把玩不置曰，此犹晋时笔法，宋元以下无此真致。

这种意思在那时大抵是很普通的。我们在日本的感觉，一半是异域，一半却是古昔，而这古昔乃是健全地活在异域的，所以不是梦幻似地空假，而亦与高丽安南的优孟衣冠不相同也。

日本生活中多保存中国古俗，中国人好自大者反讪笑之，可谓不察之甚。《观光纪游》卷二《苏杭游记》上，记明治甲申（一八八四）六月二十六日事云：

> 晚与杨君赴陈松泉之邀，会者为陆云孙，汪少符，文小坡。杨君每谈日东一事，满坐哄然，余不解华语，痴坐其旁。因以为我俗席地而坐，食无案桌，寝无卧床，服无衣裳之别，妇女涅齿，带广，蔽腰围等，皆为外人所讶者，而中人辫发垂地，嗜毒烟甚食色，妇女约足，人家不设厕，街巷不容车马，皆不免陋

者，未可以内笑外，以彼非此。

冈[①]氏言虽未免有悻悻之气，实际上却是说得很对的。以我浅陋所知，中国人纪述日本风俗最有理解的要算黄公度，《日本杂事诗》二卷成于光绪五年己[②]卯，已是五十七年前了，诗也只是寻常，注很详细，更难得的是意见明达。卷下关于房屋的注云：

室皆离地尺许，以木为板，藉以莞席，入室则脱屦户外，袜而登席。无门户窗牖，以纸为屏，下承以槽，随意开阖，四面皆然，宜夏而不宜冬也。室中必有阁以庋物，有床笫以列器皿陈书画。（室中留席地，以半掩以纸屏，架为小阁，以半悬挂玩器，则缘古人床笫之制而亦仍其名。）楹柱皆以木而不雕漆，昼常掩门而夜不扃钥。寝处无定所，展屏风，张帐幕，则就寝矣。每日必洒扫拂拭，洁无纤尘。

又一则云：

坐起皆席地，两膝据地，伸腰危坐，而以

【锺校】

①"冈"原作"罔"。

②"己"原作"已"。

足承尻后，若趺坐，若蹲踞，若箕踞，皆为不恭。坐必设褥，敬客之礼有敷数重席者。有君命则设几，使者宣诏毕，亦就地坐矣。皆古礼也。因考《汉书》贾谊传，文帝不觉膝之前于席。《三国志》管宁传，坐不箕股，当膝处皆穿。《后汉书》，向栩坐板，坐积久板乃有膝踝足指之处。朱子又云，今成都学所存文翁礼殿刻石诸像，皆膝地危坐，两跖隐然见于坐后帷裳之下。今观之东人，知古人常坐皆如此。(《日本国志》成于八年后丁亥，所记稍详略有不同，今不重引。)

这种日本式的房屋我觉得很喜欢。这却并不由于好古，上文所说的那种坐法实在有点弄不来，我只能胡坐，即不正式的趺跏，若要像管宁那样，则无论敷了几重席也坐不到十分钟就两脚麻痹了。我喜欢的还是那房子的适用，特别便于简易生活。《杂事诗》注已说明屋内铺席，其制编稻草为台，厚可二寸许，蒙草席于上，两侧加麻布黑缘，每席长六尺宽三尺，室之大小以席计数，自两席以至百席，而最普通者则为三席，四席半，六席，八席，学生所居以四席半为多。户窗取明者用格子糊以薄纸，名曰障子，可称纸窗，其他则两面裱暗色厚纸，用以间隔，名曰唐纸，可云纸屏耳。阁原名户棚，即壁橱，分上下层，可分贮被褥及衣箱杂物。床笫原名“床之间”，即壁龛而大，下宿不设此，学生租民房时可利用此地堆积书报，几乎平白地多出一席地也。四席半一室面积才八十一方尺，比维摩斗室还小十分之二，四壁萧然，下宿只供给一副茶具，自己买一张小几放在窗下，再有两三个坐褥，便可安住。坐在几前读书写字，前后左右凡有空地都可安放书卷纸张，等于一大书桌，客来遍地可坐，客六七人不算拥挤，倦时随便卧倒，不必另备沙发，深夜从壁橱取被摊开，又便即正式睡觉了。昔时常见日本学生移居，车上载行李只铺盖衣包小几或加书箱，自己手拿玻璃洋油灯在车后走而已。中国公寓住室总[①]在方丈以上，而板床桌椅箱架之外无多馀地，令人感到局促，无安闲之趣。大抵中国房屋与西洋的相同都是宜于华丽而不宜于简陋，一间房子造成，还是行百里者半九十，非是有

【鄢校】

①“总”原作“听”。

相当的器具陈设不能算完成，日本则土木功毕，铺席糊窗，即可居住，别无一点不足，而且还觉得清疏有致。从前在日本旅行，在吉松高锅等山村住宿，坐在旅馆的朴素的一室内凭窗看山，或着浴衣躺席上，要一壶茶来吃，这比向来住过的好些洋式中国式的旅舍都要觉得舒服，简单而省费。这样房屋自然也有缺点，如《杂事诗》注所云宜夏而不宜冬，其次是容易引火，还有或者不大谨慎，因为槽上拉动的板窗木户易于偷启，而且内无扃钥，贼一入门便可各处自在游行也。

关于衣服《杂事诗》注只讲到女子的一部分，卷二云：

> 宫装皆披发垂肩，民家多古装束，七八岁时丫髻双垂，尤为可人。长，耳不环，手不钏，髻不花，足不弓鞋，皆以红珊瑚为簪。出则携蝙蝠伞。带宽咫尺，围腰二三匝，复倒卷而直垂之，若襁负者。衣袖尺许，襟广微露胸，肩脊亦不尽掩。傅粉如面然，殆《三国志》所谓丹朱坋身者耶。

又云：

> 女子亦不着裤，里有围裙，《礼》所谓中

单，《汉书》所谓中裙，深藏不见足，舞者回旋偶一露耳。五部洲惟日本不着裤，闻者惊怪。今按《说文》，裤，胫衣也。《逸雅》，裤，两股各跨别也。裤即今制，三代前固无。张萱《疑曜[①]》曰，裤即裤，古人皆无裆，有裆起自汉昭帝时上官宫人。考《汉书》上官后传，宫人使令皆为穷裤。服虔曰，穷裤前后有裆，不得交通。是为有裆之裤所缘起。惟《史记》叙屠岸贾有置其裤中语，《战国策》亦称韩昭侯有敝裤，则似春秋战国既有之，然或者尚无裆耶。

这个问题其实本很简单。日本上古有裤，与中国西洋相同，后受唐代文化衣冠改革，由筒管裤而转为灯笼裤，终乃裤脚益大，裤裆渐低，今礼服之"裤"已几乎是裙了。平常着裤，故里衣中不复有裤类的东西，男子但用犊鼻裈，女子用围裙，就已行了，迨后民间平时可以衣而不裳，遂不复着，但用作乙种礼服，学生如上学或访老师则和服之上必

【锺校】

① "曜"原作"耀"。

须着裤也。现今所谓和服实即古时之所谓“小袖”，袖本小而底圆，今则甚深广，有如口袋，可以容手巾笺纸等，与中国和尚所穿的相似，西人称之曰Kimono，原语云“着物”，实只是衣服总称耳。日本衣裳之制大抵根据中国而逐渐有所变革，乃成今状，盖与其房屋起居最适合，若以现今和服住洋房中，或以华服住日本房，亦不甚适也。《杂事诗》注又有一则关于鞋袜的云：

> 袜前分歧为二歧，一歧容拇指，一歧容众指。屐有如兀字者，两齿甚高，又有作反凹者。织蒲为苴，皆无墙有梁，梁作人字，以布绠或纫蒲系于头，必两指间夹持用力乃能行，故袜分作两歧。考《南史》虞玩之传，一屐着三十年，蒵断以芒接之。古乐府，黄桑柘屐蒲子履，中央有丝两头系。知古制正如此也，附注于此。

这个木屐也是我所喜欢着的，我觉得比广东用皮条络住脚背的还要好，因为这似乎更着力可以走路。黄君说必两指间夹持用力乃能行，这大约是没有穿惯，或者因中国男子多裹脚，脚指互叠不能衔梁，衔亦无力，所以觉得不容易，其实是套着自然着力，用不着什么夹持的。去年夏间我往东京去，特地到大震灾时没有毁坏的本乡去寄寓，晚上穿了和服木屐，曳杖，往帝国大学前面一带去散步，看看旧书店和地摊，很是自在，若是穿着洋服就觉得拘束，特别是那么大热天。不过我们所能穿的也只是普通的“下驮”，即所谓反凹字形状的一种，此外名称“日和下驮”底作兀字形而不很高者，从前学生时代也曾穿过，至于那两齿甚高的“足驮”那就不敢请教了。在民国以前，东京的道路不很好，也颇有雨天变酱缸之概，足驮是雨具中的要品，现代却可以不需，不穿皮鞋的人只要有日和下驮就可应付，而且在实际上连这也少见了。

《杂事诗》注关于食物说的最少，其一云：

> 多食生冷，喜食鱼，聂而切之，便下箸矣，火熟之物亦喜寒食。寻常茶饭，萝卜竹笋而外，无长物也。近仿欧罗巴食法，或用牛羊。

又云：

> 自天武四年因浮屠教禁食兽肉，非饵病不许食。卖兽肉者隐其名曰药食，复曰山鲸。所悬望子，画牡丹者豕肉也，画丹枫落叶者鹿

肉也。

讲到日本的食物，第一感到惊奇的事的确是兽肉的稀少。二十多年前我还在三田地方看见过山鲸（这是野猪的别号）的招牌，画牡丹枫叶的却已不见。虽然近时仿欧罗巴法，但肉食不能说很盛，不过已不如从前以兽肉为秽物禁而不食，肉店也在“江都八百八街”到处开着罢了。平常鸟兽的肉只是猪牛与鸡，羊肉[①]简直没处买，鹅鸭也极不常见。平民的下饭的菜到现在仍旧还是蔬菜以及鱼介。中国学生初到日本，吃到日本饭菜那么清淡，枯槁，没有油水，一定大惊大恨，特别是在下宿或分租房间的地方。这是大可原谅的，但是我自己却不以为苦，还觉得这有别一种风趣。吾乡穷苦，人民努力日吃三顿饭，唯以腌菜臭豆腐螺蛳为菜，故不怕咸与臭，亦不嗜油若命，到日本去吃无论什么都不大成问题。有些东西可以与故乡的什么相比，有些又即是中国某处的什么，这样一想就很有意思。如味噌汁与干菜汤，金山寺味噌与豆板酱，福神渍与酱

【锺校】

①“羊肉”原作“肉羊”。

咯哒，牛蒡独活与芦笋，盐鲑与勒鲞，皆相似的食物也。又如大德寺纳豆即咸豆豉，泽庵渍即福建的黄土萝卜，蒟蒻即四川的黑豆腐，刺身即广东的鱼生，寿司（《杂事诗》作寿志）即古昔的鱼鲊，其制法见于《齐民要术》，此其间又含有文化交通的历史，不但可吃，也更可思索。家庭宴集自较丰盛，但其清淡则如故，亦仍以菜蔬鱼介为主，鸡豚在所不废，唯多用其瘦者，故亦不油腻也。近时社会上亦流行中国及西洋菜，试食之则并不佳，即有名大店亦如此，盖以日东手法调理西餐（日本昔时亦称中国为西方）难得恰好，唯在赤坂一家云“茜”者吃中餐极佳，其厨师乃来自北平云。

日本食物之又一特色为冷，确如《杂事诗》注所言。下宿供膳尚用热饭，人家则大抵只煮早饭，家人之为官吏教员公司职员工匠学生者皆裹饭而出，名曰“便当”，匣中盛饭，别一格盛菜，上者有鱼，否则梅干一二而已。傍晚归来，再煮晚饭，但中人以下之家便吃早晨所馀，冬夜苦寒，乃以热苦茶淘之。中国人惯食火热的东西，有海军同学昔日为京官，吃饭恨不热，取饭锅置坐右，由锅到碗，由碗到口，迅疾如暴风雨，乃始快意，此固是极端，却亦是一好例。总之对于食物中国大概喜热恶冷，所以留学生看了“便当”恐怕无不头痛的。不过我觉得这也很好，不但是故乡有吃“冷饭头”的习惯，说得迂腐一点，也是人生的一点小训练。希望人人都有“吐斯”当晚点心，人人都有小汽车坐，固然是久远的理想，但在目前似乎刻苦的训练也是必要。日本因其工商业之发展，都会文化渐以增进，享受方面也自然提高，不过这只是表面的一部分，普通的生活还是很刻苦，此不必一定是吃冷饭，然亦不妨说是其一。中国平民生活之苦已甚矣，我所说的乃是中流的知识阶级应当学点吃苦，至少也不要太讲享受。享受并不限于吃“吐斯”之类，抽大烟娶姨太太打麻将皆是中流享乐思想的表现，此一种病真真不知道如何才救得过来，上文云云只是姑妄言之耳。

六月九日《大公报》上登载梁实秋先生的一篇论文，题曰《自信力与夸大狂》，我读了很是佩服，有关于中国的衣食住的几句话可以引用在这里。梁先生说中国文化里也有一部分是优于西洋者，解说道：

我觉得可说的太少，也许是从前很多，现

在变少了。我想来想去只觉得中国的菜比外国的好吃，中国的长袍布鞋比外国的舒适，中国的宫室园林比外国的雅丽，此外我实在想不出有什么优于西洋的东西。

梁先生的意思似乎重在消极方面，我们却不妨当作正[①]面来看，说中国的衣食住都有些可取的地方。本来衣食住三者是生活中最重要的部分，因其习惯与便利，发生爱好的感情，转而成为优劣的辨别，所以这里边很存着主观的成分，实在这也只能如此，要想找一根绝对平直的尺度来较量盖几乎是不可能的。固然也可以有人说："因为西洋人吃鸡蛋，所以兄弟也吃鸡蛋。"不过在该吃之外还有好吃问题，恐怕在这一点上未必能与西洋人一定合致，那么这吃鸡蛋的兄弟对于鸡蛋也只有信而未至于爱耳。因此，改变一种生活方式很是烦难，而欲了解[②]别种生活方式亦不是容易的事。有的事情在事实并不怎么愉快，在道理上显然看出是荒谬的，如男子拖辫，女人缠足，似乎应该不难解决了，可是

【锺校】

① 此处原衍"在"字，已删。

② "解"原作"理"。

也并不如此，民国成立已将四半世纪了，而辫发未绝迹于村市，士大夫中爱赏金莲步者亦不乏其人，他可知矣。谷崎润一郎近日刊行《摄阳随笔》，卷首有《阴翳礼赞》一篇，其中说漆碗盛味噌汁（以酱汁作汤，蔬类作料，如茄子萝卜海带，或用豆腐）的意义，颇多妙解，至悉归其故于有色人种，以为在爱好上与白色人种异其趣，虽未免稍多宿命观的色彩，大体却说得很有意思。中日同是黄色的蒙古人种，日本文化古来又取资中土，然而其结果乃或同或异，唐时不取太监，宋时不取缠足，明时不取八股，清时不取雅片，又何以嗜好迥殊耶。我这样说似更有阴沉的宿命观，但我固深钦日本之善于别择，一面却亦仍梦想中国能于将来荡涤此诸染污，盖此不比衣食住是基本的生活，或者其改变尚不至于绝难欤。

我对于日本文化既所知极浅，今又欲谈衣食住等的难问题，其不能说得不错，盖可知也。幸而我预先声明，这全是主观的，回忆与印象的一种杂谈，不足以知日本真的事情，只足以见我个人的意见耳。大抵非自己所有者不能深知，我尚能知故乡的民间生活，因此亦能于日本生活中由其近似而得理会，其所不知者当然甚多，若所知者非其真相而只是我的解说，那也必所在多有而无可免者也。日本与中国在文化的关系上本犹罗马之与希腊，及今乃成为东方之德法，在今日而谈日本的生活，不撒有“国难”的香料，不知有何人要看否，我亦自己怀疑。但是，我仔细思量日本今昔的生活，现在日本“非常时”的行动，我仍明确地看明白日本与中国毕竟同是亚细亚人，兴衰祸福目前虽是不同，究竟的命运还是一致，亚细亚人岂终将沦于劣种乎，念之惘然。因谈衣食住而结论至此，实在乃真是漆黑的宿命论也。

二十四年六月二十一日，在北平。

谈油炸鬼

◇ 1935.10—12

刘廷玑著《在园杂志》卷一有一条云：

东坡云，谪居黄州五年，今日北行，岸上闻骡驮铎声，意亦欣然。铎声何足欣，盖久不闻而今得闻也。昌黎诗，照壁喜见蝎。蝎无可喜，盖久不见而今得见也。予由浙东观察副使奉命引见，渡黄河至王家营，见草棚下挂油炸鬼数枚。制以盐水合面，扭作两股如粗绳，长五六寸，于热油中炸成黄色，味颇佳，俗名油炸鬼。予即于马上取一枚啖之，路人及同行者无不匿笑，意以为如此鞍马仪从而乃自取自啖此物耶。殊不知予离京城赴浙省今十七年矣，一见河北风味不觉狂喜，不能自持，似与韩苏二公之意暗合也。

在园的意思我们可以了解，但说黄河以北才有油炸鬼却并不是事实。江南到处都有，绍兴在东南海滨，市中无不有麻花摊，叫卖麻花烧饼者不绝于道。范寅著《越谚》卷中饮食门云：

麻花，即油炸桧，迄今代远，恨磨业者省工无头脸，名此。

案此言系油炸秦会之，殆是望文生义，至同一癸音而曰鬼曰桧，则由南北语异，绍兴读鬼若举不若癸也。中国近世有馒头，其缘起说亦怪异，与油炸鬼相类，但此只是传说罢了。朝鲜权宁世编《支那四声字典》，第一七五 Kuo 字项下注云：

馃（Kuo），正音。油馃子，小麦粉和鸡蛋，油煎拉长的点心。油炸馃，同上。但此一语北京人悉读作 Kuei 音，正音则唯乡下人用之。

此说甚通，鬼桧二读盖即由馃转出。明王思任著《谑庵文饭小品》卷三《游满井记》中云：

卖饮食者邀诃好火烧，好酒，好大饭，好果子。

所云果子即油馃子，并不是频婆林禽之流，谑庵于此多用土话，邀诃亦即吆喝，作平声读也。

乡间制麻花不曰店而曰摊，盖大抵简陋，只两高凳架木板，于其上和面搓条，傍一炉可烙烧饼，一油锅炸麻花，徒弟用长竹筷翻弄，择其黄熟者夹置铁丝笼中，有客来买时便用竹丝穿了打结递给他。做麻花的手执一小木棍，用以摊赶湿面，却时时空敲木板，的答有声调，此为麻花摊的一种特色，可以代呼声，告诉人家正在开淘有火热麻花吃也。麻花摊在早晨也兼卖粥，米粒少而汁厚，或谓其加小粉，亦未知真假。平常粥价一碗三文，麻花一股二文，客取麻花折断放碗内，令盛粥其上，如《板桥家书》所说，"双手捧碗缩颈而啜之，霜晨雪早，得此周身俱暖"，代价一共只要五文钱，名曰麻花粥。又有花十二文买一包蒸羊，用鲜荷叶包了拿来，放在热粥底下，略加盐花，别有风味，名曰羊肉粥，然而价增两倍，已不是寻常百姓的吃法了。

麻花摊兼做烧饼，贴炉内烤之，俗称洞里火烧。小时候曾见一种似麻花单股而细，名曰油龙，又以小块面油炸，任其自成奇形，名曰油老鼠，皆小儿食品，价各一文，辛亥年回乡便都已不见了。面条交错作"八结"形者曰巧果，二条缠圆木上如藤蔓，炸熟木自脱去，名曰倭缠。其最简单者两股稍粗，互扭如绳，长约寸许，一文一个，名油馓子。以上各物《越谚》皆失载，孙伯龙著《南通方言疏证》卷四释小食中有馓子一项，注云：

> 《州志》方言，馓子，油炸环饼也。

又引《丹铅总录》等云，寒具今云曰馓子。寒具是什么东西，我从前不大清楚。据《庶物异名疏》云：

> 林洪《清供》云，寒具，捻头也，以糯米粉和面，麻油煎成，以糖食。据此乃油腻粘胶之物，故客有食寒具不濯手而污桓玄之书画者。

看这情形岂非是蜜供一类的物事乎？刘禹锡《寒具》诗乃云：

> 纤手搓来玉数寻，碧油煎出嫩黄深。
> 夜来春睡无轻重，压扁佳人缠臂金。

诗并不佳，取其颇能描写出寒具的模样，大抵形如北京西域斋制的奶油镯子，却用油煎一下罢了，至于和靖后人所说外面搽糖的或系另一做法，若是那么粘胶的东西，刘君恐亦未必如此说也。《和名类聚抄》引古字书云，“糫饼，形如葛藤者也”，则与倭缠颇相像，巧果油馓子又与“结果”及“捻头”

近似，盖此皆寒具之一，名字因形而异，前诗所咏只是似环的那一种耳。麻花摊所制各物殆多系寒具之遗，在今日亦是最平民化的食物，因为到处皆有的缘故，不见得会令人引起乡思。我只感慨为什么为著述家所舍弃，那样地不见经传。刘在园范啸风二君之记及油炸鬼，真可以说是豪杰之士，我还想费些功夫翻阅近代笔记，看看有没有别的记录，只怕大家太热心于载道，无暇做这“玩物丧志”的勾当也。

【附记】尤侗著《艮斋续说》卷八云：

> 东坡云，谪居黄州五年，今日北行，岸上闻骡驮铎声，意亦欣然，盖不闻此声久矣。韩退之诗，照壁喜见蝎。此语真不虚也。予谓二老终是宦情中热，不忘长安之梦，若我久卧江湖，鱼鸟为侣，骡马鞞铎耳所厌闻，何如欸乃一声耶。京邸多蝎，至今谈虎色变，不意退之喜之如此，蝎且不避而况于臭虫乎。

西堂此语别有理解。东坡蜀人何乐北归，退之生于昌黎，喜蝎或有可原，唯此公大热中，故亦令人疑其非是乡情而实由于宦情耳。

廿四年十月七日记于北平。

【补记】 张林西著《琐事闲录》正续各两卷，咸丰年刊。续编卷上有关于油炸鬼的一则云：

油炸条面类如寒具，南北各省均食此点心，或呼果子，或呼为油胚，豫省又呼为麻糖，为油馍，即都中之油炸鬼也。鬼字不知当作何字。长晴岩观察臻云，应作桧字，当日秦桧既死，百姓怒不能释，因以面肖形炸而食之，日久其形渐脱，其音渐转，所以名为油炸鬼，语亦近似。

案此种传说各地多有，小时候曾听老妪们说过，今却出于旗员口中觉得更有意思耳。个人的意思则愿作“鬼”字解，稍有奇趣，若有所怨恨乃以面肖形炸而食之，此种民族性殊不足嘉尚也。秦长脚即极恶，总比刘豫张邦昌以及张弘范较胜一筹罢，未闻有人炸吃诸人，何也？我想这骂秦桧的风气是从《说岳》及其戏文里出来的。士大夫论人物，骂秦桧也骂韩侂胄，更是可笑的事，这可见中国读书人之无是非也。

民国廿四年十二月廿八日补记。

《记海错》

◇ 1935.12.24

王渔洋《分甘馀话》卷四载郑简庵《新城旧事序》有云：

汉太上作新丰，并移旧社，士女老幼，相携路首，各知其室，放鸡犬于通途，亦竞识其家，则乡亭宫馆尽入描摹也。沛公过沛，置酒悉召父老诸母故人道旧，故为笑乐，则酒瓢羹碗可供笑谑也。郭璞注《尔雅》，陆佃作《埤雅》，释鱼释鸟，读之令人作濠濮间[1]想，觉鸟兽禽鱼自来亲人也。

【锺校】

①“间”原作“闻”。

这是总说乡里志乘的特色，但我对于纪风物的一点特别觉得有趣味。小时候读《毛诗草木鸟兽虫鱼疏》与《花镜》等，所以后来成为一种习气，喜欢这类的东西。可是中国学者虽然常说格物，动植物终于没有成为一门学问，直到二十世纪这还是附属于经学，即《诗经》与《尔雅》的一部分，其次是医家类的《本草》，地志上的物产亦是其一。普通志书都不很着重这方面，纪录也多随便，如宋高似孙的《剡录》可以说是有名的地志，里边有《草木禽鱼诂》两卷，占全书十分之二，分量不算少了，但只引据旧文，没有多大价值。单行本据我所看见的有黄本骥的《湖南方物志》四卷，汪曰桢的《湖雅》九卷，均颇佳。二书虽然也是多引旧籍，黄氏引有自己的《三长物斋长说》好许多，汪氏又几乎每条有案语，与纯粹辑集者不同。黄序有云：

> 仿《南方草木状》《益部[1]方物略》《桂海虞衡志》《闽中海错疏》之例，题曰《湖南方物志》。

【锺校】

①“部”原作“都”。

至于个人撰述之作，我最喜欢郝懿行的《记海错》，郭柏苍的《海错百一[1]录》五卷《闽产录异》六卷居其次。郭氏纪录福建物产至为详尽，明谢在杭《五杂组》卷九至十二凡四卷为物部，清初周亮工著《闽小记》四卷，均亦有所记述，虽不多而文辞佳胜，郝氏则记山东登莱海物者也。

郝懿行为乾嘉后期学者，所注《尔雅》其精审在邢邵之上。《晒书堂文集》卷二与孙渊如观察书（戊辰）有云：

> 尝论孔门多识之学殆成绝响，唯陆元恪之《毛诗疏》剖析精微，可谓空前绝后。盖以故训之伦无难钩稽搜讨，乃至虫鱼之注，非夫耳闻目验，未容置喙其间，牛头马髀，强相附会，作者之体又宜舍诸。少爱山泽，流观鱼鸟，旁涉夭条，靡不覃研钻极，积岁经年，故尝自谓《尔雅》下卷之疏，几欲追踪元恪，陆农师之《埤雅》，罗端良之《翼雅》，盖不足言。

【锺校】

①“百一”原作“一百”。

这确实不是夸口，虽然我于经学是全外行，却也知道他的笺注与众不同，盖其讲虫鱼多依据耳闻目验，如常引用民间知识及俗名，在别人书中殆不能见到也。又答陈恭甫侍御书（丙子）中云：

> 贱患偏疝，三载于今，迩来体气差觉平复耳。以此之故，虫鱼辍注，良以慨然。比缘闲废，聊刊《琐语》小书，欲为索米之赀（七年无俸米吃），自比钞胥，不堪覆瓿，只恐流播人间作话柄耳。

即此可见他对于注虫鱼的兴趣与尊重，虽然那些《宋琐语》《晋宋书故》的小书也是很有意思的著作，都是我所爱读的。《蜂衙小记》后有牟廷相跋云：

> 昔人云，《尔雅》注虫鱼，定非磊落人。余谓磊落人定不能注虫鱼耳。浩浩落落，不辨马牛，那有此静中妙悟耶？故愿与天下学静，不愿学磊落。如有解者，示以《蜂衙小记》十五则。

牟氏著有《诗切[①]》，虽不得见，唯在郝氏《诗问》中见所引数条，均有新意，可知亦是解人也，此跋所说甚是，正可作上文的说明。《宝训》八卷《蜂衙小记》《燕子春秋》各一卷，均有牟氏序跋，与《记海错》合刻，盖郝君注虫鱼之绪馀也。

《记海错》一卷，凡四十八则，小引云：

> 海错者《禹贡》图中物也，故《书》《雅》记厥类实繁，古人言矣而不必见，今人见矣而不能言。余家近海，习于海久，所见海族亦孔之多，游子思乡，兴言记之。所见不具录，录其资考证者，庶补《禹贡疏》之阙略焉。时嘉庆丁卯戊辰书。

王善宝序云：

> 农部郝君恂九自幼穷经，老而益笃。日屈身于打头小屋，孜孜不辍[②]。有馀闲记海错一册，举乡里之称名，证以古书而得其贯通，刻画其形亦毕肖也。

此书特色大略已尽于此，即见闻真，刻画肖耳。如

【鄢校】

①“切”原作“意”。

②“辍”原作“倦”，据《记海错》改。

“土肉”一则云：

李善《文选·江赋注》引《临海水土异物志》曰，土肉正黑，如小儿臂大，长五寸，中有腹，无口目，有三十足，炙食。余案今登莱海中有物长尺许，浅黄色，纯肉无骨，混沌无口目，有肠胃。海人没水底取之，置烈日中，濡柔如欲消尽，瀹以盐则定，然味仍不咸，用炭灰腌之即坚韧而黑，收干之犹可长五六寸。货致远方，啖者珍之，谓之海参，盖以其补益人与人参同也。《临海志》所说当即指此，而云有三十足，今验海参乃无足而背上肉刺如钉，自然成行列，有二三十枚者，《临海志》欲指此为足则非矣。

《闽小记》《海错百一录》所记都不能这样清爽。又记虾云：

海中有虾长尺许，大如小儿臂，渔者网得之，俾两两而合，日干或腌渍货之，谓为对虾，其细小者干货之曰虾米也。案《尔雅》云，鰝大虾。郭注，虾大者出海中，长二三丈，须长数尺，今青州呼虾鱼为鰝。《北户录》云，海中大红虾长二丈馀，头可作杯，须可作簪，其肉可为脍，甚美。又云，虾须有一丈者，堪拄杖。《北户录》之说与《尔雅》合。余闻榜人言，船行海中或见列桅如林，横碧若山，舟子渔人动色攒眉，相戒勿前，碧乃虾背，桅即虾须矣。

此节文字固佳，稍有小说气味，盖传闻自难免张大其词耳。《五杂组》卷九云：

龙虾大者重二十馀斤，须三尺馀，可为杖。蚶大者如斗，可为香炉。蚌大者如箕。此皆海滨人习见，不足为异也。

《闽小记》卷一“龙虾”一则云：

相传闽中龙虾大者重二十馀斤，须三尺馀，可作杖，海上人习见之。予初在会城，曾未一睹，后至漳，见极大者亦不过三斤而止，头目实作龙形，见之敬畏，戒不敢食。后从张赓阳席间误食之，味如蟹螯中肉，鲜美逾常，遂不能复禁矣。有空其肉为灯者，贮火其中，电目血舌，朱鳞火鬣，如洞庭君擘青天飞去时，携之江南，环观挢[①]舌。

《海错百一录》卷四记虫其一“龙虾”云：

龙虾即虾魁，目睛隆起，隐露二角，产宁德。《岭表录异》云，前两脚大如人指，长尺馀，上有芒刺铦硬，手不可触，脑壳微有错，身弯环，亦长尺馀，熟之鲜红色，名虾杯。苍案，宁德以龙虾为灯，居然龙也，以其大乃称之为魁。仆人陈照贾吕宋，舶头突驾二朱柱，夹舶而趋，舶人焚香请妈祖棍三击，如桦烛对列，闪灼而逝，乃悟为虾须。《南海杂志》，商舶见波中双樯摇荡，高可十馀丈，意其为舟，老长年曰，此海虾乘雾曝双须也。《洞冥记》载有虾须杖。举此则龙虾犹小耳。

将这四篇来一比较，郝记还是上品，郭录本来最是切实，却仍多俗信，如记美人鱼海和尚撒[②]尿鸟之类皆是，又《闽产录异》卷五记豕身人首的鯀神，有云，“山精木魅，奇禽异兽，难以殚述”，书刻于光绪丙戌，距今才五十年，但其思想则颇陈旧也。

【锺校】

①“挢”原作“桥”。

②“撒”原作“散”。

郝记中尚有蟹、蛇、海盘缠、海带诸篇均佳，今不具引。

《晒书堂诗钞》卷上有诗曰《拾海错》，原注云，“海边人谓之赶海”，诗有云：

渔父携筠篮，追随者[①]稚子。

逐虾寻海舌，淘泥拾鸭嘴[②]。

细不遗蟹奴，牵连及鱼婢。

郝诗非其所长，但此数语颇有意思。《晒书堂文集》《笔录》及诸所著述书中，则佳作甚多，惜在这里不能多赘。清代北方学者我于傅青主外最佩服郝君，他的学术思想仿佛与颜之推贾思勰有点近似，切实而宽博，这是我所喜欢的一个境界也。郝氏遗书庞然大部，我未能购买，但是另种也陆续搜到二十种，又所重刻雅雨堂本《金石例》亦曾得到，皆可喜也。

廿四年十二月廿四日，于北平。

【鄢校】

①“者”原作“的”。

②《拾海错》有注：海舌即水母，蚬形如鸭嘴。

再谈油炸鬼

◇ 1936.7

前写《谈油炸鬼》一小文，登在报上，后来又收集在《苦竹杂记》里边。近阅李登斋的《常谈丛录》，卷八有“油熄果”一条，其文云：

> 市中每以水调面，捏切成条大如指，双叠牵长近尺，置热油中煎之，鞄大如儿臂，已熟作嫩黄色，仍为双合形，撕之亦可成两。货之一条价二钱，此即古寒具类，今远近皆有之，群呼为油熄鬼，骤闻者骇焉，然习者以为常称，不究其义。后见他书有称油煎食物为油果者，乃悟此为油熄果，以果与鬼音近而转讹也。鬼之名不祥不雅，相混久宜亟为正之，否则安敢以此鬼物进于尊贵亲宾之前耶。

油炸鬼在吾乡只是民间寻常食品，虽然不分贫富都喜欢吃，却不能拿来请客（近年或有例外，不在此列），所以尊贵亲宾云云似不甚妥，若其主张鬼字原为果字，则与鄙见原相似也。又前次我征引孙伯龙的《南通方言疏证》，却没有检查他的《通俗常言疏证》，其第四册“饮食门”内有一条云：

> 油炸鬼儿。国文教科书有油炸烩三字，按字典无炸烩二字，然元人杂剧有炮声如雷炸语，炸音诈，字典遗之耳。教科书读炸为闸，非也，炸乃音闸耳。《梦笔生花》“杭州俗语杂对”，油炸鬼，火烧儿。又元张国宾《大闹相国寺》剧，那边卖的油炸骨朵儿，你买些来我吃。按骨鬼音转，今云油炸鬼儿是也。

油炸骨突儿大约确是鬼的前身，却出于元曲，比明代的“好果子”还早，所以更有意思。我想这种油炸面食大概古已有之，所谓压扁佳人缠臂金的寒具未必不是油炸鬼一，不过制法与名称不详，所以其世系也只得以元朝为始了。

近时的人喜欢把他拉到秦桧的身上去，说这实在是油炸桧。这个我觉得很不合道理。第一，秦桧原不是好人，但他只是一个权奸，与严嵩一样（还不及魏忠贤罢？），而世间特别骂他构和，这却不是他的大罪。我们生数百年后，想要评论南宋和战是非，似乎不甚可靠，不如去问当时的人，这里我们可以找鼎鼎大名的朱子来，我想他的话总不会大错的罢。《语类》卷百三十一有云：

> 秦桧见虏人有厌兵意，归来主和，其初亦是。使其和中自治有策，后当逆亮之乱，一扫而复中原，一大机会也。惜哉。

又云：

> 僩问，高宗若不肯和，必成功。曰，也未知如何，将骄惰不堪用。

由此可知朱晦庵并不反对构和，他只可惜和后不能自强以图报复。第二，秦桧主和，保留得半壁江山，总比做金人的奴皇帝的刘豫张邦昌为佳，而世人独骂秦桧，则因其杀岳飞也。张浚杀曲端也正是同样冤屈，而世人独骂秦桧之杀岳飞，则因有《精忠岳传》之宣传也。国人的喜怒全凭几本小说戏文为定，岂非天下的大笑话，人人骂曹操捧关羽亦其一例。第三，有所怨恨，乃以面肖形炸而食之，此种民族性殊不足嘉尚。在所谓半开化民族中兴行种种法术，有黑魔术以伤害人为事，束草刻木为仇人形，禹步持咒，将刍灵火烧油炸或刀劈，则其人当立死。又如女郎为负心人所欺，不能穿红衫吊死去索偿于乡闱中，只好剪纸为人，背书八字，以绣花针七支刺其心窝，聊以示报。在世间原不乏此例，然有识者所不为，勇者亦不为也。小时候游过西湖，至岳坟而索然兴尽，所谓分尸桧已至不堪，那时却未留意，但见坟前四铁人，我觉得所表示的不是秦王四人而实是中国民族的丑恶，这样印象至今四十年来未曾改变。铸铁人，拿一棵树来说分尸，那么拿一条面来说油炸自无不可，然这种根性实在要不得，怯弱阴狠，不自知耻。（孔子说过，知耻近乎勇。）如此国民何以自存，其屡遭权奸之害，岂非所谓物必自腐而后虫生者耶。

我很反对思想奴隶统一化。这统一化有时由于一时政治的作用，或由于民间习惯的流传，二者之中以后者为慢性的，难于治疗，最为可怕。那时候有人来扎他一针，如李贽邱濬赵翼俞正燮汪士铎吕思勉之徒的言论，虽然未必就能救命，也总可放出一点毒气，不为无益。关于秦始皇王莽王安石的案，秦桧的案，我以为都该翻一下，稍为奠定思想自由的基础，虽然太平天国一案我还不预备参加去翻。这里边秦案恐怕最难办，盖如我的朋友（未得同意暂不举名）所说，和比战难，战败仍不失为民族英雄（古时自己要牺牲性命，现在还有地方可逃），和成则是万世罪人，故主和实在更需要有政治的定见与道德的毅力也。

（廿五年七月）

结缘豆

◇ 1936.9.8

范寅《越谚》卷中风俗门云：

结缘，各寺庙佛生日散钱与丐，送饼与人，名此。

敦崇《燕京岁时记》有“舍缘豆”一条云：

四月八日，都人之好善者取青黄豆数升，宣佛号而拈之，拈毕煮熟，散之市人，谓之舍缘豆，预结来世缘也。谨按《日下旧闻考》，京师僧人念佛号者辄以豆记其数，至四月八日佛诞生之辰，煮豆微撒以盐，邀人于路请食之以为结缘，今尚沿其旧也。

刘玉书《常谈》卷一云：

都南北多名刹，春夏之交，士女云集，寺

僧之青头白面而年少者着鲜衣华屦，托朱漆盘，贮五色香花豆，蹀躞于妇女襟袖之间以献之，名曰结缘，妇女亦多嬉取者。适一僧至少妇前奉之甚殷，妇慨然大言曰，良家妇不愿与寺僧结缘。左右皆失笑，群妇赧然缩手而退。

就上边所引的话看来，这结缘的风俗在南北都有，虽然情形略有不同。小时候在会稽家中常吃到很小的小烧饼，说是结缘分来的，范啸风所说的饼就是这个。这种小烧饼与“洞里火烧”的烧饼不同，大约直径一寸高约五分，馅用椒盐，以小皋步的为最有名，平常二文钱一个，底有两个窟窿[①]，结缘用的只有一孔，还要小得多，恐怕还不到一文钱吧。北京用豆，再加上念佛，觉得很有意思，不过二十年来不曾见过有人拿了盐煮豆沿路邀吃，也不听说浴佛日寺庙中有此种情事，或者现已废止亦未可知，至于小烧饼如何，则我因离乡里已久不能知道，据我推想或尚在分送，盖主其事者多系老太婆们，而老太婆者乃是天下之最有闲而富于保守性者也。

【锺校】

①“窿”原作“陇”。

结缘的意义何在？大约是从佛教进来以后，中国人很看重缘，有时候还至于说得很有点神秘，几乎近于命数。如俗语云，有缘千里来相会，无缘对面不相逢，又小说中狐鬼往来，末了必云缘尽矣，乃去。敦礼臣所云预结来世缘，即是此意。其实说得浅淡一点，或更有意思，例如唐伯虎之三笑，才是很好的缘，不必于冥冥中去找红绳缚脚也。我很喜欢佛教里的两个字，曰业曰缘，觉得颇能说明人世间的许多事情，仿佛与遗传及环境相似，却更带一点儿诗意。日本无名氏诗句云：

虫呵虫呵，难道你叫着，业便会尽了么？

这业的观念太是冷而且沉重，我平常笑禅宗和尚那么超脱，却还挂念腊月二十八，觉得生死事大也不必那么操心，可是听见知了在树上喳喳地叫，不禁心里发沉，真感得这件事恐怕非是涅槃是没有救的了。缘的意思便比较的温和得多，虽不是三笑那么圆满也总是有人情的，即使如库普林在《晚间的来客》所说，偶然在路上看见一双黑眼睛，以至梦想颠倒，究竟逃不出是春叫猫儿猫叫春的圈套，却也还好玩些。此所以人家虽怕造业而不惜作缘欤？若结缘者又买烧饼煮黄豆，逢人便邀，则更十分积极矣，我觉得很有兴趣者盖以此故也。

为什么这样的要结缘的呢？我想，这或者由于不安于孤寂的缘故吧，富贵子嗣是大众的愿望，不过这都有地方可以去求，如财神送子娘娘等处，然而此外还有一种苦痛却无法解除，即是上文所说的人生的孤寂。孔子曾说过，鸟兽不可与同群，吾非斯人之徒而谁与。人是喜群的，但他往往在人群中感到不可堪的寂寞，有如在庙会时挤在潮水般的人丛里，特别像是一片树叶，与一切绝缘而孤立着，念佛号的老公公老婆婆也不会不感到，或者比平常人还要深切吧，想用什么仪式来施行祓除，列位莫笑他们这几颗豆或小烧饼，有点近似小孩们的“办人家”，实在却是圣餐的面包蒲陶酒似的一种象征，很寄存着深重的情意呢。我们的确彼此太缺少缘分，假如可能实有多结之必要，因此我对于那些好善者着实同情，而且大有加入的意思，虽然青头白面的和尚我与刘青园同样的讨厌，觉得不必与他们去结缘，而朱漆盘中的五色香花豆盖亦本来不是献给我辈者也。

我现在去念佛拈豆，这自然是可以不必了，姑且以小文章代之耳。我写文章，平常自己怀疑，这是为什么的：为公乎，为私乎？一时也有点说不上来。钱振锽《名山小言》卷七有一节云：

> 文章有为我兼爱之不同。为我者只取我自家明白，虽无第二人解，亦何伤哉，老子古简，庄生诡诞，皆是也。兼爱者必使我一人之心共喻于天下，语不尽不止，孟子详明，墨子重复，是也。《论语》多弟子所记，故语意亦简，孔子诲人不倦，其语必不止此。或怪孔明文采不艳而过于丁宁周至，陈寿以为亮所与言尽众人凡士云云，要之皆文之近于兼爱者也。诗亦有之，王孟闲适，意取含蓄，乐天讽谕，不妨尽言。

这一节话说得很好，可是想拿来应用却不很容易，我自己写文章是属于哪一派的呢？说兼爱固然够不上，为我也未必然，似乎这里有点儿缠夹，而结缘的豆乃仿佛似之，岂不奇哉。写文章本来是为自己，但他同时要一个看的对手，这就不能完全与人无关系，盖写文章即是不甘寂寞，无论怎样写得难懂意识里也总期待有第二人读，不过对于他没有过大的要求，即不必要他来做喽啰而已。煮豆微撒以盐而给人吃之，岂必要索厚偿，来生以百豆报我，但只愿有此微末情分，相见时好生看待，不至伥伥来去耳。古人往矣，身后名亦复何足道，唯留存二三佳作，使今人读之欣然有同感，斯已足矣，今人之所能留赠后人者亦止此，此均是豆也。几颗豆豆，吃过忘记未为不可，能略为记得，无论转化作何形状，都是好的，我想这恐怕是文艺的一点效力，他只是结点缘罢了。我却觉得很是满足，此外不能有所希求，而且过此也就有点不大妥当，假如想以文艺为手段去达别的目的，那又是和尚之流矣，夫求女人的爱亦自有道，何为舍正路而不由，乃托一盘豆以图之，此则深为不佞所不能赞同者耳。

廿五年九月八日，在北平。

谈食人①

◇ 1937.3.1

去年秋天从书摊上买了两部《谈史志奇》，这书既不大高明，板也刻得很坏，就是原刊本也并不能好到那里去，但是我却买了两部来。其一是原本，有两篇序文，一题褚传经，一是自序，题古吴姚芝，年月都是嘉庆二十五年秋七月，卷首云丙戌新镌，盖是六年后所刻也。又其一是光绪戊子翻刻本，序文仍旧而年代悉改作光绪十四年，署名一称同学弟松泉氏，自序则称汝东彦臣氏，序中本自相称述曰姚崑厓曰褚健庭，此处弄得牛头不对马嘴也

【锺校】

①《秉烛谈》改题《谈史志奇》。

并不管，可见作伪者之低能了。我买此书固然可以用为翻刻作伪举例之一，大有用处，其实以内容论也颇有意思，虽然浅陋原是难免。自序中云：

> 庚辰夏日余与友人褚健庭偶游郡序，见二少年对坐啜茗，高视纵谭，旁坐之客皆默然静听，或有窃慕其胸罗古今异闻而层出不穷者。余趋近听之，大抵所谭皆今人说部中事，或有询其古史所载恢诡谲怪之事则懵然不能对也。余因叹曰，喜新好奇固人情所必至，道史册所载奇事不特确有可据，且寓劝惩之意，倘斯人于稠人广众中亦能娓娓而谭，使闻之者有所警劝，岂不贤于徒夸牛鬼之奇哉。于是每与吾友憩息松阴，各谭史载奇异者一二事或三五事，聊以消暑，归即命子员澜志之，久之不觉成帙。

书凡八卷，分汉晋南北朝唐五代宋元明各为一卷，抄录史上奇事，劝惩未必有效，亦差可备览，与听说狐鬼的意味正自不同耳。阅卷四纪唐朝事中有“朱粲好食人肉”一则，甚感兴趣，查原文见《旧唐书》卷五十六《朱粲传》中，今略引抄于下：

> 朱粲者亳州城父人也，初为县佐史，大业

末从军讨长白山贼，遂聚结为群盗。……军中罄竭，无所虏掠，乃取婴儿蒸而啖之，因令军士曰，食之美者宁过于人肉乎，但令他国有人，我何所虑。即勒所部，有掠得妇人小儿，皆烹之分给军士，乃税诸城堡取小弱男女，以益兵粮。隋著作佐郎陆从典、通事舍人颜愍楚因谴左迁并在南阳，粲悉引之为宾客，后遭饥馁，合家为贼所啖。

其后尚有唐高祖令段确迎劳相问答一节：

确因醉侮粲曰，闻卿啖人，作何滋味？粲曰，若啖嗜酒之人，正似糟藏猪肉。

此事甚有名，大似《世说新语》中材料，但是我对于上边所引特别感到兴味，便因在这里听到了颜公子的下落。段公大约那时与其从者数十人也做了糟猪肉，不过我不知道他是何许人，不大怎么关心。至于颜君则仿佛很有点面善。不佞爱读《颜氏家训》，常见讲到"思鲁等"，又卷三《勉学篇》中有云：

愍楚友婿窦如同从河州来，得一青鸟，驯养爱玩，举俗呼之为鹖。

《北齐书·文苑传》云：

之推在齐有二子，长曰思鲁，次曰愍楚，不忘本也。

原来颜之推的次子终于被流贼拉去当“掌书大人”，不久被吃了。在中国虽然太阳之下并无新事，不能算是什么意外，不过在我听了联想到《颜氏家训》，不禁感觉奇特有意思。颜之推在北齐很久，高洋们不是好相处的朋友（古人有言，非我族类，其心必异也），却幸得无事，而其子孙乃为本族人所果腹，岂非天下一件很好玩之事乎。不知道为什么中国常有人好食人肉，昔人曾类聚而论列之，如谢在杭在《文海披沙》卷七中有“食人”一条，其文云：

隋麻叔谋朱粲常蒸小儿以为膳，唐高瓒蒸妾食之，严震独孤庄皆嗜食人，然皆菹醢而食也，未有生啖者。至梁羊道生见故旧部被缚，拔刀刳其睛吞之。宋王彦升俘获胡人，置酒宴饮，以手裂其耳，咀嚼久之，徐引卮[①]酒，俘者流血被面，痛楚叫号，而彦升谈笑自若，前后凡啖数百人，即虎狼不若也。

【锺校】

① “卮”原作“巵”。

《玉芝堂谈荟》卷十一“好食人肉”条下，徐君义慨叹云：

> 西方圣人之教，放生戒杀，不忍以口腹之欲残伤物命，乃世间一种穷奇窫窳，同类相残，至有嗜食人肉者。

其所列举较谢君更多亦较详，蒸妾乃深州诸葛昂，高瓒只是分吃肥肉者，乃客而非主，上文盖误。徐君叙竟，断语云：“此诸人真人类之妖孽也。”第二节云：

> 至时值乱离，野无青草，民生斯时，弱肉强食，其性命不啻虫蚁。……每阅史至此，不觉掩卷太息，岂真众生业障深重，致令阎浮国土化为罗刹之场耶。

所举凡有两类，其一是荒乱时军士以人为粮，如朱粲即其一例，其二乃人民自相买食。属于后者一类文中有云：

> 宋庄季裕《鸡肋编》，靖康[1]丙午岁金狄乱华，六七年间山东京西淮南等处荆榛千里，斗

【锺校】

①“靖康”原作“靖，康”。

米至数千钱，盗贼官兵以至居民更互相食。人肉之价贱于犬豕，肥壮者一枚不过十五钱，全躯曝以为脯。又登州范温率忠义之人泛海至钱塘，有持至行在充食者，老瘦男子谓之饶把火，妇女少艾者名之为美羊[①]，小儿呼为和骨烂，又通目为两脚羊。

这些别名实在是定得很妙，但是人心真是死绝了。据威斯透玛克大著《道德观念之起源与发达》下册第四十六章“食人”中所说，吃人肉有几种不同的原因，如一是肉食缺乏，二是贪嘴，三是报复等。在上面所说的中国人的食人，其原因不出一或二，或是一与二合并。有如朱粲因缺粮而吃人，随后却说“食之美者宁过于人肉乎”，即其明证。北宋末因饥荒而人相食，却又定出这许多很妙的别名来，可见对于此物很有点嗜好，咽糠充饥的人一定不会替糠去取雅号，叫作什么黄金粉的。威斯透玛克文中有云：

人肉并不单是在非常时救急的食物，实在

【锺校】

① “美羊”《鸡肋编》作“不羡羊”。

还多是当作美味看的。菲支岛人说到好吃的东西，最好的赞辞是说它鲜嫩像死人似的。在南海的别的岛上，人肉都说是美味食品，比猪肉要好。澳洲的苦耳那人说其味胜于牛肉。在澳洲有些部落里，胖小孩是被认为一口好吃食，假如母亲不在旁，几个刚愎男子手中的木棍就会把他一下子结果了的。

这几句话似乎就在那里替我们古时的食人家解说他的意思，虽然原本所讲的都是所谓野蛮人的事情。听说罗思举在他自著的年谱里讲到军中乏食，曾经煮贼为粮，这是清末的事，以后大约没有了罢？

（廿六年三月一日）

关于酒诫

◇ 1937.5.18

有书估来携破书廉价求售，《元诗选》等大部书无所用之，只留下了一部梁山舟的《频罗庵遗集》。集凡十六卷，诗仍是不懂，但其《题跋》四卷，《直语补证》《日贯斋涂说》各一卷，都可以看，也还值得买。题跋四有《书〈抱朴子〉酒诫篇附录自作〈说酒〉诗册跋》一首，其文云：

右篇反复垂诫，摹写俗态，至二千馀言，可谓无留蕴矣，特未确指所以不可饮之情状，或滋曲说焉。予尝有《说酒》五言一章，非敢儳言古书之后，聊取宣圣近譬之旨，以冀童竖之家至而户晓耳。洪饮之君子庶几抚掌一笑，以为然乎否乎。

抱朴子是道士，我对他有隔教之感，《酒诫》在外篇二十四，比较的可读，摹写俗态在起首两页，有云：

其初筵也，抑抑济济，言希容整，咏湛露之厌厌，歌在镐之恺乐，举万寿之觞，诵温克之义。日未移晷，体轻耳热。夫琉璃海螺之器并用，满酌罚馀之令遂急，醉而不止，拔辖投井。于是口涌鼻溢，濡首及乱，屡舞跹跹，舍其坐迁，载号载呶，如沸如羹。或争辞尚胜，或哑哑独笑，或无对而谈，或呕吐几筵，或[1]值蹶良倡，或冠脱带解。贞良者流华督之顾眄，怯懦者效庆忌之蓄捷，迟重者蓬转而波扰，整肃者鹿踊而鱼跃。口讷于寒暑者皆垂掌而谐声，谦卑而不竞者悉裨瞻以高交。廉耻之仪毁而荒错之疾发，阘茸之性露而傲很之态出。精浊神乱，臧否颠倒，或奔车走马，赴坑谷而不惮，以九折之阪为蚁封，或登危蹋颓，虽堕坠而不觉，以吕梁之渊为牛迹也。

【锺校】

①“或”原作“我”。

以下又说因酒得祸得疾，今从略。梁山舟诗《说酒》二百四十字在遗集卷三，以面粉发酵来证明酒在肚里的害处，现在想来未免可笑，觉得与以糟肉证明酒的好处相差无几。我想中庸的办法似乎是《论语》所说为最妥当，即是惟酒无量不及乱。若要说得彻底说得好，则不得不推佛教了。《梵网经》菩萨戒轻垢罪篇，饮酒戒第二云：

> 若佛子，故饮酒，而生酒过失无量。若自身手过酒器与人饮酒者，五百世无手，何况自饮。不得教一切人饮，及一切众生饮酒，况自饮酒。若故自饮，教人饮者，犯轻垢罪。

贤首疏云：

> 轻垢者，简前重戒，是以名轻，简异无犯，故亦名垢。又释，黩污清净行名垢，礼非重过称轻。善戒地持轻戒总名突吉罗。瑜伽翻为恶作，谓作非顺理，故名恶作，又作具过恶，故名恶作。

这是大乘律，所以比较宽容，小乘律就不同了，《四分律》卷十六云：

> 佛告阿难，自今已去，以我为师者，乃至不得以草木头内着酒中而入口。

其时所结戒云：

> 若比丘饮酒者，波逸提。

案波逸提是堕义，比突吉罗更加重一等，据《根本律》说：

> 谓犯罪者堕在地狱傍生饿鬼恶道之中。

《四分律》又有解释极好，略云：

> 比丘，义如上。酒者，木酒，粳米酒，馀米酒，大麦酒，若有馀酒法作酒者是。木酒者，梨汁酒，阎浮果酒，甘蔗酒，舍楼伽果酒，蕤汁酒，蒲萄酒。梨汁酒者，若以蜜石蜜杂作，乃至蒲萄酒亦如是。杂酒者，酒色，酒香，酒味，不应饮。或有酒非酒色，酒香，酒味，不应饮。或有酒非酒色，非酒香，酒味，不应饮。或有酒非酒色，非酒香，非酒味，不应饮。非酒酒色，酒香，酒味，应饮。非酒非酒色，酒香，酒味，应饮。非酒非酒色，非酒香，酒味[1]，应饮。非酒非酒色，非酒香，非酒味，应饮。

【锺校】

① “酒味”原作“非酒味”。

《大智度论》卷十三亦有一节云：

> 酒有三种，一者谷酒，二者果酒，三者药草酒。果酒者，蒲萄、阿梨咤树果，如是等种种名为果酒。药草酒者，种种药草合和米曲甘蔗汁中，能变成酒，同蹄畜乳酒，一切乳热者可中作酒。略说若干若湿，若清若浊，如是等能令人心动放逸，是名为酒。一切不应饮，是名不饮酒。

这里把酒分门别类的讲得很清楚，大抵酒与非酒之分盖以醉人为准，即上文云令人心动放逸也。《四分律》叙结戒缘因本由比丘娑伽陀受请，食种种饮食，兼饮黑酒，醉卧道边大吐，众乌乱鸣。本文云：

> 佛告阿难，此娑伽陀比丘痴人，如今不能降服小龙，况能降服大龙。

贤首戒疏云：

> 如娑伽陀比丘，先时能服毒龙，后由饮酒不能伏虾蟆等。

亦即指此事。唯《四分律》中又举饮酒十失云：

> 佛语阿难，凡饮酒者有十过失。何等十？一者颜色恶。二者少力。三者眼视不明。四者

现瞋恚相。五者坏田业资生法。六者增致疾病。七者益斗讼。八者无名称，恶名流布。九者智慧减少。十者身坏命终，堕三恶道。阿难，是谓饮酒者有十过失也。

《大智度论》亦云：

问曰，酒能破冷益身，令心欢喜，何以故不饮？答曰，益身甚少，所损甚多，是故不应饮。譬如美饮，其中杂毒。是何等毒？如佛语难提优婆塞，酒有三十五失。

所说数目虽多，精要却似不及《四分律》。如云一者现在世财物虚竭，即是《四分》之五。二者众疾之门，三者斗诤之本，即其六七。五者丑名恶声，六者覆没智慧，即其八九。十一者身力转少，十二者身色坏，即其二与一。又三十四者身坏命终，堕恶道泥犁中，即其十也。此外所说诸条别无胜义，无可称述，唯末有五言偈十六句，却能很得要领，可以作酒箴读。其词云：

酒失觉知相，身色浊而恶。智心动而乱，惭愧已被劫。失念增瞋心，失欢毁宗族。如是虽名饮，实为饮毒死。不应瞋而瞋，不应笑而笑。不应哭而哭，不应打而打。不应语而语，与狂人无异。夺诸善功德，知愧者不饮。

这虽然不能算是一首诗，若是照向来诗的标准讲，但总不失为一篇好文章，特别是自从陶渊明后韵文不能说理，这种伽陀实是很好的文体，来补这个缺陷。贤首疏又引有《大爱道比丘尼经》，所说也是文情并茂，省得我去借查《大藏经》，现在就转抄了事。文云：

> 不得饮酒，不得尝酒，不得嗅酒，不得鬻酒，不得以酒饮人，不得言有疾欺饮药酒，不得至酒家，不得与酒客共语。夫酒为毒药，酒为毒水，酒为毒气，众失之源，众恶之本。残贤毁圣，败乱道德，轻毁致灾，立祸根本，四大枯朽，去福就罪，靡不由之。宁饮洋铜，不饮酒味。所以者何？酒令人失志，迷乱颠狂，令人不觉，入泥犁中，是故防酒耳。

这是一篇很好的小品文，我很觉得欢喜，此经是北凉时译，去今已一千五百年了，读了真令人低徊慨叹，第一是印度古时有这样明澈的思想，其次是中国古时有这样轻妙的译文，大可佩服，只可惜后来就没有了。

日本兼好法师是十四世纪前半的人，本姓卜

部，出家后曾任京都吉田的神护院等处，俗称之为吉田兼好。他虽是和尚，但其绩业全在文学方面，所著随笔二卷二百四十三段，名曰《徒然草》，为日本中古散文学之精华。其第百七十五段也是讲酒的，可以称为兼好法师的酒诫，很可一读。十多年前我曾译出后半[①]，收在《冥土旅行》中，今将全文补译于下方：

> 世间不可解的事情甚多。每有事辄劝酒，强使人多饮以为快，不解其用意何在。饮酒者的脸均似极难堪，蹙额皱眉，常伺隙弃酒或图逃席，被捕获抑止，更胡乱灌酒，于是整饬者忽成狂夫，愚蠢可笑，康强者即变重病人，前后不知，倒卧地上。吉日良辰，如此情形至为不宜。至第二日尚头痛，饮食不进，卧而呻吟，前日的事不复记忆，有如隔生，公私诖误，生诸烦累。使人至于如此，既无慈悲，亦背礼仪。受此诸苦者又岂能不悔且恨耶。如云他国有此习俗，只是传闻，并非此间所有的

【锺校】

①“半”原作“来”。

事，亦已可骇怪，将觉得不可[1]思议矣。

即使单是当作他人的事来看，亦大难堪。有思虑的大雅人士亦复任意笑骂，言词烦多，乌巾歪戴，衣带解散，拉裾见胫，了不介意，觉得与平日有如两人。女子则搔发露额，了无羞涩，举脸嘻笑，捧持执杯的手，不良之徒取肴纳其口，亦或自食，殊不雅观。各尽力发声，或歌或舞，老年法师亦被呼出，袒其黑丑之体，扭身舞踊，不堪入目，而欣喜观赏，此等人亦大可厌憎也。或自夸才能，使听者毛耸，又或醉而哭泣，下流之人或骂詈斗争，陋劣可恐。盖多是可耻难堪的事，终乃强取人所不许的事物，俱坠廊下，或从马上车上堕地受伤。其不能有乘者，蹒跚行大路上，向着土墙或大门，漫为不可言说之诸事。披袈裟的年老法师扶小童之肩说着听不清楚的话，彳亍走去，其情状实为可怜悯也。

【锺校】

① 原无“可”字，今增。

为如此种种事，如于现世或于来世当有利益，亦无可如何。唯在现世饮酒则多过失，丧财，得病。虽云酒为百药之长，百病皆从酒生，虽云酒可忘忧，醉人往往想起过去忧患至于痛哭。又在来世丧失智慧，烧毁善根，有如烈火，增长恶业，破坏众戒，当堕地狱。佛曾亲说，手过酒器与人饮酒者五百世无手。

酒虽如是可厌，但亦自有难舍之时。月夜，雪朝，花下，从容谈话，持杯相酬，能增兴趣。独坐无聊，友朋忽来，便设小酌，至为愉快。从高贵方面的御帘中，送出肴核与酒来，且觉将送之人亦必不俗，事甚可喜。冬日在小室中，支炉煮菜，与好友相对饮酒，举杯无算，甚快事也。在旅中小舍或野山边，戏言盛馔为何云云，坐草地上饮酒，亦是快事。非常怕酒的人被强令饮少少许，亦复佳。高雅的人特别相待。说来一杯，太少一点吧，大可忻喜。总之大酒量人至有趣味，其罪最可原许。大醉困顿，正在早睡之时，主人启户，便大惶惑，面目茫然，细髻矗立，衣不及更，抱持而逃，挈衿揭裾，生毛细胫亦均显露，凡此情状大可笑乐，亦悉相调和也。

上边第二节中所云不可言说之事，盖即指呕吐或小便，第三节引佛说，即《梵网经》原语，据贤首疏云：

五百世无手，杜顺禅师释云，以俱是脚，故云无手，即畜生是。

又第四节似未能忘富贵门第，又涉及遐想，或不免为法师病，唯兼好本武士，曾任为上皇宫侍卫，又其人富于情趣，博通三教，因通达故似多矛盾，本不足怪，如此篇上半是酒诫，而下半忽成酒颂，正是好例。拙译苦不能佳，假如更写得达雅一点，那么这在我所抄引的文章里要算顶有意思的一篇了。为什么[①]呢？彻底的主张本不难，就只是实行难，试看现今和尚都大碗酒大块肉的吃了，有什么办法。我们凡人不能“全或无”，还只好自认不中用，觉得酒也应戒，却也可以喝，反正不要烂醉就是了。

【锺校】

①“么”原作“点”。

兼好法师的话正是为我们凡人说的。只能喝半斤老酒的不要让他醉，能喝十斤的不会醉，这样便都无妨喝喝。试活剥唐诗为证曰：但得酒中趣，勿为醉者传。凡人酒训的精义尽于此矣。

（廿六年五月十八日）

谈宴会

◇ 1937.6.24

偶阅横井也有的俳文集《鹑衣》，十二卷中佳作甚多，读了令人垂涎，有《俳席规则》二篇，系俳谐连歌席上饮食起居的约法，琐屑有妙趣，惜多插俳句，玩索久之不敢动笔。续篇上卷有一文题曰《俳席规则赠人》，较为简单，兹述其大意云：

一、饭宜专用奈良茶，当然无汤，但如非奈良茶者，则有汤可也。

一、菜一品，鱼鸟任所有，勿务求珍奇。无鱼鸟时则豆腐茄子可也，欲辩白其非是素斋，岂不是有坚鱼其物在耶？

一、香之物不待论。

一、如有面类之设，规则亦准右文。

一、酒因杯有大小，故大户亦以二献为限。

酒之有肴，本为劝进迟滞的饮食之助，今既非寻常宴会，自无需强劝的道理。但肴虽是无用，或以食案上一菜为少，如有馈遗猎获之物，则具一品称之曰肴，亦可任主人之意。又或在雪霜夜风中为防归路的寒冷，饭后留存酒壶，连歌满卷时再斟一巡，可临时看情形定之。角觝与戏文的结末易成为喧争，俳谐集会易流于饮食，此亦是今世之常习，可为斯道叹者也。人皆以翁之奈良茶三石为口实，而知其为意旨者甚少。盖云奈良茶者，乃是即一汤亦可省的教训，况多设菜数耶。鱼生鱼脍，大壶大碗，罗列于奈良茶之食案上，有如行脚僧弃其头陀袋，却带着驮马挑夫走，须知其非本姿本情之所宜有也。汉子梅二以此事为虑，请俳席规则于予，赏其有信道之志，乃为记馔具之法以赠之①。

【锺校】

①“以赠之”原作“赠以之”。

这里须得有些注释才行。奈良本是产茶的地方，这所谓奈良茶却是茶粥的别名，即以茶汁所煮的粥。据各务支考《俳谐十论》所记，芭蕉翁曾戏仿《论语》口调云，吃奈良茶三石而后始知俳谐之味，盖俳人常以此为食也。坚鱼和文写作鱼旁坚字，《东雅》云即《闽书》的青贯，晒肉作干名鲣节，刨取作为调味料，今北平商人称之曰木鱼，谓其坚如木。香之物即小菜，大抵以米糠和盐水渍瓜菜为之，萝卜为主，茄子黄瓜等亦可用，本系饭后佐茶之物，与中国小菜稍不同。肴字日本语原意云酒菜，故上文云云，不作普通下饭讲也。前篇上卷《俳席规则》一文中有相类似的话，可以参考：

> 汤一菜一，酒之肴亦以一为限，卸素斋之咎于坚鱼可也。夏必用茄子，豆腐可亘三季，香之物则不足论也。

这两篇文章前后相去有二十八年，意思却还是一样，觉得很有意思。又续篇上卷中另有规则补遗三条，其第二条云：

> 夜阑不可问时刻，但闻厨下鼾声，勿惊可也。

此语大有情趣，不特可补上文之阙，亦可见也有翁与俳人生活态度之一斑也。

梁葵石著《雕丘杂录》七,《闭影杂识》中有一则云:

倪鸿宝先生《五簋享式》云:饮食之事而有江河之忧,我辈不救,谁救之者。天下岂有我辈客是饮食人?诗云,以燕乐嘉宾之心,此言嘉宾,以娱其意。孔作盛馔,列惊七浆,作之惊之,是为逐客。然则约则为恭,侈反章慢,谨参往谋,条为食律。八馈裁诗,二享广易,天数地数,情文已极。彼君子兮,噬肯我适,文以美名,赏其真率。一水一山,清意下物,髡心最欢,能饮一石。五肴,二果二蔬,汤点各二,饾饤十馀,酒无算。二客四客一席,不妨五六,惟簋加大。劳从享馀酒人一斤,或钱百文,舟舆人钱五十。——此式近亦有行之者,人人称便,录以示后人,不第爱其词之古也。

明李君实著《紫桃轩又缀》卷二亦有自作《竹懒花鸟檄》,后列办法,檄文别无隽语今不录,办法首六则云:

一、品馔不过五物,务取鲜洁,用盛大墩

碗，一碗可供三四人者，欲其缩于品而裕于用也。

一、攒碟务取时鲜精品，客少一合，客多不过二合。大肴既简，所恃以侑杯勺者此耳。流俗糖物粗果，一不得用。

一、用上白米斗馀作精饭，佳蔬二品，鲜汤一品，取其填然以饱，而后可从事觞咏也。

一、酒备二品，须极佳者，严至螫口，甘至停膈，俱不用。

一、用精面作炊食一二品，为坐久济虚之需。

一、从者每客止许一人，年高者益一童子，另备酒饭给之。

倪李二公俱是明季高人，其定此规律不独为提倡风雅，亦实欲昭示质朴，但与也有翁的俳席一比较，则又很分出高下来了。板屋纸窗，行灯荧荧，缩项啜茶粥，吃豆腐茄子和腌萝卜，虽然写出一卷歪诗，也是一种雅集，比起五簋享的桌面来，大有一群叫化子在城隍庙厢下分享残羹冷炙之感，这是什么缘故呢？据我想，这一件小事却有大意义，因为即此可以看出中国明清时与日本江户时代的文学家的不同来。江户时文学在历史上称是平民的，诗文小说都有新开展，作者大抵是些平民，偶然也有小武士小官吏，如横井也有即其一人，但因为没有科举的圈子，挎上长刀是公人，解下刀来就在破席子上坐地，与平民诗人一同做起俳谐歌来，没有乡绅的架子。中国的明末清初何尝不是一个新文学时期，不过文人无论新旧总非读书人不成，而读书人多少都有点功名，总称曰士大夫，阔的即是乡绅了，他们的体面不能为文学而牺牲，只有新文艺而无新生活者殆以此故。当时出过冯梦龙金圣叹李笠翁几个人，稍为奇特一点，却已被看作文坛外的流氓，至今还不大为人所看得起，可以为鉴戒矣。长衫朋友总不能在大道旁坐小杌子上或一手托冷饭一碗上蟠干菜立而吃之，至少亦须于稻地放一板桌，有鳖鱼鲞汤等四五品，才可以算是夏天便饭，不妨为旁人所见，盖亦诚不得已耳。

宋小茗著《耐冷谭》十六卷，刊于道光九年，盖系一种诗话。卷二有一则云：

> 康熙初神京丰稔，笙歌清宴达旦不息，真所谓车如流水马如龙也。达官贵人盛行一品会，席上无二物，而穷极巧丽。王相国胥庭熙

当会，出一大冰盘，中有腐如圆月，公举手曰，家无长物，只一腐相款，幸勿莞尔。及动箸，则珍错毕具，莫能名其何物也，一时称绝。至徐尚书健庵，隔年取江南燕来笋，负土捆载至邸第，春光乍丽则出[①]之而挺爪矣。直会期乃为煨笋以饷客，去其壳则为玉管，中贯以珍羞，客欣然称饱。咸谓一笋一腐可采入食经。此梅里李敬堂大令集闻之其曾大父秋锦先生，恐其久而遂轶，录以示后人者，今其孙金澜明经遇孙检得之，属同人赋诗焉。

许壬匏著《珊瑚舌雕谈初笔》八卷，卷七有《一品会》一则，首云“少时尝闻一久宦都中罢游林下者云”，次即直录上文，自康熙初至入食经，后又续云：“余以为迩来富贵家中一品锅亦此遗制欤。”《雕谈初笔》作于光绪九年[②]，距《耐冷谭》已五十四年矣，犹珍重如此，可知大家对于一品会之有兴味了。这种吃法实在是除了阁老表示他的阔气

【锺校】

① 原无“出”字，今增。

② “《雕谈初笔》作于光绪九年”，原作“雕谈初作笔于光绪九年”。

以外别无什么意思，单是一种变态的奢侈而已，收入食谱殆只是穷措大的幻想，有钱者不愿按谱而办，无钱者按谱亦不能办也。王徐与倪李的人品不可同日而语，唯其为读书人则一，一品会与《五簋享式》《花鸟檄》雅俗似亦悬殊，然实际上质并无不同，但量有异耳。若是俳席乃觉得别是一物，此固由日本文人的气质特殊，抑亦俳谐的趣味使然欤。

（二十六年六月二十四日）

谈食鳖

◇ 1937.7

方濬师著《蕉轩杂录》卷八有《使鳖长而后食》一则云：

> 缙云氏有不才子，贪于饮食，谓之饕餮，甚矣饮食之人则人贱之也。鲁公父文伯饮南宫敬叔酒，以露睹父为客，羞鳖焉，小，睹父怒，相延食鳖，辞曰，将使鳖长而后食之，遂出。酒食所以合欢，文伯与敬叔两贤相合，不知何以添此恶客，真令人败兴。

案此事见《国语》五《鲁语》下。《左传》宣公四年也有一件好玩的事：

> 楚人献鼋于郑灵公。公子宋与子家将见，子公之食指动，以示子家曰，他日我如此，必

尝异味。及入，宰夫将解鼋，相视而笑，公问之，子家以告，及食大夫鼋，召子公而弗与也，子公怒，染指于鼎，尝之而出。

这因后来多用食指动的典故的关系吧，知道的人很多，仿佛颇有点幽默味，但是实在其结果却很严重，《左传》下文云：

公怒，欲杀子公。子公与子家谋先，子家曰，畜老犹惮杀之，而况君乎。反谮子家，子家惧而从之。夏，弑灵公。

《国语》也有下文，虽然没有那么严重，却也颇严肃。文云：

文伯之母闻之怒曰，吾闻之先子曰，祭养尸，飨养上宾，鳖于何有，而使夫人怒也。逐之，五日，鲁大夫辞而复之。

《列女传》卷一母仪传“鲁季敬姜”条下录此文，加以断语云：

君子谓敬姜为慎微。诗曰，我有旨酒，嘉宾式宴以乐，言尊宾也。

关于子公子家的事《左传》中也有君子的批评，《东莱博议》卷廿五又有文章大加议论，这些大概都很好的，但是我所觉得有意思的倒还在上半的故事，睹父与子公的言行可以收到《世说新语》的忿狷门里去，似乎比王大王恭之流还有风趣，王蓝田或者可以相比吧。方子严大不满意于睹父，称之为恶客，我的意思却不如此，将使鳖长而后食之，不但语妙，照道理讲也并不错。查《随园食单》水族无鳞单中列甲鱼做法六种，其“带骨甲鱼”下有云：

> 甲鱼宜小不宜大，俗号童子脚鱼才嫩。

侯石公的话想必是极有经验的，或可比湖上笠翁，但如此精法岂不反近于饕餮欤。凡是吃童子什么，我都不大喜欢，如童子鸡或臼笋鸡者即是其一，无论吃的理由是在其嫩抑在其为童也，由前说固未免于饕餮之讥，后者则又仿佛有采补[1]之遗意矣。不佞在三年前曾说过这几句话：

> 我又说，只有不想吃孩子的肉的才真正配说救救孩子。现在的情形，看见人家蒸了吃，不配自己的胃口，便嚷着要把它救了出来，照自己的意思来炸了吃。可怜人这东西本来说难

【锺校】

①“补”原作“捕”。

免被吃的，我只希望人家不要把它从小就栈起来，一点不让享受生物的权利，只关在黑暗中等候吃肥了好吃或卖钱。旧礼教下的卖子女充饥或过瘾，硬训练了去升官发财或传教械斗，是其一，而新礼教下的造成种种花样的使徒，亦是其二。我想人们也太情急了，为什么不能慢慢地来，先让这班小朋友去充分的生长，满足他们自然的欲望，供给他们世间的知识，至少到了学业完毕，那时再来诱引或哄骗，拉进各帮去也总还不迟。

我这些话说得有点罗里罗嗦，所讲又是救救孩子的问题，但引用到这里来也很可相通，因为我的意思实在也原是露睹父的将使鳖长而后食之这一句话而已。再说请客食鳖而很小，也自难免有点儿吝啬相。据随园说山东杨参将家制全[①]壳甲鱼法云：

甲鱼去首尾，取肉及裙加作料煨好，仍以原壳覆之，每宴客，一客之前以小盘献一甲鱼，见者悚然，犹虑其动。

【锺校】

①“全”原作“金”。

这种甲鱼虽小，味道当然很好，又是一人一个，可以够吃了，公父文伯的未必有如此考究，大约只是在周鼎内盛了一只小鳖，拿出来主客三位公用，那么这也难怪尊客的不高兴了。请客本是好事，但如菜不佳，骨多肉少，酒淡等等，则必为客所恨，观笑话中此类颇多，可以知之，《随园食单》即记有一则，《笑倒》中则有四五篇。吝啬盖是笑林的好[1]资料，只关于饮食的如不请客，白吃，肴少等皆是，奢侈却不是，殆因其有雄大的气概，与笑话的条件不合耳。文伯的鳖小，鳖还是有的，郑灵公的鼋则煮好阁在一旁，偏不给吃，乃是大开玩笑了，子公的染指于鼎尝之而出有点稚气好笑，不能成为笑话，实在只是凡戏无益的一件本事而已。《左传》《国语》的关系至今说不清楚，总之文章都写得那么好，实在是难得的，不佞喜抄古今人文章，见上面两节不能不心折，其简洁实不可及也。

【锺校】

①“好”原作“如”。

谈劝酒

◇ 1937.7.18—10.30

因为收罗同乡人著作，得见兰亭陈廷灿的《邮馀闲记》初二集各二卷，初集系抄本，二集木刻本，有康熙乙亥年序，大约可以知道著书的时日。陈君的思想多古旧，特别是关于女人的，如初集卷上云："人皆知妇女不可烧香看戏，余意并不宜探望亲戚及喜事宴会，即久住娘家亦非美事，归宁不可过三日，斯为得之。"但是卷下有关于饮酒的一节，即颇有意思：

> 古者设酒原从大礼起见，酬天地，享鬼神，欲致其馨香之意耳。渐及后人，喜事宴会，借此酬酢，亦以通殷勤，致欢欣而止，非必欲其酩酊酕醄，淋漓几席而后为快也。今若

享客而止设一饭，以饱为度，草草散场，则太觉索然，故酒为必需之物矣。但会饮当有律度，小杯徐酌，假此叙谈，宾主之情通而酒事毕矣，何必大觥加劝，互酢不休，甚至主以能劝为强，客以善避为巧，竟能争智之场，又何有于欢欣哉。

又见今人钱振锽著《课馀闲笔》补中一则云：“天下第一下流莫如豁拳角酒，切记此等闹鬼万不可容他入席。”二君都说得有理，不佞很有同意，虽然觉得钱君的话未免稍愤激一点，简单一点，似乎还该有点说明。本来赌酒也并无什么不可，假如自己真是喜欢酒喝。豁拳我不大喜欢，第一因自己不会，许多东西觉得不喜欢，后来细细推想实在是因为不会之故，恐怕这里也是难免如此。第二，豁拳的叫声与姿势有点可畏，对角线的对豁或者还好，有时隔着两座动起手来，中间的人被左右夹攻，拳头直出，离鼻尖不过一公分，不由不感到点威吓。话虽如此，挥拳狂叫而抢酒喝，虽似粗暴，毕竟也还风雅，我想原是可以原谅的。不过这里当然有必须的条件，便是应该赢拳的人喝酒，因为这酒算是赏品。为什么呢？主人请客吃酒，那么酒一定是好东西，希望大家多喝一点，豁拳赌酒，得胜[1]的饮，正是当然的道理。现在的规矩似乎都是输者喝酒，仿佛是一种刑罚似的，这种办法恐怕既不合理也还要算失礼吧。盖酒如是敬客的好东西，不能拿来罚人，又如是用以罚人的坏东西，则岂可以敬客乎。不佞于此想引申钱君的意思，略为改订云：主客赌酒，胜者得饮。豁拳虽俗，抢酒则雅，此事可行。如现今所为，殊无可取，则不佞对于钱君之说亦只好附议耳。

陈君没有说到豁拳，所反对的只是劝酒，大约如干杯之类。主与客互酬，本是合理的事，但当有律度，要尽量却也不可太过量，到了酩酊酕醄，淋漓几席，那就出了限度，不是敬客而是以客人为快了。

这里的意思似乎并不以酒为坏东西，乃因为酒醉是苦事的缘故吧。酒既是敬客的好东西，希望客人多喝，本来可以说是主人的好意，可是又要他们多喝以至于醉而难受，则好意即转为恶意了。凡事

【锺校】

①“胜”原作“酒”。

过度就会难受，不必一定是喝酒至醉，即吃饭过饱也是如此。我曾听过一件故事，前清有一位孝子是做知府者，每逢老太太用饭，站在旁边侍候着，老太太吃完一碗就够了，必定请求加餐，不听时便跪求，非允许添饭决不起来。老太太没法只好屈服，却恳求媳妇道，请你告诉老爷不要再孝了，我实在是受不住了。强劝喝酒的主人大有如此情形，客人也苦于受不住，却是无处告诉。先君是酒量很好的人，但是痛恨人家的强劝，祖母方面的一位表叔最喜劝酒，先君遇见他劝时就绝对不饮，尝训示云，对此等人只有一法，即任其满酾，就是流溢桌上也决不顾。此是昔者大将军对付石崇的方法，我虽佩服却不能实行，盖由意志不坚强，平常也只好应酬一半，若至金谷园中必蹈[①]王丞相之复辙矣。

酒本是好东西，而主人要如此苦劝恶劝才能叫客人喝下去，这到底是什么缘故呢？我想，这大抵因为酒这东西虽好而敬客的没有好酒的缘故吧。不佞不会喝酒而性独喜喝，遇酒总喝，因此颇有阅

【锺校】

①“蹈”原作“踏”。

历，截至今日为止我只喝过两次好酒，一回是在教我读《四书》的先生家里，一回是一位吾家请客的时候，那时真是抢了也想喝，结果都是自动的吃得大醉而回。此外便都很平常，有时也会喝到些酒，盖虽是同类而且异味，这种时候大约劝酒的手段就很是必须了，输了罚酒的道理也很讲得过去。刘继庄在《广阳杂记》中云：

> 村优如鬼，兼之恶酿如药，而主人之意则极诚且敬，必不能不终席，此生平之一劫也。

此寥寥数语，盖可为上文作一疏证矣。

（廿六年七月十八日，在北平）

【附记】 阮葵生著《茶馀客话》卷二十有一则云：

> 俗语云，酒令严于军令，亦末世之弊俗也。偶尔招集，必以令为欢，有政焉，有纠焉，众奉命唯谨，受虐被凌，咸俯首听命，恬不为怪。陈几亭云，饮宴苦劝人醉，苟非不仁，即是客气，不然亦蠢俗也。君子饮酒，率真量情，文士儒雅，概有斯致。夫唯市井仆役以逼为恭敬，以虐为慷慨，以大醉为欢乐，士

人而效斯习，必无礼无义不读书者。几亭之言可为酒人下一针砭矣。偶见宋人小说中酒戒云，少吃不济事，多吃济甚事，有事坏了事，无事生出事。

旨哉斯言，语浅而意深。又几亭《小饮壶铭》曰，名花忽开，小饮。好友略憩，小饮。凌寒出门，小饮。冲暑远驰，小饮。馁甚不可遽食，小饮。珍酝不可多得，小饮。真得此中三昧矣。若酣湎流连，俾昼作夜，尤非向晦息宴之道。亭林云，樽罍无卜夜之宾，衢路有宵行之禁，故见星而行者非罪人即奔父母之丧。酒德衰而酣饮长夜，官邪作而昏夜乞哀，天地之气乖而晦明之节乱。所系岂浅鲜哉。法言云，侍坐则听言，有酒则观礼。何非学问之道。

这一节在戴氏选本卷十，文句稍逊，今从王刊本。所说均有意思，陈几亭的话尤为可喜，我们不必有壶，但小饮的理想则自极佳也。

（八月七日记）

【附记二】 赵氏刊《仰视千七百二十九鹤斋丛

书》中有《遯翁随笔》二卷，山阴祁骏佳著，卷上有一则云：

> 凡与亲朋相与，必以顺适其意为敬，唯劝酒必欲拂其意，逆其情，多方以强之，百计以苦之，则何也。而受之者虽觉其苦，亦不以为怪，而且以为主人之深爱，又何也。此事之甚戾而举世莫之察者，唯契丹使臣冯见善云，劝酒当观其量，如不以其量，犹徭役不以户等高下也，强之以不能，岂宾主之道哉。此言足醒古今之迷，乃始出于契丹使臣之口。

遯翁是明末遗民，故有此感慨，其实冯见善大概也仍是汉人，不过倚恃是使臣故敢说话，平常也会有人想到，只是怕事不肯开口，未必真是见识不及契丹人也。社会流行的势力很大，不必要有君主的威力压在上面，也就尽够统制，使人的言论不能自由，此事至堪叹息，伊勃生说少数总是对的，虽不免稍偏激，却亦似是事实。我想起李卓吾的事，便觉得世事确是颠倒着，他的有些意见实在是十分确实而且也平常，却永久被看作邪说，只因为其所是非与世俗相反耳。劝酒细事，而乃喋喋不休，无乃小题而大做乎，实亦不然。世事颠倒，有些小事并不真是小，而大事亦往往不怎么大也。

（八月二十八日再记）

【附记三】 近日承兼士见赐抄本《平蝶园先生酒话》一册，凡四十七则，不但是说酒而且又是越人所著，更是可喜。妙语甚多，今只录其第二十四则云：

> 饮酒不可猜拳，以十指之屈伸，作两人之胜负，则是争斗其民而施之以劫夺之教也。酒以为人合欢，因欢而赌，因赌而争，大杀风景矣。且所谓赢也者，以吾手指所伸之数合于彼指所伸之数，而适符吾口所猜之数，则谓之赢，反是则谓之输，然而甚无谓也。所谓赢者，其能将多馀之指悉断而去之乎？所谓输者，其能将无用之指终身屈而不伸乎？静言思之，皆不可也，皆不能也。天下得酒甚难，得酒而逢我辈饮则更难，得酒而能与我辈能饮之人共饮则尤其难。夫以难得之酒而遇难饮之人，且遇难于共饮之人，吾方喜之不遑矣，又何必毒手交争为乐耶。盘中鸡肋，请免尊拳，无虎负嵎，不劳攘臂。

《酒话》有嘉庆癸酉自题记，又有咸丰元年辛亥朱荫培序，称从蝶园子筠士得见此稿，乃应其请写此序文。寒斋有朱君所著《芸香阁尺一书》二卷，正是平筠士所编刊者，书中收有与筠士札数通，虽出偶然，亦是难得。芸香阁原与秋水轩有连，前曾说及，今又见此序，乃知其与吾乡有缘非浅也。

（十月三十日记于北平苦住庵）

卖糖

◇ 1938.2.25—2.28

崔晓林著《念堂诗话》卷二中有一则云：“《日知录》谓古卖糖者吹箫，今鸣金。予考徐青长诗，敲锣卖夜糖，是明时卖饧鸣金之明证也。”案此五字见《徐文长集》卷四，所云青长当是青藤或文长之误。原诗题曰《昙阳》，凡十首，其五云：

何事移天竺，居然在太仓。

善哉听白佛，梦已熟黄粱。

托钵求朝饭，敲锣卖夜糖。

所咏当系王锡爵女事，但语颇有费解处，不佞亦只能取其末句，作为夜糖之一佐[①]证而已。查范啸风著《越谚》卷中饮食类中，不见夜糖一语，即梨膏糖亦无，不禁大为失望。绍兴如无夜糖，不知小人们当更如何寂寞，盖此与炙糕二者实是儿童的恩物，无论野孩子与大家子弟都是不可缺少者也。夜糖的名义不可解，其实只是圆形的硬糖，平常亦称圆眼糖，因形似龙眼故，亦有尖角者，则称粽子糖，共有红白黄三色，每粒价一钱，若至大路口糖色店去买，每十粒只七八文即可，但此是三十年前价目，现今想必已大有更变了。梨膏糖每块须四文，寻常小孩多不敢问津，此外还有一钱可买者有茄脯与梅饼。以沙糖煮茄子，略晾干，原以斤两计，卖糖人切为适当的长条，而不能无大小，小儿多较量择取之，是为茄脯。梅饼者，黄梅与甘草同煮，连核捣烂，范为饼如新铸一分铜币大，吮食之别有风味，可与青盐梅竞爽也。

卖糖者大率用担，但非是肩挑，实只一筐，俗名桥篮，上列木匣，分格盛糖，盖以玻璃，有木架

【锺校】

①“佐”原作“左”。

交叉如交椅，置篮其上，以待顾客。行则叠架夹胁下，左臂操筐，俗语曰桥，虚左手持一小锣，右手执木片如笏状，击之声镗镗然，此即卖糖之信号也，小儿闻之惊心动魄，殆不下于货郎之惊闺与唤娇娘焉。此锣却又与他锣不同，直径不及一尺，窄边，不系索，击时以一指抵边之内缘，与铜锣之提索及用锣槌者迥异，民间称之曰镗锣，第一字读如国音汤去声，盖形容其声如此。虽然亦是金属无疑，但小说上常见鸣金收军，则与此又截不相像，顾亭林云卖饧者今鸣金，原不能说错，若云笼统殆不能免，此则由于用古文之故，或者也不好单与顾君为难耳。

卖糕者多在下午，竹笼中生火，上置熬盘，红糖和米粉为糕，切片炙之，每片一文，亦有麻糍，大呼曰麻糍荷炙糕。荷者语助词，如萧老老公之荷荷，唯越语更带喉音，为他处所无。

早上别有卖印糕者，糕上有红色吉利语，此外如蔡糖糕，茯苓糕，桂花年糕等亦具备，呼声则仅云卖糕荷，其用处似在供大人们做早点心吃，与炙糕之为小孩食品者又异。此种糕点来北京后便不能遇见，盖南方重米食，糕类以米粉为之，北方则几乎无一不面，情形自大不相同也。

小时候吃的东西，味道不必甚佳，过后思量每多佳趣，往往不能忘记。不佞之记得糖与糕，亦正由此耳。昔年读日本原公道著《先哲丛谈》，卷三有讲朱舜水的几节，其一云：

> 舜水归化历年所，能和语，然及其病革也，遂复乡语，则侍人不能了解。（原本汉文。）

不佞读之怆然有感。舜水所语盖是馀姚话也，不佞虽是隔县，当能了知，其意亦唯不佞可解。馀姚亦当有夜糖与炙糕，惜舜水不曾说及，岂以说了也无人懂之故欤。但是我又记起《陶庵梦忆》来，其中亦不谈及，则更可惜矣。

（廿七年二月廿五日漫记于北平知堂）

【附记】《越谚》不记糖色，而糕类则稍有叙述，如印糕下注云："米粉为方形，上印彩粉文字，配馒头送喜寿礼。"又麻糍下云："糯粉，馅乌豆沙，如饼，炙食，担卖，多吃能杀人。"末五字近于赘，盖昔曾有人赌吃麻糍，因以致死，范君遂书之以为戒，其实[1]本不限于麻糍一物，即鸡骨头糕干如多吃亦有害也。看一地方的生活特色，食品很是重要，不但是日常饭粥，即点心以至闲食，亦均有意义，只可惜少有人注意，本乡文人以为琐屑不足道，外路人又多轻饮食而着眼于男女，往往闹出《闲话扬州》似的事件，其实男女之事大同小异，不值得那么用心，倒还不如各种吃食尽有滋味，大可谈谈也。

（廿八日又记）

【锺校】

①“实”原作“食”。

记爱窝窝

◇ 1938.7.27

爱窝窝为北京极普通的食物，其名义乃不甚可解，载籍中亦少记录。《燕都小食品杂咏》中有《爱窝窝》一首，注中亦只略疏其形状，云回人所售食品之一而已。

阅李光庭著《乡言解颐》，卷五载刘宽夫《日下七事诗》，末章中说及爱窝窝，小注云：

窝窝以糯米粉为之，状如元宵粉荔，中有糖馅，蒸熟外糁薄粉，上作一凹，故名窝窝。田间所食则用杂粮面为之，大或至斤许，其下一窝如臼[1]而覆之。茶馆所制甚小，曰爱窝窝，相传明世中宫有嗜之者，因名御爱窝窝，今但曰爱而已。

说甚详明，家窝窝与窝窝头的关系得以明了，所记传说亦颇近理，近世不有仿膳之小窝窝头乎，正可谓无独有偶。诗为丙午作，盖是道光二十六年，书则在三年后所刊也。

（七月廿七日记于北平）

【锺校】

①“臼”原作“旧”。

记盐豆

◇ 1938.7.27

《乡言解颐》卷三人部《食工》一篇中，记孙功臣子科烹调之技，有云：

> 其所作羹汤清而腴，其有味能使之出者乎。所制盐豆数枚可下酒半壶，其无味能使之入者乎。

有味者使之出二语，李瓮斋云出于《随园食单》，所说殊妙，此理亦可通于作文章，古今各派大抵此二法足以尽之矣。但是孙科的盐豆却更令人不能忘记。小时候在故乡酒店常以一文钱买一包鸡肫豆，用细草纸包作纤足状，内有豆可二十枚，乃是黄豆盐煮漉干，软硬得中，自有风味。此未知于孙豆何如，及今思之，似亦非是凡品，其实只是平常的酒店官所煮者耳。至于下酒，这乃是大小户的问题。尝闻善饮者取花生仁掰为两半，去心，再拈半片咬一口细吃，当可吃三四口，所下去的酒亦不在少数矣。若是下户，则恃食物送酒下咽，有如昔时小儿喝汤药之吮冰糖，那时无论怎样的好盐豆也禁不起吃了。

（同日所记）

药酒

◇ 1939.4.9

读汲古阁刻《姚少监诗集》，见其多用“药”字入诗，留心计算，凡十卷中得五十五句，《武功县中作》三十首便有五处，可谓多矣。余最喜其《游春》之十云，“药草长新苗”，又《游昊天玄都观》云，“风定药香细”，可供药草堂作资料。但他似乎最好制为药酒，如云“酒香和药熟”，又“药气酒中闻”，此外尚有数例。药酒这物事拿来常喝，殊无此兴趣，至多是茵陈酒气色尚可爱耳，唯笼统的说药酒，亦颇有风味，似宜于疏野的生活。古人云，“酒为百药长”。《说文解字》十四篇云：

> 醫，治病也，从殹从酉。殹，恶姿也，醫之性然，得酒而使，故从酉，王育说。一曰，

殹，病声，酒所以治病也，《周礼》有醫酒。

古者巫彭初作醫。

照这样说来，酒总与药有关系，不是酒可医病，便是医者多爱酒，如段茂堂在注中所说。

为什么医工之性多得酒而使的呢？我想，这岂不就因为巫彭初作医的缘故么。端公替人家治病，总是先要跳神，那么音乐与歌舞与香与酒都是必要的工具，此正是使用法器，说他是爱酒似还有点欠妥。药酒的制造，最初或者是医师自用，其次才给病人喝，那时大约也还是神药的性质，若当作平常的酒用，自当更在其后也。

烧鹅

◇ 1939.7.25

阅《清河书画舫》，在王羲之项下说他写经换鹅事，想起小时候常听人说王羲之爱鹅，此事妇孺皆知，殆因右军曾官会稽故耶。

绍兴人常食鹅，平常在食品中其品格似比鸡鸭为低，但用以为牲则尊，年末祀神于猪肉外必用鸡二三鹅一，春秋家祭时之三牲，则只是鸡与猪肉干鱼而已。春时扫墓例必用熏鹅，略与烧鸭相似，而别有风味。孙德祖著《寄龛丙志》卷四叙孙月湖款谭子敬：

> 为设烧鹅，越常羞也，子敬食而甘之，谓是便宜坊上品，南中何由得此。盖状适相似，味实县绝，鵊鵊者乃得此过情之誉，殊非意计

所及。已而为质言之，子敬亦哑然失笑。

鹅鸭味虽迥殊，不佞有安越之意，则宁取鹖鹖者，鸭虽细滑，无乃过于肠肥脑满，不甚适于野人之食乎。但吃烧鹅亦自有其等第，在上坟船中为最佳，草窗竹屋次之，若高堂华烛之下，殊少野趣，自不如吃扣鹅或糟鹅之适宜矣。

杨梅

◇ 1939.7.27

《嘉泰会稽志》卷十七“杨梅”一条云：

> 方杨梅盛出时，好事者多以小舫往游，因置酒舟中，高饤杨梅，与樽罍相间，足为奇观。妇女以簪髻上，丹实绿叶繁丽可爱。又以雀眼竹筐盛贮为遗，道路相望不绝，识者以为唐人所称荔枝[1]筐，不过如此。

小时候常闻人说杨梅山，终未能一到，但到者亦只是饱吃杨梅而已，未必置酒饤果，至于妇女簪杨梅者更无有矣。装篮馈遗，此风至今未泯，儿童

【锺校】

①“枝”原作“支”。

最为欢喜，胜于送西瓜也。

不佞去乡久，对于乡味无甚留恋，惟独杨梅觉得无可替代，每见草莓即洋莓上市，辄忆及之。杨梅生食固佳，浸烧酒中一日，啖之亦自有风味，浸久则味在酒中，即普通所谓杨梅烧，乃是酒而非果矣。吾乡烧酒其强烈自逊于北方之白干，但别有香气，尝得茅台酒饮之，其气味亦相似，想亦宜于浸杨梅，若白干则未必可用，此盖有类燕赵勇士，力气有馀而少韵致耳。洋酒不知何如，窃意如以好勃兰地酒浸杨梅，经一宿食之，味必不恶，惜无从试之也。

带皮羊肉

◇ 1939

在家乡吃羊肉都带皮，与猪肉同，阅《癸巳存稿》，卷十中有云："羊皮为裘，本不应入烹调。《钓矶立谈》云，韩熙载使中原，中原人问江南何故不食剥皮羊，熙载曰，地产罗纨故也，乃通达之言。"因此知江南在五代时便已吃带皮羊肉矣。大抵南方羊皮不适于为裘，不如剃毛作毡，以皮入馔，猪皮或有不喜啖者，羊皮则颇甘脆，凡吃得羊肉者当无不食也。北京食羊有种种制法，若前门内月盛斋之酱羊肉，又为名物，惟鄙人至今尚不忘故乡之羊肉粥，终以为蒸羊最有风味耳。

羊肉粥制法，用钱十二文买羊肉一包，去包裹的鲜荷叶，放大碗内，再就粥摊买粥三文倒入下盐，趁热食之，如用自家煨粥更佳。吾乡羊肉店只卖蒸羊，即此间所谓汤羊，如欲得生肉，须先期约定，乡俗必用萝卜红烧，并无别的吃法，云萝卜可以去膻，但店头的熟羊肉却亦并无膻味。北京有卖蒸羊者，乃是五香蒸羊肉，并非是白煮者也。

炒栗子

◇ 1940.3.20

日前偶读陆祁孙的《合肥学舍札记》，卷一有《都门旧句》一则云：

> 住在都门得句云，栗香前市火，菊影故园霜。卖炒栗时人家方莳菊，往来花担不绝，自谓写景物如画。后见蔡浣霞銮扬诗，亦有栗香前市火，杉影后门钟之句，未知孰胜。

将北京的炒栗子做进诗里去，倒是颇有趣味的事。我想芗婴居士文昭诗中常咏市井景物，当必有好些材料，可惜《紫幢轩集》没有买到，所有的虽然是有“堂堂堂”藏印的书，可是只得《画屏斋稿》等三种，在《艾集》下卷找到《时果》三章，其二是《栗》云：

风戾可充冬，食新先用炒。

手剥下夜茶，饤盘妃红枣。

北路虽上番，不如东路好。

居士毕竟是不凡，这首诗写得很有风趣，非寻常咏物诗之比，我很觉得喜欢，虽然自己知道诗是我所不大懂的。说到炒栗，自然第一联想到的是放翁的笔记，但是我又记起清朝还有些人说过，便就近先从赵云崧的《陔馀丛考》查起，在卷三十三里找到《京师炒栗》一条，其文云：

今京师炒栗最佳，四方皆不能及。按宋人小说，汴京李和炒栗名闻四方，绍兴中陈长卿及钱恺使金，至燕山，忽有人持炒栗十枚来献，自白曰，汴京李和儿也，挥涕而去。盖金破汴后流转于燕，仍以炒栗世其业耳，然则今京师炒栗是其遗法耶。

这里所说似乎有点不大可靠，如炒栗十枚便太少，不像是实有的事。其次在郝兰皋的《晒书堂笔录》卷四有《炒栗》一则云：

栗生啖之益人，而新者微觉寡味，干取食之则味佳矣，苏子由服栗法亦是取其极干者耳。然市肆皆传炒栗法。余幼时自塾晚归，

> 闻街头唤炒栗声，舌本流津，买之盈袖，恣意咀嚼，其栗殊小而壳薄，中实充满，炒用糖膏则壳极柔脆，手微剥之，壳肉易离而皮膜不黏，意甚快也。及来京师，见市肆门外置柴锅，一人向火，一人坐高凳子上，操长柄铁勺频搅之令匀遍。其栗稍大，而炒制之法，和以濡糖，借以粗沙，亦如余幼时所见，而甜美过之，都市炫鬻，相染成风，盘饤间称佳味矣。偶读《老学庵笔记》二，言故都李和炒栗名闻四方，他人百计效之，终不可及。绍兴中陈福公及钱上阁出使虏庭，至燕山忽有两人持炒栗各十裹来献，三节人亦人得一裹，自赞曰李和儿也，挥涕而去。惜其法竟不传，放翁虽著记而不能究言其详也。

所谓宋人小说，盖即是《老学庵笔记》，十枚亦可知是十裹之误。郝君的是有情趣的人，学者而兼有诗人的意味，故所记特别有意思，如写炒栗之特色，炒时的情状，均简明可喜，晒书堂集中可取处甚多，此其一例耳。糖炒栗子法在中国殆已普遍，李和家想必特别佳妙，赵君以为京师市肆传其遗法恐未必然。绍兴亦有此种炒栗，平常系水果店兼营，与北京之多由干果铺制售者不同。案孟元老著《东京梦华录》卷八，《立秋》项下说及李和云：

> 鸡头上市，则梁门里李和家最盛。士庶买之，一裹十文，用小新荷叶包，糁以麝香，红小索儿系之。卖者虽多，不及李和一色拣银皮子嫩者货之。

李李村著《汴宋竹枝词》百首，曾咏其事云：

明珠的的价难酬，昨夜南风黄嘴浮。
似向胸前解罗被，碧荷叶裹嫩鸡头。

这样看来，那么李和家原来岂不也就是一爿鲜果铺么？

放翁的笔记原文已见前引《晒书堂笔记》中，兹不再抄。三年前的冬天偶食炒栗，记起放翁来，陆续写二绝句，致其怀念，时已近岁除矣，其词云：

燕山柳色太凄迷，话到家园一泪垂。
长向行人供炒栗，伤心最是李和儿。

×

家祭年年总是虚，乃翁心愿竟何如。
故园未毁不归去，怕出偏门过鲁墟。

先祖母孙太君家在偏门外，与快阁比邻，蒋太君家鲁墟，即放翁诗所云轻帆过鲁墟者是也。案《嘉泰会稽志》卷十七草部，《荷》下有云：

> 出偏门至三山多白莲，出三江门至梅山多红莲。夏夜香风率一二十里不绝，非尘境也，而游者多以昼，故不尽知。

出偏门至三山，不佞儿时往鲁墟去，正是走这条道，但未曾见过莲花，盖田中只是稻，水中亦唯有大菱茭白，即鸡头子也少有人种植。近来更有二十年以上不曾看见，不知是什么形状矣。

（廿九年三月二十日）

落花生（一）

◇ 1940.7.7

东培山民著《一澄砚斋笔记》卷七云：

> 花生亦曰长生果，又名落花生，殆无名也，以其花落于地，一丝牵蒂落实土中，故曰落花生。曰花生，减字呼之；曰长生，以形名之。此果初出日本，康熙间有僧应元携种归国，乃散植至今，以取油为大宗之用。以资果饵，亦应用之一。

案：此所说盖即根据《本草纲目拾遗》卷七引《福清县志》语，其实不尽可凭，下文又引万历《仙居县志》云，落花生原出福建，近得其种植之，可知始入中国非在康熙矣。

方密之著《物理小识》有崇祯癸未序，卷六

“番豆”下云：

一名落花生，土露子，二三月种之，一畦不过数子，行枝如瓮菜虎耳藤，横枝取土压之，藤上开花，花丝落土成实，冬后掘土取之。壳有纹，豆黄白色，炒熟甘香似松子味。

此殆即今所谓小花生，其时盖已普遍，不仅限于闽浙一带。

中国传说落花生来自扶桑，而日本则俗名南京豆，寺岛良安著《和汉三才图会》卷九十六“落花生”下引明周文华《致富全书》语，又云，“按落花生近年来于长崎”，书前有正德二年自序，即清康熙五十一年也。此事正有类例，同是一瓜，在中国称“倭瓜”，而日本则称“唐茄子”，但看中国又通称为“南瓜”，日本亦有“柬浦寨”之别名，可以想见其原产地当在安南方面，先来中国，再转至日本。花生行程恐亦是如此，唯其来路在何处，乃不能如南瓜之易于推测耳。

芡与莲

◇ 1942.2

《嘉泰会稽志》卷十七草部，“芡”下有云：

> 其柄又可为菹，甚美，越人谓之藕梗，其实芡柄耳。

案今绍兴不闻吃芡柄，亦无藕梗之称，七八百年来风俗改变盖已多矣。小时候在秋深菱已将了时，舟过菱荡，偶抽取菱蓬少许，归家摘去叶及茎间海绵似的小块，取梗瀹熟，拌糖醋食之。此乃以菱蓬为菹，亦已忘记有何名称，芡柄吃法，想亦如是乎。又“荷”下云：

> 出偏门至三山多白莲，出三江门至梅山多红莲，夏夜香风率一二十里不绝，非尘境也，而游者多以昼，故不尽知。

所记殊佳，此景今已无有。出偏门至三山，儿时随祖母往鲁墟去，正走这条道路，但不曾见过莲花，盖田中只是稻，水中亦惟有大菱茭白，即鸡头子也少有人种植矣。杜荀鹤《送人游越》诗：

有园皆种橘，无渚不生莲。

《宝庆会稽续志》云可谓越之实录，至今却已只剩得一半，园中种橘之风尚稍存留耳。

松花粉

◇ 1942.4

《蕉轩摭录》卷十二“松花”条下云：

> 吾乡每于春服既成后，入山采松花作粉，色黄味甘，咽之他物无其美也。

案《越谚》卷中饮食部中有松花粉，注云：

> 山松春花，黄细如粉，樵采，入面粉，清香，仙家味。

松花粉平常多和入米粉中为糕干，名曰松花糕干。又糕店作小麻糍如鸡子大，中裹糖馅，外涂松花，名曰松花小鸡，小儿甚喜食之。民家则用以和糯米粉，搓成小团，汤瀹加糖，味最香滑，俗称松花团团，读若土圆切，盖是无馅的汤团，其名字或者亦即从此转出也。其只就长条摘成小块，不搓圆者，名曰毛脚团团。陈年松花粉夏日以扑小儿身体，治痱子颇良，比天花粉为佳，但不易得耳。

糊鱼

◇ 1942.6

俞国琛著《风怀镜》，为朱竹垞《风怀诗》作注，凡例之十云：

注书之难，陆剑南早已言之。余按《风怀诗》外另有《食鲇鱼》一首，起四句云，白小休论小，奇珍信可珍，炎天来积雪，入馔总如银。白小，面条银鱼，见《金壶字考》。竹垞此诗作于顺治己亥，是年客越中，则所咏之鲇鱼正指吾郡昌安门外之鲇鱼而言。

盖鲇鱼最白最细，见于端午后，今浙西人游越每津津道之，乃杨孙两家之注咸引《尔雅》，以为似鳊而大鳞，肥美多鲠，最大长三尺者为当鲇云云。无论绍兴夏日并无大鳞多鲠三尺长之鱼名鲴鱼，即万一有之，则起首五字白小休论小竟作何解？若竹垞以三尺者为小鱼，必且以吞舟者为大鱼矣，顾可入馔耶，岂不令人失笑。不玩字句，惟填故实，一诗之注如此，他诗可知。又按鲴鱼今俗写作糊鱼，言烹熟时如面糊搅成一块也，于义亦通。

案：范啸风著《越谚》卷中水族类写作鳠鱼，注云："细多如糊，四五月出山阴大桶盘湖中，放面食极鲜。"

其实此只是糊鱼，《尔雅》之鲴乃是鲥鱼，鳠则似鲇而大，二者虽同有糊音，而决非长不及半寸之白小，甚为明显。老百姓不读《尔雅》《说文》，其命物名，如不是世俗相沿不可解的称呼，大抵就所闻见取材，读书人纪录时加以古雅化，或反失之，范君通人且亦不免，他无论矣。

素火腿

◇ 1942.6

王渔洋《香祖笔记》卷六云："越中笋脯俗名素火腿，食之有肉味，甚腴，京师极难致。"

案：越俗以炒花生与豆腐干同食，名素火腿，传说金圣叹临刑遗书说此事，云此法若传，死无恨矣。所谓笋脯只简单的称笋干，不闻有何别名，或是京师人所锡与之佳名欤，亦未可知。

【附记】 王渔洋谓笋干俗称素火腿，案：张宗子《琅嬛诗集》咏方物五律有兵坑笋干，注云土名素火腿，然则昔时原有此称，惟近已不甚闻知矣。校正时记。

两种祭规

◇ 1943.11.12

案头放着两部书，草草一看似乎是很无聊的东西，但是我却觉得很有意思，翻阅了几回之后，决心来写一篇小文，作为介绍。这是两种祭规。其一，萧山汪氏的《大宗祠祭规》，嘉庆七年刊，为汪辉祖所订定，有序文。其二，山阴平氏的《瀔祭值年祭簿》，约在光绪十六年，为平步青所订定，手写稿本。祭规本来只是宗祠或房派的祭祀规则，想来多是呆板单调的，没有什么可看，但是祭祀是民俗之一重要部分，这祭规正也是其中的一种重要资料，况且汪平二氏都是绍兴大家，又经过两位名人的手定，其文献上的价值自然更是确实无疑的了。

在宗祠或房派之祭祀，除夕与元旦都是同样重要，平常轮值交代大抵在冬至之后，新值年房份便从年末的祭祀办理起头。现在便从汪氏《大宗祠祭规》中值祭条款，将除夕元旦两项抄录于下：

除夕：三日前值祭家至祠，洒扫拂尘，堂室神道等处整理牌位，务使洁净。除夕下午设案菜一桌，内用特杀鸡，共十二味，酒饭杯箸十二副，中座及左右两边并袝祀所各用宵烛一对，大纸一块，足锭三百，爆竹十枚。值祭五房俱至礼拜。

元旦：中座用半通烛一对，线香一股，两边及袝祀所各用门宵一对，线香三枝，以后早晚俱用二枝，至初五日晚止。

平氏祭簿所记如下：

除夕悬像。像前用高香，大门宵烛一对，二两，横溪纸一块，即顶长，大库锭四百个，供菜十大碗，八荤两素，内用特鸡，酒四杯，胡太君茹素，供开水一杯，饭五碗，筷五副，莲子高茶五盅，供果五寸盘五盘，年糕，粽子，水果三色，攒盒一个，供至新正初五日收。各房子孙随到随拜，值年房备茶，不散胙。

元旦像前供汤圆五碗，早晚点香烛，至初五日止。黎明至宗祠，备二两烛一对同点。

这里或者要稍加说明，上文所云宵烛门宵即是二两烛，半通即八两烛，一斤者名斤通，意谓可点通夜，故宵烛或者亦指时间，谓可点至定更也。黄纸相对互切，抖之则拖垂如索，与银锭同焚，俗云以作钱串，名曰烧纸，大块狭长者名横溪，本是造纸地名，大纸亦即指此。煮莲子加糖，名莲子茶，以供宾客，若供祖则用高茶，剪圆纸板上糊红纸，以浆糊粘生莲子成圈，数枚叠置，以次渐小，成圆锥形，装茶盅上，高可三寸，故名，或以生莲子散置盅内，则名懒惰茶，不常用，嫌不敬也。

家祭重二至，祠祭则重二分。《大宗祠祭规》中关于二分祭日所记甚详，今节录之：

大宗祠于二分之祭最重。祭先五日，写帖数张，粘示通衢数处，知会统族。祭日黎明鸣锣邀集，至再至三，迟者听其自误，与祭不到，不准饮酒。

大厅中堂祭品祭器式：汤猪全体，蒸羊二腔，熟鹅二只，肥鸡二只，鲜鱼二尾，馒首二盘，秋分加月饼一盘，减馒首一盘，五事全副，供花一对，桌围三张，面架一座，手巾一条，铜盆三面，水果五碗，高尺三，半通一对，黄香一两，方桌二张，蒲墩拜垫。

神座前祭筵式：水果五碗，高一尺，案菜两桌，陈酒两壶，宵烛一对，大纸两块，足锭一千，祭文一通，三献每三，酒羹饭，汤饭杯箸廿四副。

饮福式：每桌十味，五人合席，各人给馒首二枚。猪羊等肉俱照分量，以熟为度。酒用真陈，司酒者当堂开坛，每桌先给酒签两支，酒有定提，每壶两提，不得增减，违者公同议罚。猪肉熟一斤，白切。羊肉熟十两，拌杂。藕，肠肝，装鹅熟八两，鲜鱼生一斤，羊杂，装鸡六两，芽豆，血汤。

案祭桌用香炉一，烛台二，插供花之瓶二，通称五事，如无花瓶则称三事，多以锡为之，间有用古铜者。水果高尺三或一尺者曰高果，与高茶相似，大抵用竹签穿金橘荸荠等，数本直立，插黄土墩上，置特制锡碗中，但以饰观瞻，不中吃也。饮酒每席五人，桌一面悬桌帏，对面一座，由房份长老分占之，上下四座则后辈杂坐矣。

春秋分日祠祭照例有祭文，汪氏祭规所记秋祭祝文较为简明，录之以为一例。文曰：

> 维年月日，主祭裔孙某率各支大小等，谨以刚鬣柔毛，清酌时馐之仪，致祭于始祖考云云，以暨阖堂先灵之神座前曰，祭以时举，孝思是将。懿惟祖德，源远流长，十世百世，勿愆勿忘。豳歌其获，早稼登场，我稻可荐，我酒可觞。敬修祀事，济济跄跄，我祖顾之，庶几乐康，式饮式食，降福穰穰。尚飨。

平氏祭簿不曾记有冬夏二至祭祀成式，惟诞讳祭祀时却用祝文，今录其一：

> 维年月日，孝宗孙某等，谨以清酌庶羞之奠，致祭于几世祖考某某府君之神位前曰，呜呼，岁序流易，诞日复临，追远感时，不胜永慕。薄具牲醴，用申奠献，谨奉几世祖妣某太君配享。尚飨。

簿中所记诞讳日期共有十六，祭文则只此一篇，唯改换人名及诞讳字样而已。诞讳祭祀俗称做忌日，用祝文者似不多见，而用法简便，亦复特别，岁序流易等四句朴实可喜，文词简易而意思充足，非凡手所能作，或出于平景孙之手乎。

祭簿中记录最详的是清明扫墓成规，原有娄公、花径、璜山三处，大同小异，今录娄公一篇，取其最完备也。

座船两只（小注云，向例岁内冬至宗祠内汇齐，写定船票，清明前后为期，每只约船钱银三钱几分不等，临时给船米七升五合，酒十五钓，鱼二尾，鸡蛋二个，折午饭九四钱百文，点心等俱无。后改一切俱包，回城上岸时每只给掸舱酒一升壶），今改大三棹船一只，酒饭船一只，厨子船一只，吹手船一只，吹手四名。

祀后土神祭品，肉一方，刀盐一盘，腐一盘，太锭一副，烧纸一块，上香，门宵烛一对，酒一壶，祝文。

墓前供菜十大碗，八荤两素，内用特鸡。三牲一副，鹅、鱼、肉。水果三色，百子小首一盘，坟饼一盘，汤饭杯筷均六副。上香，门宵烛一对，横溪纸一块，大库锭六百足，祝文。酒一壶，献杯三只。

在船子孙每房二人。值年房备茶，半路各

给双料荤首两个，白糖双酥烧饼两个，粉汤一碗，近改用面。散胙六桌，八荤两素，自同治三年起减为两桌。每桌酒几壶不等，酱油醋各二碟，小桌二桌，三炉十碗。吹手水手半路各给小首二个，烧饼两个，粉汤一碗，近年止改用面一中碗。管坟人给九四钱二百文，酒一升壶。

案酒十五钓即是十五提，普通只写作吊。九四钱以九十四文作一百，当时无足陌钱，至多亦止九八而已。三棹今通称三道船，亦称三明瓦，谓有蛎壳窗三重也。百子小首者小馒首之略，坟饼当是上坟烧饼，双酥烧饼每个二文，此则或是一文两个也。三炉碗系家常用菜碗，较大者名二炉碗，或称斗魁，更大则是海碗矣。

扫墓照例有祝文，祭簿亦载有成式，三处均是同文，今录其一于下。祝后土祝文云：

维年月日，信士平某敢昭告于某地后土尊神之位前曰，惟神正直聪明，职司此土。今某等躬修岁事于几世祖考某某府君几世祖妣某氏太君之墓，惟时保佑，实赖神庥，敢以牲醴，用申虔告。尚飨。

墓前祝文云：

> 维年月日，孝宗孙某等，谨以清酌庶羞之奠，致祭于几世祖考某某府君几世祖妣某氏太君之墓前曰，呜呼，岁序流易，节届清明，瞻拜封茔，不胜永慕。薄具牲醴，用申奠献。尚飨。

这两篇文章也都简要得体，祭墓祝文更与忌日所用者相同，尤有意思。大抵祭祀原是仪式，必须庄重，因此仪文言动也有一定规律，乃得见其严肃，这祝文程式的一致，我想即其一端。有些人家用扫墓祝文不是一样，多就各地发挥做去，文词绚烂，声调响朗，容易失却庄严之致，反不合式。因平氏祝文而想到，觉得简单庄重实为祭祀之要点，繁文缛节，仆仆亟拜，均非所宜也。

上述祭规中未记拜法，盖因人人皆知也，惟各处风俗亦不尽同，今就所知补记于此。平常祭祖先，家长上香后以次四跪四拜，拜毕焚纸钱，再各一跪四拜，家长奠酒，一揖，灭烛，再一揖，撤香礼毕。祠墓祭行三献，人多不能参与陪祭者，于献后分排行礼，四跪四拜毕即继以一跪四拜，中间不再间断。此种拜法不知始于何时，唯通行颇广，所谓拜者乃是叩首兼揖，其一跪三叩首则俗称为官拜，唯吊丧时用之。妇女只用肃拜，合两袖当胸，上下数四，跪而伏拜，起立又拜而退，俗语称妇女拜曰时越切，亦须以乡音切之，国语无此音，疑其本字亦只是肃耳。范啸风著《越谚》三卷，为破天荒之书，唯关于祭祀名物亦多缺略，上文所注多记忆所及，述其大概，未能详备。吾家旧有祭簿，悉留越中族人处，未得查考，七世致公祭祭规为曾叔祖一斋公所订，具有条理，大旨与平氏相似，唯记得簿中记有忌日酒菜单，大可备考，今不得见，甚可惜也。

（民国癸未十月十五日）

关于送灶

◇ 1944.1.18

翻阅历书，看出今天已是旧历癸未十二月二十三日，便想起祭灶的事来。案：明冯应京《月令广义》云：

> 燕俗，图灶神锓于木，以纸印之，曰灶马，士民竞鬻，以腊月二十四日焚之，为送灶上天。别具小糖饼奉灶君，具黑豆寸草为秣马具，合家少长罗拜，祝曰，辛甘臭辣，灶君莫言。至次年元旦，又具如前，为迎灶。

刘侗《帝京景物略》云：

> 二十四日以糖剂饼黍糕枣栗胡桃炒豆祀灶君，以槽草秣灶君马。谓灶君翌日朝天去，白家间一岁事，祝曰，好多说，不好少说。记称

灶老妇之祭，今男子祭，禁不令妇女见之。祀馀糖果，禁幼女不得令啖，曰，啖灶馀则食肥腻时口圈黑也。

《日下旧闻考》案语乃云：

京师居民祀灶犹仍旧俗，禁妇女主祭，家无男子，或迎邻里代焉。其祀期用二十三日，惟南省客户则用二十四日，如刘侗所称焉。

敦崇《燕京岁时记》云：

二十三日祭灶，古用黄羊，近闻内廷尚用之，民间不见用也。民间祭灶惟用南糖关东糖糖饼及清水草豆而已，糖者所以祀神也，清水草豆者所以祀神马也。祭毕之后，将神像揭下，与千张元宝等一并焚之，至除夕接神时再行供奉。是日鞭炮极多，俗谓之小年下。

震钧《天咫偶闻》，让廉《京都风俗志》均云二十三日送灶，唯志又云，祭时男子先拜，妇女次之，则似女不祭灶之禁已不实行矣。

南省的送灶风俗，顾禄《清嘉录》所记最为详明，可作为代表，其文云：

俗呼腊月二十四夜为念四夜，是夜送灶，谓之送灶界。比户以胶牙饧祀之，俗称糖元宝，又以米粉裹豆沙馅为饵，名曰谢灶团。祭时妇女不得预。先期僧尼分贻檀越灶经，至是填写姓氏，焚化禳灾，篝灯载灶马，穿竹箸作杠，为灶神之轿，舁神上天，焚送门外，火光如昼，拨灰中篝盘未烬者还纳灶中，谓之接元宝。稻草寸断，和青豆为神秣马具，撒屋顶，俗呼马料豆，以其馀食之眼亮。

这里最特别的有神轿，与北京不同，所谓篝灯即是善富，同书云：

厨下灯檠，乡人削竹成之，俗名灯挂。买必以双，相传灯盘底之凹者为雌，凸者为雄。居人既买新者，则以旧灯糊红纸，供送灶之用，谓之善富。

《武林新年杂咏》中有善富灯一题，小序云：

以竹为之，旧避灯盏盏字音，锡名燃釜，后又为吉号曰善富。买必取双，俗以环柄微裂者为雌善富，否者为公善富。腊月送灶司，则取旧灯载印马，穿细薪作杠，举火望燎曰，灶司乘轿上天矣。

越中亦用竹灯檠为轿，名曰各富，虽名义未详，但可知燃釜之解释殆不可凭。各富状如小儿所坐高椅，高约六七寸，背半圆形即上文所云环柄，以便挂于壁间，故有灯挂之名。中间有灯盘，以竹连节如杯盏处劈取其半，横穿斜置，以受灯盏之油滴，盏用瓦制者，置檠上，与锡瓦灯台相同。小时候尚见菜油灯，唯已不用竹灯檠，故各富须于年末买新者用之，亦不闻有雌雄之说，但拾箨盘馀烬纳灶中，此俗尚存，至日期乃为二十三日，又男女以次礼拜，均与吴中殊异。俗传二十三日平民送灶，堕贫则用二十四日，堕贫者越中贱民，民国后虽无此禁，仍不与齐民伍，但亦不知究竟真是二十四日否也。厉秀芳《真州竹枝词》引云：

二十三四日送灶，卫籍与民籍分两日，俗所谓军三民四也。

无名氏《韵鹤轩[1]杂著》卷下有《书荼膏阿五事》一篇，记阿五在元妙观前所谈，其一则云：

一日者余偶至观，见环而集者数十百人，寂寂如听号令。膏忽大言曰，有人戏嘲其友曰，闻君家以腊月廿五祀灶，有之乎？友曰，

【锺校】

①“鹤轩”原作“轩鹤”。

有之，先祖本用廿七，先父用廿六，及仆始用廿五，儿辈已用廿四，孙辈将用廿三矣。闻者绝倒。余心惊之，盖因俗有官三民四，乌龟廿五之说也。

《杂著》《笔谈》各二卷，总名《皆大欢喜》，道光元年刊行，盖与顾铁卿之《清嘉录》差不多正是同时代也。

送灶所供食物，据记录似均系糖果素食，越中则用特鸡，虽然八月初三灶司生日以蔬食作供，又每月朔望设祭亦多不用荤，不知于祖饯时何以如此盛设，岂亦是不好少说之意耶。祭毕，仆人摘取鸡舌，并马料豆同撒厨屋之上，谓来年可无口舌。顾张思《土风录》卷一"祀灶"下引《白虎通》云，祭灶以鸡。又东坡《纵笔》云，"明日东家应祭灶，只鸡斗酒定燔吾"，似古时用鸡极为普通。又范石湖《祭灶》云，"猪头烂肉双鱼鲜"，则更益丰盛矣。灶君像多用木刻墨印，五彩着色，大家则用红纸销金，如《新年杂咏》注所云者，灶君之外尚列多人，盖其眷属也。《通俗编》引《五经通义》谓灶神姓苏，名吉利，或云姓张，名单，字子郭，其妇姓王，名搏颊，字卿忌。《酉阳杂俎》谓神名隗，一字壤子，有六女，皆名察洽。此种调查不知从何处得来，但姑妄听之，亦尚有趣，若必信其姓张而不姓苏，大有与之联宗之意，则未免近于村学究，自可不必耳。

关于灶的形式，最早的自然只有明器可考，如罗氏《明器图录》，滨田氏《古明器图说》所载，都是汉代的作品，大抵是长方形，上有二釜，一头生火，对面出烟，看这情形似乎别无可以供奉灶君的地方。现今在北京所看见的灶虽多是一两面靠墙，可是也无神座，至多墙上可以贴神马，罗列祭具的地位却还是没有。越中的灶较为复杂，恰好在汪辉祖《善俗书》中有一节说的很得要领，可以借抄。这是汪氏任湖南宁远知县时所作，其第四十二则曰用鼎锅不如设灶，有小引云，宁俗家不设灶，一切饮食皆悬鼎锅以炊，饭熟另鼎煮菜，兄弟多者娶妇则授以鼎锅，听其别炊。文中劝人废鼎用灶，记造灶之法云：

余家於越，炊爨以柴以草，宁远亦然，是越灶之法宁邑可通也。越中居人皆有灶舍，其灶约高二尺五六寸，宽二尺馀，长六尺八尺不等。灶面着墙处，墙中留一小孔，以泄洗碗洗灶之水。设灶口三，安锅三口，小锅径宽一尺四寸，中锅径宽一尺六寸或一尺八寸，大锅径宽二尺或二尺二寸。于两锅[1]相隔处旁留一孔，安砂锅一曰汤罐，三锅灶可安两汤罐，中人之家大概只用两锅灶。

尺四之锅容米三升，如止食十馀人，则尺六尺八一锅已足。锅用木盖，约高二尺，上狭下广。入米于锅，米上馀水二三指，水干则饭熟矣。以薄竹编架，横置水面，肉汤菜饮之类，皆可蒸于架上，一架不足，则碗上再添一架，下架蒸生物，上架温熟物，饭熟之后稍延片时，揭盖则生者熟，熟者温，饭与菜俱可吃，而汤罐之水可供洗涤之用，便莫甚焉。锅之外置石板一条，上砌砖块，曰灶梁，约高二尺馀，宽一尺馀，着墙处可奉灶神，馀置碗盘等物。梁下为灶门，灶门之外拦以石条，曰灰床，饭熟则出灰于床，将满则迁之他处。灶神之后墙上盘砖为突，高于屋檐尺许，虚其中以出烟，

【锺校】

①“锅”原作“罐”。

曰烟囱，囱之半留一砖，可以启闭，积烟成煤，则启砖而扫去之，以防火患，法亦慎密。

这里说奉灶神处似可稍为补充，云靠墙为烟突，就烟突与灶梁上边平面成直角处作小舍，为灶王殿，高尺许，削砖为柱，半瓦作屋檐而已。舍前平面约高与人齐，即用作供几，又一段稍低，则置烛台香炉，右侧向锅处中虚，如汪君言可置盘碗，左则石板上悬，引烟入突，下即灰床。李光[①]庭《乡言解颐》卷四“庖厨十事”之一为煤炉，小引云：

乡用柴灶，京用煤灶。煤灶曰炉台，柴灶曰锅台，距地不及二尺，烹饪者须屈身，故久于厨役有致驼背者，今亦为小高灶，然终不若煤炉之便捷也。

李氏宝坻县人，所言足以代表北方情状，主张鼎烹，与汪氏之大锅饭菜异。大抵二者各有所宜，大灶唯大家庭合用，越中小户单门亦只以风炉扛灶供烹饪，不悉用双眼灶也。

（民国三十三年一月十八日，在北京所写）

【锺校】

①“光”原作“九”。

《茶之书》序

◇ 1944.11.20

方纪生君译冈仓氏所著《茶之书》为汉文，属写小序。余曾读《茶之书》英文原本，嗣又得见村冈氏日本文译本，心颇欢喜，喤引之役亦所甚愿，但是如何写法呢。关于人与书之解释，虽然是十分的想用心力，一定是挂一漏万，不能讨好，唯有藏拙乃是上策，所以就搁下来了。近日得方君电信，知稿已付印，又来催序文，觉得不能再推托了，只好设法来写，这回却改换了方法，将那古旧的不切题法来应用，似乎可以希望对付过去。我把冈仓氏的关系书类都收了起来，书几上只摆着一部陆羽的《茶经》，陆廷灿的《续茶经》，以及刘源长的《茶史》。我将这些书本胡乱的翻了一阵之后，忽然的似有所悟。这自然并不真是什么的悟，只是想到了一件事，茶事起于中国，有这么一部《茶经》，却是不曾发生茶道，正如虽有《瓶史》而不曾发生花道一样。这是什么缘故呢。中国人不大热心于道，因为他缺少宗教情绪，这恐怕是真的，但是因此对于道教与禅也就不容易有甚深了解了罢。这里我想起中国平民的吃茶来。吃茶的地方普通有茶楼茶园等名称，此只是说村市的茶店，盖茶楼等处大抵是苏杭式的吃茶点的所在，茶店则但有清茶可吃而已。茹敦和《越言释》中店字条下云：

> 古所谓坫者，盖垒土为之，以代今人桌子之用。北方山桥野市，凡卖酒浆不托者，大都不设桌子而有坫，因而酒曰酒店，饭曰饭店。即今京师自高梁桥以至圆明园一带，盖犹见古俗，是店之为店，实因坫得名。

吾乡多树木，店头不设坫而用板桌长凳，但其素朴亦不相上下，茶具则一盖碗，不必带托，中泡清茶，吃之历时颇长，曰坐茶店，为平民悦乐之一。士大夫摆架子不肯去，则在家泡茶而吃之，虽独乐之趣有殊，而非以疗渴，又与外国人[1]蔗糖牛乳如吃点心然者异，殆亦意在赏其苦甘味外之味欤。红茶加糖，可谓俗已。茶道有宗教气，超越矣，其源盖本出于禅僧。中国的吃茶是凡人法，殆可称为儒家的，《茶经》云，啜苦咽甘，茶也。此语尽之。中国昔有四民之目，实则只是一团，无甚分别，搢绅之间反多俗物，可为实例。日本旧日阶级俨然，风雅所寄多在僧侣以及武士，此中同异正大有考索之价值。中国人未尝不嗜饮茶，而茶道独发生于日本，窃意禅与武士之为用盖甚大。西洋人读茶之书固多闻所未闻，在中国人则心知其意而未能行，犹读语录者看人坐禅，亦当觉得欣然有会。一口说东洋文化，其间正复多歧，有全然一致者，亦有同而异，异而同者，关于茶事今得方君译此书，可以知其同中有异之迹，至可忻感，若更进而考其意义特异者，于了解民族文化上亦更有力，有如关于粢与酒之书，方君其亦有意于斯乎。

（民国三十三年十一月二十日）

【锺校】

①"人"原作"入"。

吃人肉的方法

◇ 1949.3.26

《玉芝堂谈荟》卷十一有“好食人肉”一条，其中引南宋庄季裕《鸡肋编[①]》，有一节云：

> 靖康丙午岁金狄乱华，六七年间，山东京西淮南等处荆榛千里，斗米至数千钱，盗贼官兵以至居民更互相食。人肉之价贱于犬豕，肥壮者一枚不过十五钱，全躯曝以为脯。登州范温率忠义之人泛海至钱塘，有持至行在充食者。老瘦男子谓之饶把火，妇人[②]少艾者名之为美羊，小儿呼为和骨烂，又通目为两脚羊。

【锺校】

①“编”原作“篇”。

②“人”原作“女”。

威思透玛克在其大著《道德观念之起源与发达》的下册中，也有一章是论食人的，有云：

> 人肉并不单是在非常时救急的食物，实在还多是当作美味看的。菲支岛人说到好吃的东西，最好的赞词是说它鲜嫩像死人似的。在南海的别的岛上，人肉都说是美味食品，比猪肉更好。澳洲之库耳那人说其味胜于牛肉。在澳洲有些部落里，胖小孩是被看作一口好吃食，假如母亲不在旁，几个刚愎的男子手中的木棍就会把他一下子结果了的。

《旧唐书》述食人的军阀朱粲的话，"食之美者宁过于人肉乎，"这意见是与菲支及库耳那人很是接近的，可见中国人也很能赏识此味，如两脚羊等种种名称亦是一个证明。

去年八月末美国《时代周刊》的"新刊批评"中讲到一本书，名曰《密林中人》，著者普勒多留斯，是英国人，久居南非洲，书中记述他的狩猎生活。他曾向一个他看见在吃人肉的食人部落的人客气的请教，得到那烹调的方法，据说先把身体泡在热水里，刮去苦皮，腹内填装甘蕉，上盖蕉叶，在炭火上烧烤一夜。这一条食谱的确是很难得的，但只能算是非洲的吃法，大略近于西餐，至于中国固有的方法如何，则似乎是文献上无可考查了。

范温生于北宋末，朱粲则在唐初，都很远了。近代吃人肉而留有记载，还很有点幽默的，这总要算清代的武将罗思举了吧。他大概生于乾隆年间，原是剧盗出身，后来投营当兵，其时正闹川楚教匪（有错当查），立功升至提督。在他的自述里，关于自己的出身略不讳言，天真可喜，其中又说及军中缺粮，乃杀教匪俘虏为食，他不曾讲如何烹调，但说人身整个可吃，唯阴茎煮不烂，嚼不碎，有如败絮云，这也是有价值的纪录①，足以补非洲人所说之未备的。

【锺校】

①“有价值的纪录”原作“有纪录的价值”。

臭豆腐

◇ 1949.12.26

近日百物昂贵，手捏三四百元出门，买不到什么小菜。四百元只够买一块酱豆腐，而豆腐一块也要百元以上，加上盐和香油生吃，既不经吃也不便宜，这时候只有买臭豆腐最是上算了。这只要百元一块，味道颇好，可以杀饭，却又不能多吃，大概半块便可下一顿饭，这不是很经济的么。

这一类的食品在我们的乡下出产很多，豆腐做的是霉豆腐，分红霉豆腐臭霉豆腐两种（棋子霉豆腐附），有霉千张，霉苋菜梗，霉菜头，这些乃是家里自制的。外边改称酱豆腐臭豆腐，这也没有什么关系，但本地别有一种臭豆腐，用油炸了吃的，所以在乡下人看来，这名称是有点缠夹的了。更有意思的是，乡下所制干菜，有白菜干油菜干倒督菜之分，外边则统称之为霉干菜，干菜本不霉而称之曰霉，豆腐事实上是霉过的而不称为霉，在乡下人听了是很有点儿别扭的。

豆腐据说是淮南遗制，历史甚长，够得上说是中国文明的特产，现代科学盛称大豆的营养价值，所以这是名实相符的国粹。他的制品又是种类很多，豆腐，油豆腐，豆腐干，豆腐皮，千张，豆腐渣，此外还有豆腐浆和豆面包，做起菜来各具风味，并不单调，如用豆腐店的出品做成十碗菜，一定是比沙锅居的全猪席要好得多的。中国人民所吃的小菜，一半是白菜萝卜，一半是豆腐制品，淮南的流泽实是孔长了。还有一件事想起来也很好玩的，便是西洋人永不会得吃豆腐，我们想象用了豆腐干油豆腐去做大菜，能够做出什么东西来，巴黎的豆腐公司之失败，也就是一个证明了。

吃豆腐

◇ 1949.12.30

好几年前在上海，才听到吃豆腐这句话，在北京是一直没有听见过的。我们的乡下别有一句吃大豆腐，那是指办丧事时的素菜，所以是死的替代词。不管这些俗语的含义如何，豆腐这东西实在是很好吃的。就乡下的经验来说，豆腐顶好是炖豆腐，丧事时的大豆腐其实也即是这个，不过平时不那么叫，只是直称炖豆腐而已。

光绪年间，有近亲在大寺里打水陆道场，我去看了几天，别的多忘了，只记得有一天看和尚吃午饭，长板桌长板凳，排坐着许多和尚，合掌在念经，各人面前放着一大碗饭，一大碗萝卜炖豆腐，看去觉得十分好吃的。这是我对于豆腐一个不能忘记的印象，虽然家里做的原来也是一样的好吃，将豆腐先煮一过，加上笋干香菇，透味炖成，风味甚佳，有些老太太能吃长素，我颇疑心大半是因为有这一碗菜，而霉货与干菜也是一半的原因。

此外有溜豆腐，这里我姑且用溜黄菜的溜字，与醋溜鱼意义很不相同，此字应当从手从柳声才行，可惜没法子写。制法是把豆腐放入小钵头内，用竹筷六七只并作一起用力溜之，即是拿筷子急速画圈，等豆腐全化了，研盐种为末加入，在饭锅上蒸熟。盐种或称盐奶，云是烧盐时泡沫结成，后来不知何故甚不易得，或以竹叶包盐火烧代用，却不很佳。这与盐不同，微有涩味，即其特色。溜豆腐新成者也可以吃，但以老为佳，多蒸几回其味更加厚，即此一点亦甚适于穷人之用，价廉味美，往往一大碗可以吃上好几天，早晚有这些在桌上，正如东坡所说，亦何必要吃鸡豚也。

吃鱼

◇ 1950.1.4

生长在江浙的人说起鱼来，大概总觉得一种爱好，孟子说，鱼亦我所欲也，可见这并不论地域，现在只就自己所知道的来说罢了。水乡不必说了，便是城里也都是河道，差不多与大街小巷平行着，一叶渔舟，沿河高呼“鱼荷虾荷”，在门口河步头就可以买到，若是大一点的有如胖头鲢鱼鲫鱼之类，自然在早市更为齐全便利，总之在那里鱼虾的供给是与白菜萝卜一样的普遍的。人家祭祖照例用十碗头，大抵六荤四素吧，从前叫厨司代办，一桌六百文，三鲜里有鱼圆，此外总有一碗煎鱼，近似所谓瓦块鱼，在杭州隔江的西兴镇，饭店老板劝客点菜，也总提议来一碟烤虾一块煎鱼，算作代表的家常菜。农工老百姓平常少吃肉，鱼介却是常用，鱼固然只是小鲜，介则范围颇广，虾蛏螺蚌，得着便吃，价亦不贵。此外宁波来的海味，除白鲞外，王瓜头鲞带鱼勒鲞以至淮蟹，因腌货可储藏而又杀饭，大家爱用，南货店之店铺多，生意好，别处殆鲜有其比。古人称越人断发文身，与蛟龙斗，与蛙黾处，现在不是那样了，但其与水族的情分总之还是很不错的。

北方虽然也有好些大河，鱼却不可多得，不能那么大众化了，一般人吃不着，咸鱼也少见，南货店多只卖干果类，稻香村之类的地方带卖①一点鱼鲞，这又成了贵货，不是平民的食品了。大概鱼类宜于吃饭，自然吃酒更好，若是面食那便用处很少，除非是吃黄鱼面或划水面，但这又不是北方普通的吃法，供给不多，需求又少，其所以不能大众化，盖非无故也。

【锺校】

①“卖”原作“买”。

吃肉

◇ 1950.1.5

从前有一个我的朋友，并非什么有名人，而且已经去世了，他说过一句很有意思的话，说凡可吃的东西他都能吃，只有人肉除外。我很赞同我的朋友的这句话，自己觉得也正是如此。

话虽是这样说，人肉固然不吃，别的肉类也是吃得不多，没有什么值得说的。我吃过的四只脚的肉有猪羊牛驴，狗马骆驼则不曾吃着，甲鱼与田鸡不知是否也该列在里边，两只脚的有鸡鸭鹅，雉鸡柏子鸟麻雀野味。我并不主张吃素，但也不赞成一定非吃肉不可，有些飞走的小动物，有如鸽子兔子，不必搜求来吃，既有普通的鸡豚也就可以够了。

我的意见大抵如古人所说，蒜葱鱼肉碰着便吃，觉得无须太是馋痨，一心想吃别个的肉，况且在现时这个肉价钱，要吃也实在不易。动物有草食肉食两种，生理各别，不能改变，人原是草肉兼食的，比较可有通融，西北草原的游牧民族通年把羊肉当饭，有些山乡的老百姓每天只吃番薯与六谷（玉米）糊，也一样的生活下去。中国本部的人愁的只是没有饭吃（包含面与杂粮在内），没有肉吃怕甚么。列位不要以为这是《伊索寓言》里的狐狸，因为够不着所以说是酸葡萄，我的话是代表中国的穷人说的，自然也连自己在内，乃是由衷的真话。《孟子疏》中说七十者不食肉不饱，虽是好意却并非事实，至少现时的老头子没有这样好胃口，即吃也甚有限，这里可见古今人之不同，但同时又有一句云肉食者鄙，这倒有几分道理，假如要找酸葡萄的口实，庶几可以适用吧。

绍兴酒的将来

◇ 1950.1.14

《西斋偶得》中说饮食与音乐变化最快，越数百年便全不可知，《东京梦华录》所记汴城食料，南渡后杭城所市食物，张沂王进高宗食单，大半不知其名，又尝见名人所刻书内有蒙古女真畏吾儿回回食物单，思之亦不能入口。后又云：今天下盛行三事，绍兴酒、昆腔曲、马吊戏，皆起于明之中叶，绍兴酒始见于《谰言长语》，谓入口便螫，味同烧刀，此酒一出，金华浙闽诸酒皆废矣。明朝中叶大概可以算作十六世纪初，到现在已将四百五十年。昆曲久已为京戏所压倒，再也站不起来。马吊也被马将牌所取而代之了。绍兴酒总算还是健在，实在很不容易了。

不过就上边那一节看来，他也并非毫无变化。据《谰言长语》说他入口便[①]螫，味同烧刀，假如这不是作者因为喝不惯而随口胡骂，那么一定当初绍兴酒的确是那么样了。现今再请教普天下吃绍兴酒的看官，目下是否如此，我想这答案总是说否，他和烧刀总不是一样的。所以我们可以推定绍兴酒最初乃是辛螫的，后来变得温和，像现代的那么样。但是将来如何，我们可不能知道，说不定他又非变得像烧酒那么不可，这话无甚凭据，只是觉得并非不可能罢了。绍兴酒的价格不比烧酒便宜，吃起来却更为耗费，岂非失败之道乎？至于这要如何使他变化，可与烧刀竞爽，那是酿造上专门的事情，不是我们所能知道的了。

【锺校】

①“便”原作“使”。

红番薯

◇ 1950.1.18

吃的东西随时随地变化得很多，只是平常不注意，不大觉得罢了。近日吃煮白薯，忽然想起小时候吃过的红番薯，煮的是不大看得出了，在水果摊上摆着的，一文钱一大片，桂红色的肉，白色的边，外面红皮自然已经削去了，这样番薯现在早已不见，有的都是黄白色的了。

查书看时，又似乎是古时吃的皆是白薯，如《广志》说“皮肉肥白”，又《甘薯疏》说“色白味甘”。那么红的殆是后起，流行了一时，末了又复没落了的吧？

据一个植物学者说：白薯就有甲乙两种，甲名厄杜利思，乙名巴太达思，形状相似，性质颇有不同；甲种茎叶都带紫色，乙种则是浅青。但在吃的人，只好看根块，色无多区别；只是甲肉色黄白，肌理粗糙，蒸了则干松味美；乙肉色白，肌理细腻，可是蒸时却多水分，味亦较劣。番薯同是外来的东西，唯甲在前，乙则后来从南美传入，很占势力。因为它易种不怕旱，收获多，冬天收藏不易腐烂，虽然味道不好，也就占了优胜了。

西人吃番薯，反正不是烤了煮了吃的，白打油炸了加盐当副食物，淡而无味的马铃薯已很好了，所以乙种就被叫作甜马铃薯；若是中国那么吃法，自以甲种为佳。这里只是纸上谈兵，不知市场上究竟哪一种为多，须要实地考查才能明白。

萝卜与白薯

◇ 1950.1.20

中国人吃的菜蔬的种类，在世界上大概可以算是最多的了。历史长固然是一个原因，但古人所吃的有许多东西，如蘋藻薇蕨，现今小菜场上都已不见，而古无今有的另外添进去了不少，大抵重要的原因还是在于中国的调烹法的特殊，各式的植物茎叶他都可以煮了放在碗里，用筷子夹了吃，这用在西洋料理上往往是没办法办的。

这些菜蔬中间，我觉得顶有意思的是萝卜与白薯。这两样东西都是大块头，不但是吃起来便利，而且也实在有用场。明人王象晋称萝卜可生可熟，可菹可齑，可酱可豉，可醋可糖可腊，乃蔬之最有益者。徐玄扈说甘薯有十二胜，话太长了，简约起来可以说是易种，多收，味甘，生熟可食，可干藏，可酿酒。具体的说，我最爱的和尚吃的那种大块萝卜炖豆腐，其次是乡间戏台下的萝卜丝饼以及南京腌萝卜鲞，至于白薯自然煮的烤的都好，但是我记得那玉米面糊里加红蕃薯，那是台州老百姓通年吃了借以活命的东西，小时候跟了台州的女用人吃过多少回，觉得至今不能忘却。

希望将来人人可以吃到猪排牛排和白面包，自然是很好，我们要去努力，可是在这时候能吃苦也极重要。我想假使天天能够吃饱玉米面和白薯，加上萝卜鲞几片，已经很可满足，而一天里所要做的事只是看看书，把思想搞通点，写篇小文章，反省一下，觉得真如东坡在临皋亭所说，惭愧惭愧。

吃酒

◇ 1950.1.21

在城里与乡下同样的说吃酒，意义则迥不相同。城里人说请或被请吃酒，总是大规模的宴会，如不是有十二碟以上的果品零食（俗名会浅，宁波也有这句话）的酒席，也是丰满的一桌十碗头。若是个人晚酌，虽然比不上抽大烟，却也算是一种奢侈的享乐，下酒的东西都很讲究，鸟肉腊肫与花红苹果，由人随意欣赏，到了花生豆腐干，那是顶寒酸的了。乡下人吃酒便只是如字的吃酒，小半斤的一碗酒像是茶似的流进嘴里去，不一忽儿就完了，不要什么过酒胚，看他的趣味是在吃茶与吃旱烟之间，说享乐也是享乐，但总之不是奢侈的。我说城里乡下，并不是严格的地方的分别，实在是说的两种社会的人，乡间绅士富翁自然吃酒也是阔绰的，城里有孔乙己那样的吃法，这又是乡下一路的了。

中国智识阶级大都是城里人，他们只知道城里的吃酒法，结果他们的反应是两路，一是颓废派的赞成，一是清教徒的反对。颓废派也就算了，清教徒说话做文章，反对乡下人的奢侈的享乐，却不知他们的茶酒烟是一样，差不多只是副食物的性质，假如说酒吃不得，那么喝一碗涩的粗茶，抽一钟臭湾奇，岂不也是不对么？民国初年有些主张也是出于改革的意思，可是出于城里人的立场，多有不妥当的地方，如关于演戏即是一例，可供后人参考。我并不主张乡下人应当吃酒，也只是举例，我们须得多向老百姓学习，说起话来才不会大错。

山里红

◇ 1950.1.26

冬天在北京街上多看见卖糖壶卢的，此物又甜又酸，老小都爱吃，我们乡下叫作糖山球，山者盖系山查之省略，平常称为红果，北方云山里红，但蜜饯中有炒红果之名，可知这个名称也是有的。乡下的只是山查一样，北京则花样繁多，据《一岁货[①]声》中“糖壶卢车子”一条下所说，共有十馀种之多，其中如扁熟山里红，生山里红，又夹澄沙胡桃仁，白海棠生熟二种，红海棠，蒲萄，山药，山药豆，荸荠，桔子，黑枣等，尚多有之，若梨糕

【锺校】

①“货”原作“呼”。

奶油骰块，乃是光绪年间物事，早已不见了。这里种类虽多，其实顶好的还只是生山里红这一种，别的似乎都是勉强配搭，不那么吃也可以，而且就是山里红，熟的也不大好，中嵌豆沙和核桃仁那不免是多馀的，且不说奢侈也罢，因为这里只要红果的酸，加上冰糖的甜，这就够了，好的就在他的简单。我想糖壶卢应当以生山里红为正宗，别的模拟品没有什么意思，自然的就归于淘汰，不过此刻物价涨了，小朋友或者不容易吃得到，但是与假水果糖相比大概不见得更贵吧。

中国向来说山查可以消食，对于小孩吃糖山球以及山里果子不加禁阻，这原来是很好的事。

此外有山查糕也是用红果①所制，更为精美了，但因此也就更贵，往往搁在稻香村等处的玻璃柜内，与玉带糕等同一待遇，不复是昔时水果摊糖担中之物了。说说这些土货，并无怀旧之意，只觉得也大可吃得，而且比新糖果更有点真味，可以谓是一种可取的地方吧。

【锺校】

①"果"原作"药"。

咬菜根

◇ 1950.1.26

古人有一句话："咬得菜根，则百事可做。"这话很有名，也实在有理，别无什么问题。我这里所要说的，只是这菜根是些什么。照字面上说来，那自然是菜的根，我们在乡下的白菜有[①]白菜头，芥菜有芥菜头，油菜是没有的，这可以鲜的煮了吃，也可以霉，更有滋味。但是这些单是一时的东西，不能长久的吃，至多可以搁上五七天罢了，所以经常所咬的菜根，应当还有别的物事，推想起来，大概是白菜类的萝卜和芥菜类的芜菁吧？（这里所谓

【锺校】

①"的白菜有"原作"有白菜的"。

类，虽然根据李时珍，却是外行人的看法，不可以植物学相绳。）这些的根是大可以吃得的，尤其腌了久藏不坏，他的用处实在很大。

萝卜的盐制品我是百吃不厌的，这自然有条件，要我的牙齿还好的时候。南京于萝卜头之外有萝卜鲞，我尤其喜欢，虽然前清时在学校里咬了五六年，可是感情还是不恶。后来得见福州的黄土萝卜，也是极好，只可惜远在华南不可常得。芜菁的根乡下叫作芥辣头，南货店中供给五香酱制的黑色的一种，但北方还有一种盐渍白色的，名曰水疙瘩，黑色的则名曰酱疙瘩，以个人的经验来说，水疙瘩更为有味，大抵用盐的肴馔总比酱油好吃。这之外假如再能有酱生姜、醋浸蒜头这些别一类的东西配搭，那么这菜根席已很丰满，我相信大家都可以咬得来吧？

外国来的菜蔬

◇ 1950.2.1

西洋人吃早餐，只有面包黄油是本国出品，茶叶与糖均元本出于外国，若是咖啡豆与柠檬，那便是现在也还是输入的。中国的情形稍有不同，吃的菜蔬只是豆腐青菜，全是土货，除了高等华人学吃西餐之外，食桌上是不大会有什么舶来品的了。

但是植物的历史说起来有点特别，它们多数是有着四千年的中国籍，有好些正如元微之辛文房之流乃是归化的外国人，不过注册已有千百馀年，大家都已忘记。这些食用植物中间，顶重要的是落花生、蕃薯以及南瓜。这都从南洋方面过来，南瓜蕃薯在名称还可以看出来，虽然北方叫作倭瓜白薯，稍有改变。日本人回敬称南瓜曰唐茄子，一名又作东婆寨，则已显示他的原籍是在越南了。来到中国的年代大概是在明朝，有四五百年的光阴了吧，我们想像以前的小孩在新年没有瓜子花生好吃，那该是多么寂寞呀。

胡麻、胡荽、苜蓿，都是汉朝张骞拿来的，胡豆见于晋时，但据说《尔雅》中已有，那么也是汉朝输入的吧。这些历史虽久，可是除胡麻外用处不大，胡豆我还不知道它是怎么样子的。菠菜与莴苣，在隋唐时进来，现今通行甚广，或云黄瓜又名胡瓜，萝卜有人说也来自西域，那还少证据，未能相信。

近时从外国来的有马铃薯，北方名土豆；甘蓝通称白菜、菜花；番茄北方名西红柿，却没有多大势力，大概因为未曾平民化的缘故。马铃薯本来有用，但有芋头与白薯在和它作竞争，做菜不如芋头，做点心则不及白薯，其不得意也是当然的吧。

点心与饭

◇ 1950.2.2

小时候爱吃杂食，时常被大人们教训，说点心不是当饭吃的。这句话里的真理我一直相信着，因为点心与饭的区分就是这样定的。我们乡下的点心大抵可以分作两类，一是干点心，在茶食店里所卖的是，二是湿点心，一切蒸制及有汤的东西。这第二类中有莲子茶，汤圆，烧卖，花饺，馄饨，包子，各式面，藕粥等，有的家制，有的有专店，半干湿的糕和麻糍一类也就附在这里。这些湿点心固然可以吃个半饱，但总不把他当饭，除非是有特别情形，这也只是偶尔的例外而已。所以有些旧式的老辈诉说胃口不开，问他今日吃了些什么，则面和饺子之类也相当吃了些，可是饭并没有吃，因此足见胃口是不好了。

这个道理拿到北方来，便全然讲不通，这里说吃饭，不能如字讲的，固然也有小米饭与高粱米饭，一般所珍重的是面条、馒首与烙饼，用南方的旧标准来看，乃是以点心当饭的。不明了这个关系的人来到以面食有名的北方，一吃馄饨炒面等，觉得并不及南方好吃，未免奇怪，其实是当然的，因为这里乃是当饭吃的呀。在北京要吃面食的点心，必须去找江苏或扬州的馆子，在那里所做的才不是饭而是点心。北方烙饼有一手指厚，奢侈点裹一片肉，普通只用葱蘸酱，卷了就吃，我们乡间戏台下卖的山东饼乃薄如指甲，却加上红酱辣酱葱花，裹上几倍大的一条油条，广东月饼的用意相同，这表皮差不多只作容器用而已，这正是一个很明白的例子。

南北的点心（一）

◇ 1950.2.3

现在说的是单指干点这一类，这在中国的南北也略有点不同。以四十年前故乡的茶食店为例，所卖的东西大概有这几类：一是糖属，甲类有松仁缠，核桃缠，乙类牛皮糖，麻片糖，寸金糖，酥糖等。二是糕属，甲类有松子糕，枣泥糕，蜜仁糕，乙类炒米糕，百子糕，玉露霜，丙类玉带糕，云片糕等。三是饼属，甲类有各种月饼，限于秋季，乙类红绫饼，梁湖月饼等，则通年有之。四是糕干类，有香糕，琴糕，鸡骨头糕干等。五是鸡蛋制品，有蛋糕，蛋卷，蛋饼等。

到北京来看，货色很不一样，所谓小八件大八件，样子很质朴，全是乡下气，觉得出于意外，虽然自来红自来白这些月饼似的东西，吃起来不会零碎的落下皮来，觉得还有可取。至于玉带糕寸金糖之属，要在南方店铺如稻香村等才可以买到，这显明的看出点心上的界线来了。这是什么缘故呢？我当初也不明了。后来有人送我一匣小八件，我打开来看，不知怎的觉得很是面善，忽尔恍然大悟，这不是佛手酥么，菊花酥么，只要加上金枣龙缠豆[①]及桂花球，可不是乡下结婚时分送的喜果么？我怎么会忘记了的呢！

我又记起茶食店的仿单上的两句话，明明替我解决了疑问，说北方的是官礼茶食，南方的是嘉湖细点。大概在明朝中晚时代，陈眉公李日华辈在江浙大有势力，吃的东西也与眉公马桶等一起的有了飞跃的发展，成了种种细点，流传下来，到了礼节赠送多从保守，又较节省，这就是旧式饽饽成为喜果的原因了。

【锺校】

① 此处原衍“的”字，已删。

糖与盐

◇ 1950.2.4

从前在家乡的时候，每到年前总要买一点年货，以备过年之用，这差不多全是南货，我们小孩便担任开账之责，依据去年的旧账加以增减，我还记得糖这一部分，有什么台太本间台青这些名称。台太台面都是细白好看的糖，只买一点，给新年客人蘸粽子年糕吃之用，平常使用的多是本间，颜色微黄而鲜甜，台青则是红糖，有时煮藕脯等也非特别用这个不可，流质的黑糖名为泉水，品级似乎最低，却亦自有风味。这些精炼的上等物事往往好看不中吃，现代五磅十磅一袋的砂糖，四角的车糖，我觉得是台太的一路，正如西餐桌上的精盐，光有咸味而不鲜美，殊不足取。乡下买的粗盐，里边固然有杂质在内，但因此反而比精盐更多鲜味，我想如用那种精盐去腌白菜芥菜，那么味道一定未必有那么好吧。

喝水也是泉水最好吃，雨水河水（自来水的来源）次之，若是蒸馏水，虽然顶合于卫生，可是其淡而无味，正与一切精炼的东西一样，这是纯净的化学化合物，因其纯所以也成为单调了。人类中间的知识阶级与学者也是经过了一番提炼的东西，把原来的泥土气洗掉了，便也失却了本色，与一般人民有了间隔，虽不相违反，也总难以接近。谈糖与盐的事而拉到人上面去，有似古文《卖柑者言》的作法，但这个比喻谁都容易联想到，所以未能免俗的加在这里，其实这或者还是转合的老调，也未可知。

馄饨担

◇ 1950.2.10

浙东民间歌谣嘲讽拙劣的戏班云："台上群玉班，台下都走散，连忙关庙门，两边墙壁都爬坍，连忙扯得牢，只剩一担馄饨担。"这在只看戏园里的戏的人听了觉得有些费解之处，第一是戏台下怎么会有馄饨担的，这因为原是社戏，大家出钱在庙里演剧给菩萨看，一般人都可以去白看，而且还大吃其点心，所以各样吃食摊在台下开张，馄饨担不过其中之一罢了。其次，馄饨担特别被扯牢，这是什么缘故呢？理由说起来很是简单，便只苦于我不会画几笔，要用文字说明，未免须得多费气力，而且恐怕终于难得十分明了。别的饮食担都已挑出庙门，而一担馄饨担独被拉住，这便为他的担子特别笨重，挑了走不快之故。不知道为什么，馄饨担要那么与众不同，于必要的缸灶水桶之外加上那些抽屉，朱漆描画，像是新娘嫁妆似的，其实豆腐浆担也用好些作料，可是担子却简单[①]得多了。在空庙里，好些人纠缠住挑着一副[②]很伉的担子的人，这里老百姓显示出他们很好的幽默，只可惜不知道这担子的人也就不能充分了解。手边有一部石印的《太平欢乐图》，原本系乾隆庚子即一七八〇年方[③]兰坻所画，因进呈御览，负贩商民多戴羽缨帽，又拖小辫，也很触目，共有一百幅，画出挑担摆摊各种情形，亦可备参考，可是细细检查却不见有馄饨担，虽然元宵担是有的。吴友如在《点石斋画报》上所作图，主题是打架或翻车，多画市肆背景，极为难得，其中当可找到。又曾见《江南铁泪图》，戏台下似有馄饨担，但已记忆得不甚清楚了。

【锺校】

① 原无“单”字，今增。

② 原无“副”字，今增。

③ “方”字原缺，今补。

吃烧鹅

◇ 1950.2.20

春天来了，一眨眼就是春分清明，又是扫墓时节了。小时候扫墓采杜鹃花的乐趣到了成年便已消失，至今还记忆着的只有烧鹅的味道，因为北方没有这东西，所以特别不能忘记也未可知。

在乡下的上坟酒席中，一定有一味烧鹅，称为熏鹅，制法与北京的烧鸭子一样，不过他并不以皮为重，乃是连肉一起，蘸了酱油醋吃，肉理较粗，可是我觉得很好吃，比鸭子还好，烧鹅之外还有糟鹅和白鲞扣鹅，也都是很好的。北京有鹅却并不吃，只是在结婚仪式上用洋红染了颜色，当作礼物，随后又卖给店里，等别的人家使用，我们旁观着看他就是这样的养老了，实在有点可惜。大概这还是奠雁的遗意，雁捉不到，便把鹅来替代，反正雁也就是野鹅，鹅的样子颇不寒伧，的确可以替代得过。

相传王羲之爱鹅，大抵也是赏识他的神气，陆农师在《埤雅》中说，鹅善转旋其项，古之学书者法以动腕，羲之好鹅者以此，乃是十足乡下人的话，未免有点可笑。羲之旧宅在蕺山下，后来舍宅为寺，颜曰戒珠，后人望文生义，便造出传说来，云有珠为鹅所吞，疑人窃去，未几鹅死剖腹得珠，乃大悔恨，遂舍宅而称以戒珠云。案：戒珠本佛教成语，谓戒如璎珞珠，如云以珠为戒，反为不词。至于鹅吞珠事见于《贤愚因缘经》，赞颂梵志的守戒与穿珠师的忏悔，反复唱说，是绝好一篇弹词，与羲之自无关系，唯以鹅故而被牵连说及，则亦不能说全没有因缘也。

腌鱼腊肉

◇ 1950.2.23

腌鱼腊肉是很好吃的东西，特别我们乡下人是十分珍重的。这里边自然也有珍品，有如火腿家乡肉之类，但大抵还以自制的为多，如酱鸭风鸡、糟鹅糟肉，在物力不很艰难的时光，大抵也比制备腌菜干菜差不了多少，因为家禽与白菜都可能自备，只有猪肉须得从店铺里去买来。

上边所说的腊味大都是冬季的制品，其用处在新年新岁，市场休息，买办不便的时候，可以供应客人，也可自吃，与鲞冻肉有同样的功用。至于腌鱼除青鱼干（但亦干而非腌）外多是店里的东西，我们在乡下所见的大概都来自宁波，其种类似乎要比在上海为多，南货店的物品差不多以此为一大宗，成斤成捆的卖出去，不比山珍海错，一年难得销出多少，所以称他为咸鲞店也实在名符其实。富人每日烹鲜击肥，一般人没有这份儿，咬腌鱼过日子，也是一种食贫，只是因为占了海滨的光，比吃素好一点儿，但是缺少维他命，所以实际上还是吃盐味而已，这里须要菜蔬来补他一下，可是恰巧这一方面又是腌菜为主，未免是一个缺点。唯一的救星只有豆腐，这总是到处都有，谁都吃得起的，一块咸鱼，一碗大蒜（叶）煎豆腐，不算什么好东西，却也已够好，在现今可以说是穷措大的盛馔了。

吃茶（一）

◇ 1950.3.8

有一个朋友进华北大学第四部去学习，当初十分谨慎，连茶都不敢吃，生怕受批评，虽然他一向好吃茶，而且吃的一定要龙井。他看同组的人有些吃纸烟的，这才提出问题：“纸烟可以吃的么？”答复是有什么不可呢。于是，他说：“那么茶也可以吃么？”那自然是的。这之后，他拿出茶壶来，泡起龙井来吃，他的故事就算完了，剩下来的是我的批评，这个朋友的拘谨真是太过，怎么他会怕茶也吃不得的呢？现今文明世界几乎没有不吃茶的国家，何况这茶又是出于我们中国，与蚕丝瓷器同是本国的光荣。可是说也奇怪，茶在国内显然有两派吃法，他在国外也正是如此。我们在北京进茶馆饭店去，堂倌必定要问吃红的还是绿的，这就是说香片还是龙井，也即是上文所讲的两派，如不说南北，或者可以分为吃麦与吃米这两路吧。欧美人只吃红茶，还搁些牛奶白糖进去，作为定食的一部份，日本朝鲜虽然也用于食后，但吃的是清茶，不但没有糖，也并没有香花，而且平时亦作款客之用，与中国完全相同。

北京大抵都吃香片，以为龙井不宜于卫生，而南方则以龙井为上品，又反对掺杂花香，可以算是吃茶的清教徒了吧？但是，话又得说回来，闽广吃工夫茶也是珍重红茶，所以地域或生活的区分很不能恰好，不过有那么两派存在总是事实而已。

瓜子鸡

◇ 1950.3.9

人民政府顺应了民众的意思，规定阴历元旦为春节，放假三天，所以这回新年似乎在民间过得特别有兴致，大家写的文章也很不少。从旧书堆里找出一本《中国新年食俗志》来，乃是民国二十一年所刊行，早已绝版了，所收有叙述二十二篇，序文四篇，插图六幅，编者是一位乡兄，所以头一篇记本地乡下的风俗特别详细，我看了很觉得有趣，有些还是我所几乎忘记了的事情，如图上的瓜子鸡。下文在玩艺中有这一项，说明道：

> 母亲抱着孩子在桌旁吃瓜子，她的手和口替孩子剥瓜子吃以外，还给孩子用瓜子作玩具，即瓜子鸡，是用五粒瓜子夹起来而成一只

鸡。孩子一边在玩着鸡，一边在两手杀鸡，一只只的拆散，一粒粒的吃去，不久鸡群都被吃到小肚子里面去了。

经他这么一说，我就记了起来，假如有瓜子在手里，也会得做成了。此外各地的记录，详略不同，也都很有意思。序文从学术理论，社会实际，说明新年风俗之理应保存，顾颉刚最说得好，他说这种节令的意义是在把个人的安慰扩充为群众的安慰，尤有重大的关系。民众劳顿的工作了一年，该得休息一下，尽力快乐一下，然后再整顿精神作第二年的事。这快乐当然不是赌钱或是嫖院，我们要掉龙灯，跳狮子，放烟火，点花灯，让大家一齐快乐，使得大家好提起精神，增进这一年中的生产的效能。这虽然是十八九年前的旧话，岂不是还可通用于现今，作为新年的解说么？

饱的饥饿

◇ 1950.3.23

特克鲁夫大概是荷兰系的美国人吧，他的著书中有一本名曰《饥饿之斗士》，讲有些发现维他命[1]的人的故事，虽然不及讲微生物的那一本的有趣，却也是很有意义的。以前只知道，人没有饭吃，会得要饿死，现在才又看出来，明明吃得饱饱的，可是因为缺乏维他命这怪物，一样的要营养不足以至死亡，说起来也是一种饿死。翻过来说，如有病人，咽喉障碍而肠胃故无恙，用药饵注射灌入，营养足够，却大感空腹之苦，与饿人无殊。又如大食

【锺校】

① “维他命”原作“唯他命”，下同。

量人，照热量计算，或者只须半分已足敷用，而所吃以满腹为度，虽大半终归废弃，不吃足也就觉得不饱，俗语云，“薄粥撑大肚，荒年自受苦”，也正是这个意思。

看了现代科学迅速的进步，有人希望能够制出化学食料，一天吃下三丸，足供维持生命，这是高远的理想，将来却也不难做到。为难的是使用的问题，怎样可以使得服用的人不觉得饿，虽然是营养充足，精神饱满。有西洋人推测将来的人类，将头大，脚弱，牙与胃均退化，因为服用化学食料，不必再用牙齿咬嚼、胃液消化了。这是配合得很好的事，可是这其间需要相当的时日，在食料已改生理未变的期间，难免要发生若干困难，牙齿闲着尚无所谓，胃就耐不得空闲，饱人仍要感受饿苦，假如不在丸药之外再吃适量的观音土填补空隙。盲肠的虫样突起至今还是存在，那么胃的改革也当是很有点麻烦的事情吧？

盐茶

◇ 1950.3.24

中国吃茶的风俗大概在汉时已有，王子渊的《僮①约》中有武②都买茶的话，可以知道，只是吃法不详。唐人煎茶多用姜盐，薛能诗云，盐损添常戒，姜宜着更夸，苏东坡说，茶之中等用姜煎信佳，盐则不可，意思相像，可见至宋时还是如此。废去团饼的制法，改用整片的叶茶，开水冲了吃，

【锺校】

①“僮”原作“童”。

【蒋校】

②“武”原作“五”。

这大概盛于明朝，其时不但不用盐姜了，就是香花也[1]渐不用，田艺蘅[2]在《煮泉小品》中说，人有以梅花菊花茉莉花荐茶者，虽风韵可赏，亦损茶味，如有佳茶，亦无事此。古时的末茶现已无有，团饼只有普洱茶还是那么做，此外红绿茶都是整片芽叶，好的也不用花了。

但是礼失而求诸野，古代的风俗往往留存在民间，据《广东海丰过新年》一篇文章里，那里新年款客还是用盐茶的。据说喝盐茶是海丰人的一种嗜好，尤其是妇女们，每天早饭后过两点钟，就弄盐茶喝，有的到下午三点钟的时候，还要喝一次。盐茶做法是用茶叶放在乳钵内研成细末，加些食盐，用开水一冲就得。盐茶里和些炒熟的芝麻的，叫做油麻茶，平时有客来也请吃盐茶，大抵加上一点芝麻，如果是款待比较亲敬的客人，那时芝麻就多加一

【锺校】

①“也”原作“已”。

【蒋校】

②“蘅”原作“衡”。

些，所以《海丰竹枝词》里有两句道，厚薄人情何处看，看他多少下油麻。这一段记事给予我们不少的知识，我们想像古人吃加盐的茶的情形大概亦是如此，也就想试他一下子看，不知究竟风味如何。

八珍之一

◇ 1950.4.8

中国古时所谓八珍只是八种烹调法，用的材料还是牛羊犬豕之类而已，后世务为奢侈夸大，大概也受了道教的影响，辄言龙肝凤髓，根本就是空话，猩唇驼峰可以实有，但照熊掌的例看来，无非是干肉皮煮汤的味道，还远不及火腿皮哩。

其中最为奇怪的是一味鸮炙。庄子说过“见弹而求鸮炙”，可见这历史是很长久的了。这是用什么材料做的呢？读书人坐在书房里闭目一想，这总该是猫头鹰吧，如《格物总论》云：“枭声恶，当盛午目不见物，夜则飞行入人家捕鼠，古人重其炙肥而美。”可是这事很使得世间的鸟学家和乡下卖鸟肉的有点儿惶惑，猫头鹰是这样好吃的么？日本的川口氏在《飞驒之鸟》卷一中便说及这事，以为要吃那只有一丁点儿，几乎全是纤维，而且还有一种臊气的肉，这有什么好呢。我在乡下养活过猫头鹰，的确知道他是轻而且瘦，从卖鸟肉的老妪的搭连里也见到拔了毛的，只有小鸡那么样，更显得头大得出奇，据说生痨病的买去做药吃。陆[1]玑《诗疏》云，鸮大如斑鸠，绿色，恶声之鸟也，入人家凶，其肉甚美，可为羹臛，又可为炙，汉供御物各随其时，惟鸮冬夏常施之，以其美故也。这么说来，他既非圆头大目，有毛角，当然不会是猫头鹰，至于这似斑鸠而绿色的什么鸟，现在似乎没有人认识，或者已经不见了，大概味道也不一定怎么好，否则人们不会把他放过，在野味店头，总会出现的。

【锺校】

①“陆”原作“陈”。

吃饭与筷子

◇ 1950.4.16

我们平常拿起笔来写文章，讲到正式进餐，就是西洋人，也总说是吃饭，虽然想改换也换不出什么来，因为说吃面包到底在文章上是不大顺口的。其实中国习俗各地不同，何尝都是吃大米呢，馒头原也与面包差不多，可是向来称作吃饭，并没有别的说法，可见吃饭这句话在中国是统一的名称，所吃的是什么是没有关系的了。

我想吃饭的特别的地方是在于用筷子，与吃面包一派的用刀叉不同，馒头与面包虽是一类，而吃时不用刀叉，所以应该归在吃饭这一类的。讲起谱系来叉与筷子也是本家亲戚，都是从手指头变化出来的，不过前者是三个指头，而后者只是两个，两个的比较三个似乎文雅一点，使用上亦较困难，可是也有便利的地方，叉必须金属制，筷子竹木均可，没有的时候就是折两根树枝来也可以代用。刀叉与筷子也不好说在文化上有什么高下，总之有这异同。用筷与用笔有密切的关系，正如拿钢笔的手势出于拿叉一样。朝鲜琉球日本安南缅甸各国之能写汉字，固然由于过去汉文化之熏习，一部分由于吃饭拿筷子的习惯，使得他们容易拿笔，我想这是可能的。

中国人的吃食将来尽有许多变化，不但是欧美的面包，就是菲澳各洲的东西只要适合都可加入，但吃法还可仍旧，只用一双竹筷就够了，固无须跟欧人去拿刀叉，也不必学印度用一只手专抓食吃，一只手专去擦屁股也。

吃酒的本领

◇ 1950.5.5

我的平生恨事之一是不曾进过大酒缸。大酒缸原是在那里，要进去就可以进去，可是我没有这个资格，进去了不能喝酒，或者喝不上一两白酒，就变成了一个大红脸，自己头痛不打紧，还惹得堂官的笑话。照道理讲，那么可以算了，但是我有一个成见，以为吃酒是好的，吃烟倒全不在乎，酒不能吃自己总觉得是个缺恨。

先君是很能吃酒的，我又看乡下的劳苦民众几乎无不能吃酒，实在他们也无所谓能不能，大概吃酒吃茶的本领不大有什么区别，平常难得遇到，有的时候呷上两大“三炉碗”，男女老少都不算什么，大概总可能有一斤之谱吧。我的成见即是从这里发生的，也可以说是对于酒的好意，这不但是赞成别人，而且自己也想迎头赶上去，可惜才力不及，努力多少年却仍无进步，深感到孔子的话不错，上智与下愚不移，我的吃酒的资质可以由此证明是下愚无疑了。我真羡慕有几位乡兄，他们一坐下，推销两三斤老酒，或是八两的白干，是没有问题的，假如交给我喝，一升瓶的黄酒我总可以吃上二十天，在立夏以后这酒不但出气而且也要酸了。

平常烟酒与茶大家看得不一样，茶被列入开门七件事之中，酒与烟却排斥在外。烟是后起的东西，或者难怪，酒则不应当除外的。或云，茶字为的押韵，如云柴米盐油酱醋酒，那就不成诗了，这话的确也说的有几分理由。

酒的起源

◇ 1950.5.6

在朝鲜流传着一个故事，是说酒的起源的，篇名曰麦酒。据说有一个孝子的父亲患病，医生说要吃三个人脑子才能有救，虽然人命至重，可是父亲更是要紧，孝子乃扮作路劫，在荒野等着单身路过的人。最[①]初来了一个两班，这就是做官的，孝子一棍子打倒了，取了脑子，随后来的乃是戏子与狂人，也都照样办了，把尸首埋在路旁。他医好了父亲之后，再到那里去看，只见生着一种草，即是麦子，他拿来酿了酒，喝下去的时候，起初规规矩矩

【锺校】

①“最”原作“晨”。

像那做官的，随后戏子似的乱说乱跳，末了便简直成了疯子了。这挖苦醉汉很是简单深刻，虽然对于孝子也随便不敬了一下，不过比中国割叫化子的股的笑话要差一等了。

佛教戒饮酒，《梵网戒》云，酒生过失无量，若自身手过酒器，与人饮酒者，五百世无手，何况自饮。注谓饮酒者迷心乱性，败国亡家，丧身失命，种种过恶，无所不至。这在西洋外国原是如此，但中国至少是近代似不相同，查历史上无论家国以至个人的事，因酒贻误的几乎不见，在社会上，也没有沿路“嬉倒醉”或醉卧路上的人，可见中国人喝酒虽醉，只到戏子程度，是不会变成狂人的。《书经》中有一篇酒诰，谆谆告诫，大概是殷人有点洋气，“荒腆于酒”，很坏了些事。于今三千年来，人民经了长久的训练，到了惟酒无量不及乱的程度，不会再酒精中毒了吧。我这话虽是乐观一点，但是我希望乡兄们肯给我附议的。

小酒店里

◇ 1950.5.11

无论咸亨也罢，德兴也罢，反正酒店的设备都是差不多的。一间门面，门口曲尺形的柜台，靠墙一带放些中型酒瓶，上贴玫瑰烧五加皮等字，蓝布包砂土为盖。直柜台下置酒坛，给客人吊酒时顺便掺水，手法便捷，是酒店官本领之所在，横柜台临街，上设半截栅栏，陈列各种下酒物。店的后半就是雅座，摆上几个狭板桌条凳，可以坐上八九十来个人，就算是很宽大的了。下酒的东西，顶普通的是鸡肫豆与茴香豆。鸡肫豆乃是用白豆盐煮漉干，软硬得中，自有风味，以细草纸包作粽子样，一文一包，内有豆可二三十粒。为什么叫作鸡肫豆的呢？其理由不明白，大约为的嚼着有点软带硬，仿佛像鸡肫似的吧。茴香豆是用蚕豆，即乡下所谓罗汉豆所制，只是干煮加香料，大茴香或是桂皮，也是一文起码，亦可以说是为限，因为这种豆不曾听说买上若干文，总是一文一把抓，伙计也很有经验，一手抓去数量都差不多，也就摆作一碟。此外现成的炒洋花生，豆腐干，盐豆豉等大略具备，但是说也奇怪，这里没有荤腥味，连皮蛋也没有，不要说鱼干鸟肉了。本来这里是卖酒附带吃酒，与饭馆不同，是很平民的所在，并不预备阔客的降临，所以只有简单的食品，和朴陋的设备正相称。但是五十年前，读书人都不上茶馆，认为有失身分，吃酒却是可以，无论是怎样的小酒店，这个风气也是很有点特别的。

吃青椒

◇ 1950.5.16

五味之中只有辣并非必要，可是我所最喜欢的却正是辣，生物的身体里本来自有咸酸苦甜各味，只须吸收原料，自能制造，人类因为文化的习惯，最简单的生活也还得需要咸味，其他也可以从略了。五味学习的次序以甜为第一[①]，次为咸酸，苦又在其次，至今用处还不大，芦芽微苦还可以吃，苦瓜便不普遍，虽然称作锦荔枝，小孩吃里边的红瓤，倒是常有的事，若是金鸡纳霜炖肉，到底没有人要请教了。

【锺校】

①“一”原作“二”。

至于辣火，这名字多么惊人，也实在能够表示出他的德性来，火一般的烧灼你一下，不惯的人觉得这味觉真是已经进了痛的区域了。而且辣的花样也很繁多，容易辨得出来，不像别的那么简单，例如生姜辣得和平，青椒（乡下称为辣茄）很凶猛，胡椒芥末往鼻子里去，青椒则冲向喉咙，而且辣得顽固，不是一会儿就过去，却尽在那里辣着，辣火的嘉名原该是他所独占的。我的辣量本也平常，但是我却爱他，当他作辣味的代表。胡椒芥末咖喱粉之流都是调味料，不能单吃，生姜也只有糖姜干湿两样以及酱油浸的，可以整块的吃，还是单调，青椒的用处就大了。辣酱、辣子鸡、青椒炒肉丝，固然也好，我却喜欢以青椒为主体的，乡下用肉片豆腐干片炒整个小青椒是其一，又一种是在南京学堂时常吃的腌红青椒入麻油，以长方的侉饼蘸吃，实是珍味，至今不曾忘记，但北京似没有那么厚实的红辣茄，想起来真真可惜也。

酒望子

◇ 1950.5.18

近来看《水浒传》，见到他写酒店招牌，觉得很有意思。第三回大闹五台山中云，行不到三二十步，一个酒望子挑出在房檐上，次云，又望见一家酒旗儿直挑出在门前，又云，远远地杏花深处，市梢尽头，一家挑出个草帚儿来。二十八回醉打蒋门神中云，只见官道旁边，早望见一座酒肆，望子挑出在檐前，次云，来到一处，不村不郭，却早又望见一个酒旗儿高挑出在树林里，末了到得快活林的酒店，檐前立着望竿，上面挂着一个酒望子，写着四个大字道河阳风月。《韩非子》上说，宋人有沽酒者，悬帜甚高，可见周末已用酒旗，亦称曰帘，据《丹铅总录》说，《唐韵》帘字注云酒家望子，似望子为宋时很通行的俗语，如后世所云招子。照上文所记的看来，最不讲究的是个草帚，不过是个记号，有如北方面食馆挂个破笊篱，普通用旗帜，最后进一步写上了字，河阳风月是很风雅的说法，不是一般人所能懂，打虎那一回里写着三碗不过冈五个字的招旗，那也是特别的例，平常大概不过是一个大酒字罢了。

店铺的招牌也都是同一道理，现在还可以分作两种，一是象形指事，如笊篱下面，以及笑话里有过的外科的膏药，二是文字，是给识字的人看的，在中国自然是用汉字，洋场上便有了洋文了。预想是洋人要买的东西，加上个洋字招牌，也是招徕之法，否则有如寿衣铺的洋文广告，不但是老板白费心机，就是旁人看了也觉得很可笑的了。

关于水乌他

◇ 1950.5.25

齐甘乡兄在牛奶店吃了水乌他，却说："一吃，原来是牛油，怎末会叫水乌他的呢？不知道。"我是略为有点知道，虽然不曾吃过这种外国点心。敦崇所著《燕京岁时记》里十月项下有一个题目是"水乌他，奶乌他"，其文曰：

> 水乌他以酥酪合糖为之，于天气极寒时乘夜造出，洁白如霜，食之口中有如嚼雪，真北方之奇味也。其制有梅花方胜诸式，以匣盛之。奶乌他大致相同，而其味稍逊。

乌他是满洲语，据《满和辞典》里说，这是将枸杞子汁与牛乳白糖混和，用干酪凝结而成的一种点心，所以应该与黄油是差不多的东西，至于现今北京是否还用枸杞，那我可不知道，只是书上那么说而已。

乌他是说明了，其水与奶二者的区别却仍是未详，最简单的方法还是由齐公再去吃一回奶乌他，那就可以比较出来了。《燕京岁时记》是木板的一小册书，原板尚存，大概旧书店里不难找到，齐公大可去弄一本来看。假如没有，则李家瑞编的《北平风俗类征》亦可，是前中央研究院历史语言研究所专刊之一，大本二册，原定价要四元，商务印书馆如尚有，不知要卖几千倍了。这里分十三门类，辑录成书，照道理讲是该便于检阅的，可是有这几个缺点，一没有索引，以至[①]细目，二排列杂乱，年代不明，三大册长行，翻看不便，如用对截小册子，其实也只要四至六册就行了。至于疏漏亦所不免，即如上述《燕京岁时记》的一条，那里也有，却写作《天咫偶闻》，这种笔误偶尔发见，或者还不会很多吧。

【锺校】

①“至”原作“致”。

水果与仙丹

◇ 1950.5.25

东昌坊口东北角的水果摊其实也是一间店面，西南两面开放，白天撤去排板门，台上摆着些水果，似摊而有屋，似店而无招牌字号，主人名莲生，所以大家并其人与店而称之曰“水果莲生”云。平常是主妇看店，水果莲生则挑了一担水果，除沿街叫卖外，按时上近地各主顾家去销售。这担总有百十来斤重，挑起来很费气力，所以他这行业是商而兼工的，主顾们都是街坊，看他把这一副沉重的担子挑到堂前来，觉得不大好意思让他原担挑了出去，所以多少要买他一点，无论是杨梅桃子或是香瓜之类。东昌坊口距离大街很远，就是大云桥也不很近，临时想买点东西只好上水果莲生那里去，其价钱较贵也可以说是无怪的。近处有一个小流氓，自称姜太公之后，他曾说水果莲生所卖的水果是仙丹，所以那么贵，又一转而称店主人曰华佗[1]，因为仙丹只有那里发售，但小孩们所怕的却并非华佗而是华佗太太，因为她的出手当然要更紧一点了。这店里销路最好的自然是甘蔗荸荠，其中更以甘蔗为大宗，虽然初夏时节的樱桃，体格瘦小，面色苍白，引不起诗人的兴趣来的，却大为孩子们所赏识，一堆一堆的也要销去不少。至于大颗的，鲜红饱满的那种樱桃呢，那只有大街里才有，价钱当然贵，可是一听也并不怎么大，因为卖樱桃照例用的是“老十六两”秤，原来是老实六两，那么半斤也只是说三两的价钱而已。

【锺校】

①“佗”原作“陀”，下同。

路旁水果摊

◇ 1950.6.4

石天基的《传家宝全集》里有《笑得好》两卷，其中有一则笑话，题目是《老虎诗》，其文云：

> 一人向众夸说，我见一首虎诗，做得极好极妙，只得四句诗，便描写已尽。旁人请问，其人曰，头一句是甚的甚的虎，第二句是甚的甚的苦，旁人又曰，既是上二句忘了，可说下二句吧。其人仰头想了又想，乃曰，第三句其实忘了，还亏第四句记得明白，是很得很的意思。

市声本来也是一种歌谣，失其词句，只存意思，便与这老虎诗无异。叫卖的说东西贱，意思原是寻常，不必多来记述，只记得有一个特殊的例。卖秋白梨的大汉叫卖一两声，频高呼曰，来驮哉，来驮哉，其声甚急迫。这三个字本来也可以解为请来拿吧，但从急迫的声调上推测过去，则更像是警戒或告急之词，所以显得他很是特别。他的推销法亦甚积极，如有着长衫而不似啬刻或寒酸的客近前，便云，拿几堆去吧，不待客人说出数目，已将台上两个一堆或三个一堆的梨头用右手搅乱归并，左手即抓起竹丝所编三文一只的苗篮来，否则亦必取大荷叶卷成漏斗状，一堆两堆的尽往袋里装下去。客人连忙阻止，并说出需要的堆数，早已来不及，普通的顾客大抵不好固执，一定要他从荷叶包里拿出来再摆好在台上，所以只阻止他不再加入，原要两堆如今已是四堆，也就多花两个角子算了。俗语云，掗卖情销，上边所说可以算作一个实例。路边除水果外一定还有些别的摊子，大概因为所卖货色小时候不大亲近，所以不注意，至今也就记不得了。

杨梅与笋

◇ 1950.6.9

清末旗人遐龄所著《醉梦录》中有“莫疯子”一条，记述吾乡的一个怪人云：“莫切崖，元英，行七，浙江山阴县人也，其人古貌古心，不修边幅，见人辄跪拜不已，虽仆役亦然，以此人皆以莫疯子呼之。然其学问渊博，凡医卜星相堪舆之术，以及诗古文词，无不通晓，尤精于医，多不循古方，寓京师已三十馀年矣。诗不多作，曾记其二语云，五月杨梅三月笋，为何人不住山阴？其不克还乡之苦况已露于言表。”久居燕山，而不忘杨梅与笋，此意甚可了解，我亦素有此感。近时北方虽有笋来，而终无鞭笋及猫笋，洋莓只可与桑葚相比耳。《嘉泰会稽志》杨梅条下云：“又以雀眼竹筥[1]盛贮为遗，道路相望不绝，识者以为唐人所称荔枝筐，不过如此。”一定要说杨梅比得过荔枝，那也未必，但这的确是一种特别的果子，生食固佳，浸烧酒中半日，啖之亦自有风味，浸久则味在酒中，即普通所谓杨梅烧，乃是酒而非果矣。

吾乡烧酒其强烈自逊于北方的白干，却别有香气，尝得茅台酒饮之，其气味亦相似，想亦宜于浸杨梅，若白干则未必可用，此盖有似燕赵勇士，力气有馀而少韵致耳。蜜饯店制为杨梅脯，乃是木乃伊，干荔枝已是萎缩可怜，也还不至于此，即使想吃杨梅如大烟瘾发，呵欠频作，脯仍不可吃也。莫元英的事他无可考，此人盖是玩世不恭者流，其号曰切崖，即是自称七爷，此亦其一证也。

【锺校】

①“筥”原作“莒”。

三顿饭

◇ 1950.6.14

南方人见人打招呼，问吃过饭不，说者谓都是饿鬼转世。乡间饭时有客来，主人主妇必以筷指其饭碗曰："我里吃饭。"我读"额挨切"，意云"我们"，"我里"者"我们这里"也。客人照例曰："请请。"则寒暄已毕，可以开始谈话了。乡下还有一点很特别的事，便是每天必吃三顿饭，每顿饭必现煮，可以说对于饭真是热心。因为早上吃饭，须得买菜做菜，菜市很早，去买的也非早不可，城内早市匆忙的情形为别处所少见，隔了一条江的杭州便不如此，那里早晨吃水泡饭，午前上街去买菜是很从容的。

不过这三顿也只重在饭而已，至于下饭那并不着重，虽然比北方要好一点，因为鱼虾常有，不论贫富都吃得着。煮饭用灶，多烧稻草，只此一锅，平常的菜都蒸熯在上边，高的锅盖之下总可以放三层饭架，三四十二，便有十二碗，竟是一大桌了。茭白架子放在饭里，虾米白鲞汤，盐渍鲜鱼，打鸭子即溜黄菜，勒鲞加肉饼，搁在饭架上，等饭熟时这也好了，平常已经可以请客吃便饭，若再添炒鸡子和盐烤虾，那才去生起小风炉来另做。汪龙庄在湖南做知县，竭力提倡过这种煮饭法，关于灶和锅，在他所著《善俗书》里说的很详细。这蒸菜的办法，有一缺点，就是安排不容易，假如一碗腌菜一倾侧，饭里便全有了气味，虽然上灶的人对于叠饭架甚有经验，这种失败还是常会有的。

爱窝窝

◇ 1950.6.16

小时候最爱吃麻糍，这是纯糯米的糍巴，中裹豆沙或芝麻糖馅，但是北方没有，只有爱窝窝稍为相像。《燕都小食品杂咏[1]》云：

白粘江米入蒸锅，什锦馅儿面粉搓。

浑似汤团不待煮，清真唤作爱窝窝。

注云，爱窝窝，回人所售食品之一，以蒸透极烂之江米，待冷，裹以各色之馅，用面粉团成圆球，大小不一。我们常见的都是小而扁的一种，若加倍的大，便近于炙糕担上的麻糍了。

【锺校】

①“杂咏”原作“咏杂”。

爱窝窝的名义不甚可解，或写作艾，可是里边并没有艾之类，也不见得对。李光庭著《乡言解颐》中载刘宽夫《日下七事诗》，末章中说及爱窝窝，小注云：

> 窝窝以糯米粉为之，状如元宵粉荔，中有糖馅，蒸熟外糁薄粉，上作一凹，故名窝窝。田间所食则用杂粮面为之，大或至斤许，其下一窝如臼[1]而覆之。茶馆所制甚小，曰爱窝窝，相传明世宫中有嗜之者，因名御爱窝窝，今但曰爱而已。

这里说爱窝窝名称的来源颇为近理，虽然查刘若愚的《酌中志》，在《饮食好尚纪略》一篇中不曾说及。普通玉米面的窝窝头其大如拳，清末也因宫中要吃，精制小颗，高才及寸许，北海仿膳茶社出售，一碟七八个，价比蟹黄包子矣，古今事亦正是无独有偶也。

爱窝窝做法，以《小食品杂咏》注所说为可靠，倘如《乡言解颐》的话，则是煮元宵捞起来外

【锺校】

①“臼”原作“旧”。

拌米粉，事实上是做不成的，《杂咏》云浑似汤团不待煮，说得不错，虽然据我看来还不如说小麻糍更得要领，就只可惜不吃过麻糍的人也不能了然耳。

我的酒友

◇ 1950.6.17

我是不会吃酒的，却是很喜欢吃，因此每吃必醉，往往面红耳赤，像戏文上的所谓关公一般，看去一定灌下去不少的黄汤了，可是事实上大大的不然，说起来实在要被吃酒的朋友所耻笑的。民九的岁暮我生了一场大病，在家里和医院各躺了三个月，在西山养了三个月，民十的秋季下山来，又要上课了，医生叫我喝点酒，以仍能吃饭为条件，增加身体的营养，这效验是有的，身体比病前强了，可是十年二十年来酒量却是一点都没有进步。有一次我同一个友人实验过，叫了五芳斋很好的小菜来，一壶酒两人吃得大醉，算起来是各得半斤。这是在北伐刚成功的时候，现在已是二十年之前了，以后不曾试验，大概成绩还是一样，半斤是极量了，那么平常也只能喝且说五两吧，这自然是黄酒，若是白酒还得打个三折。这种酒量，以下棋论近于矢棋了，想要找对手很有点为难，谁有这耐性来应酬你呀。

可是我却很运气能够有很好的酒友，一个是沈尹默，他的酒德与我正相同，而且又同样的喜吃糯米食，更是我的同志。又一个则是饼斋，他的量本来大，却不爱喝，而每逢过访的时候，留他吃饭，他总肯同主人一样的吃酒，也是很愉快的。晚年因为血压高，他不敢再喝了，曾手交一张酒誓给我，其文云："我从中华民国二十二年七月二日起，当天发誓，绝对戒酒，即对于周[①]百药马凡将二氏亦不敷衍矣。恐后无凭，立此存照。钱龟竞。"盖朱文方印曰龟竞，名下画十字甚粗笨，则是花押也。马凡将即马叔平，凡将斋是他的斋名，百药则是我那时的别号。

【锺校】

①"周"原作"孙"。

瓠子汤

◇ 1950.7.8

夏天吃饭有一碗瓠子汤，倒是很素净而也鲜美可口的。在我们乡下这是本末如一的长条的瓜，俗语叫作蒲子，谚语有云，冬瓜咬不着来咬蒲子，这是说迁怒，也含有欺善怕恶的意思。有一种圆形的，即是所谓瓠瓜，肉也可以吃，老了锯开取壳做瓢用，北方很多，在乡下却不曾见过。

还有壶卢，即是铁拐李等人所拿的，叫做活卢蒲，嫩时可吃，与蒲子差不多，仿佛还要好一点。这在仙人手里常发毫光（也就只在图画上看见是那么样），大抵因为里边盛着仙丹之类的缘故，若是凡人有如看守草料场的老军却只用以装酒。山乡的人买麻油酱油多用长竹筒，想来即是同一道理，因为他不容易撒[①]出来罢了。我吃过的活卢蒲也只是放汤，虽然据说还有别的吃法，如旧书所记，唐郑馀庆召客会食，令左右告诉厨子，烂蒸去毛，莫拗折项，诸人相顾以为蒸鹅鸭之类，良久就餐，每人前下蒸壶卢一枚。壶卢与瓠子的汤都是很简单的，只是去皮切片，同笋干等物煮了加酱油而已，虽然瓠子也有红烧的，却似乎清味要稍减了。

每年在夏至那天照例要吃蒲丝饼，用瓠子切丝煮熟[②]，加面粉白糖和匀，入油中煎之，每片约如手掌大，是祭祖供品之一。小时候很喜欢吃，同中元的南瓜饼一样，可是蒲丝的味道也吃不出，只是一种油炟的甜食罢了。

【锺校】

①“撒”原作“撤”。

②“熟”原作“热”。

进京香糕

◇ 1950.7.15

齐公在《亦文章》中报告香糕无恙，这是一个好消息，像香糕这种乡土风物的传统得以保存，可以想见一般商工业之并不衰落了。我离去故乡很久，其年数已与齐公高龄一样，可是对于香糕的感情还是很好，大抵可与麻糍并列吧。

香糕本来是很简单的东西，可是制造甚难，这里工料是很重要的问题，两者之中小不合式，就做不到那么细腻香窜了。茶食店中有近似的一类，如琴糕、八珍糕、鸡骨头糕干（是哄小孩的很好的食品，比百子糕还要经济）、咸糕干等，却没有那黄而松的香糕。我想就是故意回避，因为那种专门出品别人是不易模仿的。清明时节山头松树开花了，那时的松花香糕有一种特别的清香，非常好吃，但就是平常的那种也很不错，他自有别的茶食所无的淡远的风味，或者可以说是代表和平的乡村的空气的吧。从前有人装了竹篓带到外边去，所以招牌上写道进京香糕，南货担子上也常有带卖的，虽然货色并不怎么道地，近来簟篓担已看不见，这也早已绝迹了。

北京有杨村糕干，是京津路上的名物，一间门面的店铺专做这一门货物，其实只是琴糕之流，却也站得住脚，照这情形看来，北京的“香糕知音”很可能会多有，假如他们有机会尝到孟大茂的出品。现在国内统一，经济复活，各地的土宜名物，渐次流通，香糕之再进京当不是不可能的事吧。

儿歌中的吃食

◇ 1950.7.19

乡下在上坟时节有一种食物，叫做黄花艾麦果，大概原用麦粉，后来却多是米粉了，加入鼠曲草，作糕蒸食。鼠曲草在《本草纲目》中说得很详细，二月生苗，茎叶柔软，叶长寸许，有白茸，如鼠耳之毛，开小黄花，成穗，结细子。糕里加入草叶，此外还有艾，讲到香味，艾糕还要好些，可是在民间至少在儿童中间还不及黄花艾麦果的有名。街上糕店制造艾糕艾饺，偷工减料，不用艾叶，只在粉中加入油菜的汁，染得碧绿的，中看不中吃，更减少了他的信用了。黄花艾麦果也称黄花麦果，儿歌中有一首云：

黄花麦果韧结结，关得大门自要吃。

半块拿勿出，一块自要吃。

这里关于自私和吝惜之意，固然坦白得妙，乡间小儿没有茶食，偶然得自制饼饵，非常珍重，也是实情。又有一首云：

剁螺蛳过酒，强盗赶来勿肯走。

这也很是幽默有意思。英美人听说螺蛳田螺，便都叫作斯耐耳，中国人又赶紧译成蜗牛，以为法国有吃蜗牛的，很是可笑，其实江浙乡间这种蜗牛是常吃的，因为价贱吃的很多，剁去尾巴，加酱油蒸熟，搁点葱油，要算是一样荤菜了。假如再有一碗老酒，嗍得吱吱有味，这时高兴起来，忽然想到强盗若是看见一定也要歆羡的吧。

果子糖

◇ 1950.7.23

我不曾[1]尝过天下第几泉，可是水的味道我总觉得泉水最好，其次是天落水即雨水，好的井水和河水。顶卫生也难得喝到的是蒸馏[2]水，但是也最不好吃。蒸馏水在原质上是极纯净的了，喝起来却是淡而无味，因此虽适合于医药用科学用，以白开水论不能得世人的欢迎的。精盐最干净洁白，放在食桌上很好看，但调味还是粗盐为佳，四川朋友夸说那里的盐巴，可惜我未曾见到。酒里边有不由酿造而以配合成的，在日本叫做理研清酒，因为是理

【锺校】

① “不曾”原作“曾不”。

② “馏”原作“溜”，下同。

化研究所所制造的，据说比起普通酒来有好些好处，如不会酸坏，不隔日醉，可是也有缺点，它缺少那黄酒的一种香味，又只宜冷吃，烫热了便有点“日头气”，这在冬天衣被上倒还没啥，若是酒杯里就非所宜了。

从前刘半农最讨厌人标榜化学什么，如化学酱油之类，常说食物最好的是自然成品，既益人又好吃，人工制品只能供缺乏时救急之用，如维他命丸。巴黎市场上如陈列化学白脱油，谁也不屑过问的。这道理很平常，但因此就很正当。中国一般人却似乎以人工的化学的食品为文明进化，更其爱用，显明的例是美国来的那些糖果，其数量大概很是不少。我想果子糖当然要吃它的果子味，糖果里的色与香且不说，味也都是假的，资本主义的商人只顾赚钱，暂且由他，我们工商界大可不必亦步趋的做，用真的蔗糖加真的果味，制造点质朴的土糖果出来，以替代无聊的口香糖之类，现在也该是适当的时代了吧。

罗汉豆

◇ 1950.7.25

豆类里边我觉得罗汉豆最有意思，这在别处都叫作蚕豆，只有我们乡下称为罗汉豆，也不知道是什么缘故。我喜欢它因为吃的花样很多，虽然十九都是“淡口吃”，用作小菜倒是用途极少，我只知道炒什锦豆，剥豆肉蒸熟加麻酱油拌吃，以及与干菜蒸汤而已。剥半老的肉油焗为玉兰豆，或带皮切开上半，油炸后哆张反卷，称兰花豆，可以下酒，但顶好的还要算是普通的煮豆，取不老不嫩的豆煮熟加盐花，色绿味鲜，饱吃不厌，与秋天的煮大菱同样的可喜，而风味不同。炒豆有几种，佳者曰沙炒豆，豆浸水中一二日，和沙同炒，悉爆开甚松脆，多家中自制，店头所有者只是所谓铁蚕豆，坚如铁石，有一种大而扁平，俗名牛踏癟，不甚硬而味较劣。塔山下卖炒芽豆甚有名，看似平常，却甘甜有味，大概重在芽出的程度，不关炒法也。普通芽豆煮食亦佳，但大抵供餐，空口吃的不大多。

小孩多以豆制为玩具，取嫩豆一粒，四周穿小孔，以豆蒂插入为四足及尾，再以极小之豆为头，即成一乌龟。又或取大粒，于一面以指甲掐成镂空钱纹，再将其一端切开，取出豆肉，便是一好果盒，可供半日玩弄，一干就不行了。还有利用豆荚的，取单节的豆，别选荚两半作翅膀插两旁，用线穿背上挂起来，说是燕子，荚的尖正像鸟嘴，想的很是巧妙。别的玩法大概还有，却是记不得了。

香酥饼

◇ 1950.7.28

绍兴塔山下有两样名物，其一是香酥饼，其二是炒芽豆。小时候大人叫往塔山买芽豆，很高兴的跑去，但是买香酥饼时便有点儿踌躇了。香酥饼只有塔山下才有，两三家相近的开着，记得名称都是沛国斋加什么记吧，一间干干净净的店面，柜台里边疏朗朗的没有什么东西，只是几个大的瓷瓶，装着货色，那就是有名的香酥饼。这是寸许直径的小饼，样子很像上坟烧饼，大概用麦粉所做，稍有糖馅，质甚轻松，加上一种什么香料，与那名称也还相称。价值从前大抵是两文一个，也不算贵，不过因为个儿小，买了一百个也只是小巧的一包，送人不大好看，但是加上一句说明是塔山下的名物，自然就敷衍得过去了。

这店里又有一个特色，是女人管店，虽然并不怎么描头画角，也没有什么风说，但总之不是老太婆，乃是服装不坏年纪不大的女人，客气的接待主顾，结果自然是浮滑少年喜欢多去，我们真心买香酥饼的而在年岁上易有嫌疑的人，便难免反而有点不好意思。这很有点像书籍碑帖铺的样子，里边不知怎的有一种闲静的空气。我想或者最初有什么姓刘的流亡到那里，本来是文化人没有职业可做，只记得些点心的做法，姑且开个小铺对付度日，后来却有了名，一直就开了下去。这是我空想的推测，是从那店的上下四旁看出来的，所缺便只是那实在的证据，这除了沛国斋没有人知道，所以于我也是无怪的了。

香瓜

◇ 1950.7.29

家里的人出去买菜，因为刚收到一笔进款，便给小孩们买了些水果，有桃子杏子，新鲜玉蜀黍（虽然俗称还是老玉米），和两个香瓜。这香瓜在房间里搁了一会儿，我并不去注意他，还是写我的字，可是鼻子里时时闻到一阵阵的香气，很是好闻，随即过去了，要过一些时光这才再来。我倒也不引起要吃的欲望来，只是觉得很高兴，原来瓜是那么香的，这在平常并非不知道，不过这么切实的了解仿佛还是第一次。瓜这东西是很好的，但不是重要的食物或副食物，至少青瓜王瓜以外的甜的瓜类都算是果子，是不是多少有点奢侈品的意味，与民众不免稍有距离呢？我想，这是未必然的。要严格的说来，茶酒与烟也不是必须的日用品，可是事实上在极大多数已经是不可缺的了。果子能供给维他命，也就有必须品候补的资格。好吃的东西只要能普及于民间，不管怎样我想都是好的，不必再歧视他，反正在一般民众购买力所及范围内，说不上是奢侈的。对于挑担推车卖的吃食我一向很有好意，觉得这都是民众性的食物，因为小时候吃惯了，感觉爱着，大概也是一部分的理由。

馒头

◇ 1950.8.4

南方人到北京来，叫人去买几个肉馒头，这便成了难问题了。北方称有馅的为包子，馒头乃是实心的，现在叫他买有馅的实心馒头，有如日本照《孟子》例称热水曰汤，冷水曰水，留学生叫公寓的人拿热的冷水来，一样的一时有点想不通，没法子办了。但是仔细想起来，肉馒头这句话并没有错，因为古时候馒头是可以有馅的。宋人笔记说宋仁宗诞日赐群臣包子，但馒头之名更早，诸葛孔明之说固不可靠，唐梵志诗云，城外土馒头，馅草在城里，一人吃一个，莫嫌没滋味，可知馒头有馅唐时已然。又有人说，蒸饼也即是今之馒头，案：宋时避仁宗讳，呼蒸饼为炊饼。那么武大郎所挑卖的也就是这物事了，《水浒》里只说他做几扇笼出卖，看不见裹什么馅，大概那也是实心的吧。

我们乡下的馒头都是有馅的，不是猪肉，便是豆沙白糖，虽然南京茶馆的素包子的确也不错，可惜那里不知道做。说也奇怪，从前新式茶馆没有开设的时候，乡下卖[1]馒头的只有望江楼上一处，专卖元宵大的“候口馒头”，做点心极好，反正并不当饭吃，所以实心馒头是没有什么用的。北边面食是正当的饭，包子有点近于奢侈品，要讲好吃的馅更是奢侈了，正宗还是馒头，而且是实心的大个的，这蒸得好的实在不错，但在南方却是不容易遇见的了。

【锺校】

①“卖”原作“买”。

冷开水

◇ 1950.8.5

夏天喝一杯冷水是很舒服的。可是生水喝不得，要喝必须是煮沸过的水，等冷了再喝，最好是用冰镇过的冰水，不过现在不能那么奢侈，普通人家用不起冰，也只好算了。花一点钱去喝汽水自然也好，但甜得没有意思，照我个人的意见来说，不但不宜有甜或咸味，便是薄荷青蒿金银花夏枯草以至茶叶都可以不必，顶好的还是普通的冷的白开水。这并不是狐狸的酸葡萄的说法，实在我常吃的便是这一种，不只是夏天，就是冬天三九二十七的时候也是如此，那是个人的习惯，本来是不足为训的。

这个敝习惯也是一利一弊，利是自己便利，冷饭凉茶一律吃下去，吃时并不皱眉，吃后也不肚痛。弊则是出门作客，天热口干，而新泡的茶不能入口，待至半凉，一不经意，倏被殷勤的工友一下泼去，改斟热茶，狼狈返顾，已来不及矣。

我好茶也喝，但没得喝也可以，只要有冷开水就好，北方没有天落水，以洋井的水代之，此又一习惯也。北京的土井水有咸味，可煮饭不可以冲茶，自来水虽卫生而有漂白粉气味，觉得不喜欢。洋井如有百尺深，则水味清甘大可用得，古时所谓甜水井甚为希有，城内才二三处，现今用铁管凿井法，甜水也就随处可得了。

藕与莲花

◇ 1950.8.6

有友人从山西回来，说那里少水而多藕，称之曰莲菜，这与莲根的名称似乎相像，可是规定为菜，这意思便是特别的了。其实藕的用处由我说来十九是在当水果吃，其一，乡下的切片生吃；其二，北京的配小菱角冰镇；其三，薄片糖醋拌；其四，煮藕粥藕脯，已近于点心，但总是甜的，也觉得相宜，似乎是他的本色。虽然有些地方做藕饼，仿佛是素的溜丸子之属，当作菜吃，未尝不别有风味，却是没有多少别的吃法，以菜论总是很有缺点的。擦汁取粉，西湖藕粉是颇有名的，这差不多有不文律规定只宜甜吃，想来藕的本性与荸荠很有点相近，可以与甘蔗老头同煮，可以做糕，可以取粉，可以切片加入荤菜，如炒四宝内是一根台柱子，但压根儿还是水果，你没法子把他改变过来。

莲子最好是简单的煮了吃，其次是裹粽子，或加在八宝饭腊八粥里。荷叶用于粉蒸肉，花瓣可以窨酒，圆明园左近海甸镇出有莲花白酒，本来就有荷花香的，今年售万九千元一瓶，可是只有药气息，虽然甜倒是很甜的。莲花与桂花在植物中确是怪物，同样的很香，而一个开花那么大，一个又那么小。可惜在中国桂花为举人们所独占，莲花则自宋朝以来归了湖[1]南周家所有，但看那篇《爱莲说》，说的全是空话，是道学譬喻的一套，看来他老先生的爱也是有点靠不住的了。

【锺校】

①“湖”原作“河”。

谈梅子

◇ 1950.8.7

中国风雅之士向来与梅花很有情分，第一个自然要算宋朝的林逋，他对于梅花简直发生了恋爱，这是我们所难以了解的。后来的诗人当然也有在下雪天戴了风帽坐船出城去看梅花的，就是闭门高卧，终年不见梅花面的，吟起诗来，说到冬天总也要什么月明呀林下呀的来他一起。至于画家似乎画梅品格顶高，文人画中圈圈点点的最为常见，梅兰竹菊中其地位本居于一等。这些事且不管他，我所觉得奇怪的，是诗画中只说花，不及梅子。在我俗人看来，与其请我去赏梅或送我一把画（姑且说是着色的）梅的扇子，也还不如送几只[1]梅子来得好。唐人诗中有“绕床弄青梅”之句，宋词中有“红英落尽青梅小”“青梅如豆柳如眉”“闲穿绿树寻梅子”诸语，画里边却很少见，不知是什么缘故，其实青而圆大的梅子岂不也很好看，胜过东方朔的桃子么？

乡下有一种大青梅，土名青榔头，叫卖的大声叫道：“青榔头，大梅子！”大的径可二寸，放在桌上，只用拳头砰的敲一下，他就碎裂了，这有那么的脆，自然也那么的酸，有人用糖蘸，或用盐以至有用旱烟丝的，这些都不对，正当的还是大胆的一口咬，酸是酸，却有他的新鲜味，为别的吃法所没有的。晒干煮酱，以便久藏，也是好的，但这只如杨梅烧，与鲜杨梅的味道差得就很远。

【锺校】

①“只”原作“乎”。

湿蜜饯

◇ 1950.8.9

故乡因为最是熟悉，所以总觉得他有些事情比别处好。其一是糕点，小时候与他最有交往，当初并不觉得，可到北方后再也看他不见了，未免有点寂寞，后来在苏州木渎的小街上忽然看见一爿小糕店，不禁欣喜，虽然也并不买吃什么。其二是糖色店，是专卖糖果蜜饯的。北京琉璃厂有一家信远斋，他的酸梅汤四远驰名，蜜枣杏脯也很名贵，货色当然要比乡下的好得多，不知为什么觉得很疏远，不及故乡的几处小铺更可怀念。那些铺子大抵都聚族而居的挤在大路（地名）口内，一间门面，花样却很繁多，一半是糖色即糖果，新年加上糖菩萨，这与糖人不同，那是用软饴挑担吹卖的，一半则是蜜饯，可以说是古时候的罐头水果吧。水果本来宜于生吃，但是非时异地很难得到，煮熟晒干也是没法，装进白铁罐，更可致远，实在与黄沙罐也差不多，只是不会得撒[①]出来而已。黄沙罐里装的是湿蜜饯，底下大部分是紫苏生姜片，犹如菜的垫底，至多果品有一半，枇杷桃子很占地方，此外是樱桃半梅金橘，顶上大都是一爿佛手柑，小时候看见了这一瓶，比什么都还欢喜，其实讲到味道，不及一苗篮的甘蔗。

甘蔗真是果中英雄，除生吃外只可榨汁煎汤，制成宝贵的糖，却不能做蜜饯制罐头，荸荠还可切片糖渍，比起来也还不如了。

【锺校】

①“撒”原作“撤”。

知堂谈吃

下册

周作人 / 著
钟叔河 / 编订

岳麓書社·长沙

目录

下册

味之素

◇ 1950.8.11

据说袁子才有过两句关于做菜的格言，叫作“无味者使之入，有味者使之出”。这的确是老厨师的经验之谈，虽然我曾经翻过《随园食单》，却没有找到。有味者使之出，不过是各尽所能，还是平常，唯独无味者使之入，那便没有不好吃的菜，可以说是尽了治庖的能事了。无味者的代表是鱼翅，其次是冬瓜吧，使之入便是用汤汁帮助，鸡汤火腿汤以至肉骨头汤都是，据说预备这些汤在大司务是不惜工本，也煞费苦心的。近四十年来味之素上了市场，一方面给予家庭主妇与旅客以不少便利，一方面也使得大饭馆渐趋于堕落，因为有了这个，无味者使之入不是难事，更不要什么作料与手段了。

十多年前有过一件笑话，日本的御厨房派人到北京来调查，到东兴楼学习，研究锅贴豆腐的做法，可是回去试做，却没有那么好吃，心想一定是什么秘诀不肯传授，备了重赂再去请教，回答说，你没有搁一点味之素么？家庭或旅行中只有粗菜，夏天胃口不好，用上一小勺，便是一碗高汤也可以吃得很香，它的用处就在这里。若是东坡肉锅烧鸭都加上这个，反使有味者失了本色，有如把水粉厚厚的涂脸，只是一片白壁，更看不出美人的花容了。听说有些有名饭馆是不用味之素一类的东西的，却不知是哪几家，大概总是有的吧。

吃蟹（一）

◇ 1950.8.30

现在并不是吃蟹的时候，这题目实在乃是看了勤孟先生的文章而引起的。我虽不是蟹迷，但蟹也是要吃的，别无什么好的吃法，只是白煮剥了壳蘸姜醋吃而已，不用自己剥的蟹羹便有点没甚意思，若是面拖蟹我更为反对，虽然小时候在戏文台下也买了点拖油炸的小蟹吃过。我反对面拖蟹，因为其吃法无聊，却并非由于蟹的腰斩之惨，因蟹虾类我们没法子杀它，只好囫囵的蒸煮，这也是一种非刑，却无从改良起。大臣腰斩血书惨字的故事我也听见过，又听说有残酷的草头王喜欢把上半身立即放在拭光的漆桌上，创口吸着，可以活上半天云。这些故事用以形容古时封建君主的凶残是可以的，若是照道理讲来大概不是事实。

腰斩是杀蟹的唯一方法，此外只有活煮了，别的贝类还可以投入沸汤，一下子就死，蟹则要只只脚立时掉下的，所以也不适用。世人因此造出一种解释，以为蟹虾螺蛤类是极恶人所转生，故受此报，有人更指定蟹是犯的大逆罪，因为小蟹要吃母蟹的。这话自然不能相信，我们吃蟹时尚且需铁槌木砧，小蟹的钳力量几何，乃能夹开硬壳而吃老蟹之肉乎？

假如要吃蟹，实在没有别的办法，面拖蟹则大可不必吃，这是我个人的意思。

吃蟹（二）

◇ 1950.8.31

螃蟹是不是资产阶级的食物，这回答很不大容易。像正阳楼所揭示的胜芳大蟹，的确只有官绅巨贾才吃得起，以前的教书匠们也只能集资聚餐，偶尔去一次而已。可是光绪年间在南京读书的时候，曾经同叔父用了两角小洋买蟹，两个人勉力把蟹墩吃了，剩了半锅的肥大的蟹脚没有办法。现在说来虽然已是古话，这可见又是并不贵了。

吃蟹本是鲜的好，但那醉的腌的也别有味道，很是不坏。醉蟹在都市上虽有出售，乡间只有家里自制，所以比较不易得到，腌蟹则到时候满街满店，有俯拾即是之慨，说是某一季的民众副食物也不为过。腌蟹通称淮蟹，译音如此，不知道是那里来的，形状仍是普通的湖蟹，好的其味不亚于醉蟹，只是没有酒气。俗语云，九月团脐十月尖，这说明那时是团脐蟹的黄或尖脐的膏最好吃，实际上也是这顶好吃，别的肉在其次。腌蟹的这两部分也是美味，而且据我看还可以说超过鲜蟹，这可以下饭，但过酒更好，不知道喝老酒的朋友有没有赞成这话的。腌蟹的缺点是那相貌不好，俨然是一只死蟹，就是拆作一胛一胛的，也还是那灰青的颜色。从前有人说过，最初吃蟹的人胆量可佩服，若是吃腌蟹的，岂不更在其上了么？

南京绍兴饭馆

◇ 1950.8.31

据说二十年前在南京有这么一家饭馆，专做绍兴菜的，这在什么地点，是什么字号，告诉我这话的人不曾说，或者说过是我忘记了。他是北大旧学生，跟了蒋梦麟在教育部有好几年，这其间是常到那里去吃饭，或是碰钉子去的。绍兴府属的人去光顾，或者为的乡里之见，但别的官老爷们也不少，却不晓得为了什么缘故。据云一间店堂只有两三张桌子，父子二人包办一切，坐客不但要等桌子有空，而且还要拱候菜来，饥肠辘辘，忍受不了，催促一句，店主即反唇相稽云：等的来不及，请走好了。做的是什么菜，大概只是家常便饭，我想香菇笋干炖豆腐，或者如有大蒜煎豆腐，那总是很可以吃的吧。种类本不多，而且点菜也有限制，假如三四个人，点上四五样菜，堂官便说，太多了，吃不完的，硬把末后的一样取消了事。

这饭馆的作风很特别，常给顾客钉子碰，出名的原因恐怕一部分也由于此。

绍兴的农民一样的受封建社会的压迫，却多分存留着倔强气，虽然俗语有太太生日阿寿拜，阿寿生日拜太太的话，事实上并不像北方的打千磕头，只说一声恭喜，拜寿哦，就算拜了。讲话也率直无文饰，对称都是一样，但如上文所说的店主父子，在国民党的首都开店，仍保存山村的古风，这却也是很难得的，可以说是畸人了吧。

猪肉

◇ 1950.9.8

各地民族食物，除谷类外，所用肉类大抵因风土习惯的关系，各有所偏重，如欧美用牛，蒙回各族用羊，日本多用鱼，中国则用猪肉。我对于猪这动物很有反感，可是猪肉用处之多却也是事实，不能加以否定。在西餐以及专门吃食店里，牛羊肉可以有几种好吃的做法，家庭里便很有点困难，在乡下平常就没有牛肉买，羊肉只好加萝卜红烧，味道实在还不如现成的白切蒸羊，夏天用鲜荷叶包来，从前只要十二文一包，确实价廉物美。说到猪肉便大不相同了，干腊方面有火腿、家乡肉、腊肉等，各有不同的风味，鲜的且不说北京沙锅居的白肉席，全用猪身上的东西做成几十种菜，舟山的朋友曾去尝试，吃到两样甜做的，同我说起时还显得惊奇与狼狈。我们只说东坡肉与粉蒸肉这两味，实在非猪肉莫办，至于肉丝与肉片的功用，更甚广大，笋丝韭黄的小炒与笋片京冬菜的中炒，又是多么的不同呀。

那个猪头看去不雅，却是那么有味，十多年前友人苦水请我新年吃饭，他是武松的乡亲，依照本乡习俗拿出特制的馒头（并非包子）和猪头来，虽然说来有点寒伧，那个味道我实在忘记不了。陆放翁记什么地方的庙里揭示云，祭神猪头例归本庙，加以嘲笑，当初我也以为然，但现在反复一想，对于住庙的和尚却也要表示同情了。

鱼腊

◇ 1950.9.29

风鱼腊肉是乡下的名物，最有名的自然要算火腿与家乡肉了，但是这未免太华贵一点，而且也有缺点，虽然说是熏腊，日子久了也要走油“哈拉”，别的不说，分量总是要减少了。在久藏不坏这一点上，鱼干的确最好，三尺长的螺蛳青，切块蒸熟，拗开来肉色红白鲜明，过酒下饭都是上品。但是我觉得最喜欢的还是鱼腊，这末一字要注明并非臘[1]月的臘字的简写，就是那么从肉昔声的字，范寅《越谚》注云“音昔，夏白鲦用椒酒酱烹烘”，范

【锺校】

① “臘”是“腊”的繁体字，按文义应予保留。

君这注有点电报式的，须得加以补充，这就是说夏天取白鲦较小者，用酱油加酒和花椒煮熟，炭火烘干，须家中自制，市上并无出售。这鱼风味淡白，可肴可点，收藏在磁瓶里，随时摸出几条来，不必蒸煮就可以吃，味道总是那么鲜美，这是它特别的特色。

秋高气爽，大概是宜于喝老酒的时候吧，我说这话，未免显得馋痨相，其实这只是表面如此，若是里面则心想鱼腊，眼看的却是自己的文章，这些写下来才有一个月之久，登出来看时多已生了白花或是青毛，至少也有霉顆气，心想若能像风鱼腊肉那样经久一点，岂不很好，其中理想自然以鱼腊为第一，而惜乎其不可能也。新鲜一路的文章也很好，如齐公的《在北京吃肉》，我十分佩服，却是写不来，那东单的李记小店我也还是第一次听到，其门口的朝东朝西当然更不知道了。

家常菜

◇ 1950.10.12

有这样的一个故事。据说有一年，美国议会老爷若干名结队往法国游历，到了巴黎，市长竭诚的招待这班贵宾，雇了第一有名的厨子来做菜。这位大司务卷起袖口等着，听说客人差不多来了，预备要动手，随便问伙计道，他们现在干什么？答说，正在抽烟谈天哩。这位大司务便放下厨刀，对伙计说道，你来就行了，舌头熏厚了还懂什么鸟味道。这本是传说，真假并不保证，那卷袖口和放厨刀的举动更是经不起考证研究，但是这故事还有意思，所以辗转传述下来了。主客本来都是资本主义的老板，不过一个是奢华的乡绅，一个是粗俗的暴发户，合不在一起，闹了笑话，这是很可能的。

讲到实惠好吃，自然还是家常菜，说起来大概人人同意，可是实行很有问题，平时没有话讲，到得口袋里有几文富馀的时候，还不是想上馆子去，吃搁点什么味精之类的名菜么？讲吃食不是我的本意，只觉得故事有点意义，所以记下来，却不意成功这样一篇文章了。

学做点心

◇ 1950.10.17

从前在大街上走，时常替别人担忧，看见店头的水果，或是点心糕饼，快到晚边[①]还是满满的，觉得今日不见得能卖去多少，剩下来到明天，会不会要坏了，长了白毛，怕要赔本吧？实际上这样事情似乎很少，因为这些店一直开着，并无亏累停歇的模样。

近来我不再这样想了，倒是很羡慕他们，特别是点心店，那种生意虽然不算是理想的，也总比要笔杆要好得多。第一，货色香甜好吃，卖出去不误

【锺校】

①“快到晚边”原作“到晚快边”。

主顾，肚饥时自己吃一个也实惠上算。第二，制造虽然要点手段，材料很容易找，就是剥点核桃，做点枣泥，也都不很费事，若是鲜花藤萝饼之类，更是同艾叶一样，俯拾即是了。或如街头杂写所记，月饼标明自制，当场烘焙，生意特佳，那更是景气十足，不会留下隔天陈货，是可想像得来的。我们写文章的就算是也有一点点手段，可是材料都要自办，而且每天不能老做这一样，比起烘月饼来真是事倍而功半，现在想起来，真有悔不该起初不曾学了做点心的手艺之叹也。

瓜子

◇ 1950.11.1

乡下新年客来，在没有香烟的时候，清茶果茶之后继以点心，必备瓜子花生，年糕粽子，此外炠元宵、小包子、花饺、烧卖之类，则对于客之尊亲者始有，算是盛设了。落花生在明季自南洋入中国，吃瓜子的风俗不知起于何时，大概相当的早吧，在小说中仿佛很少说及，只在文昭的《紫幢轩诗集》中见到年夜诗云：漏深车马各还家，通夜沿街卖瓜子。此人是王渔洋的弟子，是康熙时人。曾见西班牙人小说，说及女人嗑葵花子，不知是否与亚刺伯人有关，也不知道别国还有此习俗否。

平常待客用的都是市上卖的黑瓜子，但个人经验觉得吃西瓜时所留下的子，色黄粒小，可是炒了吃很香，实在比大而黑的还要好。此外南瓜子及向日葵子也都可以吃，比较容易嗑，肉亦较多，但不知怎的似乎不能算是正宗，不用于请客席上。小孩们有谜语云：一百小烧饼，吃了一百还有二百剩。这显然是指西瓜子，南瓜子与葵花子并不在内，因为那两种嗑开时壳都不能干脆的分作两片，由此可知在儿童心中的瓜子也还是那西瓜子也。

鸡蛋

◇ 1950.11.19

鸡蛋富于滋养，而价钱不贵，至今还可与豆腐比值，在动物性的食料中，这样便宜的东西再也没有了。

北方人讳蛋字，因称鸡蛋曰鸡子，这倒是与我们乡下方言相同的，做出菜来叫作溜黄菜、木犀汤等。又有叫作窝果儿的，名字虽然奇怪，各种蛋制品中我倒是顶喜欢吃，这是简单的在盐水里汆鸡蛋，整个的蛋白裹蛋黄，却是很嫩，也很便宜。这里称鸡蛋为果子，称磕开放水里煮曰窝，是什么道理，我至今也还不明白。乡下没有这种吃法，只有打散了，加糖和老酒煮，说是补的，虽是并不难吃，但可暂而不可常，不如窝果儿的长吃不厌。

鸡蛋似乎到处都是一样，不见得家乡的最好，虽然越鸡之好见于书上，而且像煞有介事的说明只有出于府衙门左近的是真越鸡，实在并没有这些神秘。绍兴鸡肉的确不错，原因是同金华的猪一样，它们吃的全是人吃的饭，并不像有些地方的鸡和猪，是半野生似的任它自己去“逃挣”，所以长得肥嫩一点正是当然的了。但鸡既然好，鸡蛋也该不坏，这也是当然的吧。

盐与糖

◇ 1950.11.22

不记得是什么地方，听说有这么一句俗语，说什么东西不好吃，那是盐；什么东西顶好吃呢，那也是盐。这确是经验之谈，但是我想补充一句，那说的是旧话，若是现今雪白的精盐，多吃固然不行，便是在煮鸡子上洒上少少许也并不好吃。大抵细盐不及粗盐，从前乡下喜用私盐，不是单为的价钱贱。糖也是同样的情形，小时候看见正月待客，买一斤“台面”，细白如洋盐，好看而不中吃，不如家用的“本间”，稍黄而甜，价要贵五六成，买的人却很情愿出。同样的还有漂白洋布，它的实用不如本色的，看去似乎不白，可是愈洗愈白净，与白布之逐渐变黄正是相反。唐诗中有云，却嫌脂粉污颜色，虽是讽刺杨家姊妹的话，道理原是不错。人的相貌与举动也重在本色，这即使不美也不至于会丑。

有友人说，中年或青年人不在西洋精炼过成为绅士的，都有中国人本色，因拉扯讲到别的物事上去，觉得这一节也有意思，所以写了下来，算作单独的一篇小文章。

真说凉菜

◇ 1950.11.29

前几天报上登出一篇拙文，题曰《凉菜》，我自己疑惑这是什么时候写的呢，看到第二段才知道原来是凉药之误，但因此得到了一个题目，也是很可喜的。

中国饮食都讲用热的，这一点与吃番菜正是相反，鱼翅、海参这些海错，冷吃不免腥韧，红烧、清炖的菜以及羹汤，也都不宜于冷吃，大势所趋原是如此。但是凉菜亦不是没有，而且各有其特色，凡是能喝[1]三杯的人当无不欢迎，虽然真能喝酒的

【锺校】

①“喝”原作“渴”。

人并不计较下酒的菜。

中国酒也热吃，不但是所谓黄酒，便是白酒也是一样，这也是世界无比的。说也奇怪，葡萄酒、啤酒、白兰地烫热了真是不好吃，惯吃热酒的中国人，所以也只好从众。但是菜无论怎么热都不妨，酒则便有个程度，据说“太热则酒伤，不堪入口，饮之且损肺矣”。《平蝶园酒话》亦云：“尝见人先将酒置沸汤中，然后入厨定菜，比菜至酒已百沸，主人引壶觞而酌曰，趁热吃一杯，真大冤苦。”平君好说诙谐话，但这里所说却是很中肯的。

前人做不撤[①]姜食的八股文有云，“神明不可不通，而亦不可太通”，其此之谓欤。

【锺校】

①“撤”原作“撤”。

“总理衙门”

◇ 1950.11.30

勤孟先生讲宜兴砂锅的大杂烩很有意思，这比普通的一品锅更是平民化，而且用砂锅煮，比盛在铜锡器中尤其适宜。煨炖食物以陶器为最好，就是搪瓷也还不行，现时砂锅什么之流行原是不足怪的。别地方不知道，在北京大概最初流行的是砂锅豆腐，这最实惠好吃，也与砂锅相配，砂锅鸡与鱼翅未始不好，但太是阔气，当是到了大饭馆手里之后的演变了。“两江总督”的名称也很好玩，虽然不明白是什么意思。

民国以前北京也有一样菜叫作“总理衙门”，不过这只是几个京官说了出来，通行于一部分的饭馆，并不怎么普遍，而且那菜也不好吃，所以后来到了民国就渐渐不听见说了。这其实就是蛋花汤，北京称为木犀汤的，至于意义则不难了解，即是说浑蛋罢了。清末总理衙门的官是办外交事务的，本来要算是“时务”，可是实在仍是昏愦胡涂的多，在少数老新党看来还是很可气的，所以加上这个徽号，又复灯谜似的送给了无辜的木犀汤了。据我所了解，喜欢使用这名称者是钱念劬，即钱玄同的老兄，发明者即使不是他，也总是他们同时的几个新外交官吧，但是从喜欢开玩笑的这一点看来，大概还是他顶有这可能。

锅块

◇ 1950.12.13

老朋友东阳仲子是吴兴籍，但是生长在陕西，他吃面食最喜欢锅块，这和爱吃糯米与我都是同志，虽然我是纯粹的江东人。锅块的特色是用硬面的，其次是厚实大块，往往直径一二尺，厚有二三寸，快刀切下一方来，着实耐咀嚼。普通面制品多用软面，不是发酵便起酥，或蒸或烙了吃。硬面是不发酵的，搁的水也较少，又是烤制，所以不愧一个硬字，这自然在锅块为甚，硬面馒头也是蒸的，硬面饽饽都是小个，就没有什么难吃的地方。

犹太人过逾越节吃无酵饼，据《出埃及记》第十二章说，他们用埃及带出来的生面，烤成无酵饼，这生面原没有发起，因为他们被催逼离开埃及，不能耽延，也没有为自己预备甚么食物，这饼大概也是硬面的锅块一类的东西吧。

在吃惯了面包的人，吃这种粗制的饼自然觉得不好，全是一种纪念落难的意思，但是中国北方却是民间的常食，朴实可喜，我虽是吃过望江楼候口馒头（北方应称包子）的人，但实在愿意给它作义务的宣传。

萨齐玛

◇ 1950.12.14

北京到了冬天，萨齐玛和芙蓉糕便上市了。《燕京岁时记》云：

> 萨齐玛乃满洲饽饽，以冰糖奶油合白面为之，形如糯米，用不灰木烘炉烤熟，切成方块，甜腻可食，芙蓉糕与萨齐玛同，但面有红糖，艳如芙蓉耳。

现在南方也有这点心了，小时候在乡下听说同馥和新制有满洲点心，其时约在光绪二十几年，北京自然早有了吧，但以前的文献上也还找不到什么记录。我想这与北京新年所用的蜜供不无关系，《岁时记》云形如糯米，殊不得要领，其实是细细的面条上面着糖蜜堆积而成，与蜜供的性质大略相近。

蜜供用面切细方条，长一二寸，以蜜煎之，砌作浮图式，中空玲珑，大小高低不等，五具为一堂，岁暮祀神祭祖用充供果。这是南边没有的东西，但仔细看去，也并不全是面生，家乡喜果中有金枣、珑缠豆，后者是白豆包糖，前者如《越谚》所说，粉质芋心，炸胖洒糖，颇有点像放大的碎蜜蜂。古书中的寒具，也似乎是这一类的东西，北京现有蜜麻花，即是油馓子外涂蜜，吃时要沾手，恐怕是蜜供与萨齐玛这一系中历史最古的老辈了吧。

一壶酒

◇ 1950.12.19

有友人谈起古书上的屠者，或说是杀狗的，为什么不是杀牛或猪的屠户呢？他又举出《吴越春秋》的话来，勾践奖励生育，“生女二赐以壶酒一豚，生男二赐以壶酒一犬”，可见周朝在绍兴乃是狗贵于猪，那么屠者的品格又似乎狗屠反要较高一等了。

但是我觉得有意思的却是在这里的壶酒，不知道这有多少分量呢？以后来的情形来说，酒在绍兴是不很值钱的，一般穷人吃的是糙米饭，但酒却也有时还要吃，即如孔乙己那么的潦倒，灌一两碗“黄汤”极是常事。一壶酒也不过一升米的价值罢了，配上一只黄狗（据说黄狗好吃，别的狗都不行），或是一口小猪，都觉得有点不相配合，即使最大的“吉须”也只有两斤酒可装。但问题是那时的壶是锡还是瓦制呢，这有多大？据传说云，越人献箪醪劳军，越王把这酒倒在河里，叫兵士在下游酌饮，这地方以后就叫作箪醪河，现在传讹为丹条下。颜回一箪食，大概这容量是不大的，由箪醪看来，壶酒也不会多，未必是勾践吝啬，应是古代黄酒也很是珍重的东西吧。这本是小事情，要认真说起来便有问题，可知考古工作不是容易的事。

汤料

◇ 1950.12.20

中国从前旅行的人因为交通不便，很费时日，所以准备行装很要费点心思，一个人的行李总有十件八件之多，差不多除厨房用具外什么都带着走。自然也有例外，如张宗子记他族祖瑞阳，取妻仅存的银扣换得银三钱馀，拿了一半，走到杭州北关门买一纤搭，应粮船募为水夫，数月抵京师，此有合于“如有便船旱道而归”的笑话，不愧为《五异人传》的一人。常人自然不能如此，普通读书人所携上自皮帽盒，下至夜壶箱，件数便很不少，其中必定有一只网篮，是专装伙食的。乡下有个专名叫作路菜，讲究的有火腿腊鸡，比较简素的是汤料，我至今还觉得这很不差。材料用的很多，大概是香菰、虾米、京冬菜、竹笋小枝，俗名“麻鸟脚”的（鸟读作刁上声），用好酱油煮透烘干，随时冲汤，也可干吃。长途行旅中，坐在船内，或是落客栈，冲一碗来吃，似乎很是必要的，客中供应不但粗劣，或者还有缺乏亦未可知。

这种汤料现时大抵没有人用的，但偶见上海制售的干菜笋干，牙粉似的装在纸口袋里，仿佛有此意，只是内中材料种类较少罢了。

马先生汤

◇ 1950.12.21

讲到旅行用的汤料，令我想起马先生汤来，虽然这与旅行是无关的。北京饭馆里带姓的菜不很多，我只知道从前广和居有江豆腐与潘鱼，这是那一个江部郎或潘太史所发明的，我已经弄不清楚，但东西是吃过的。豆腐与鱼都可吃得，也不觉得怎么的好，俗传这鱼系用羊肉汤所煮，鱼羊相合成鲜，近于拆字摊的说法，未必是事实。现在广和居早已关门了，却还有同和居存在（其实别处也都会做），有志者不妨一去试验，究竟有无羊肉味儿。

比这些后起的便是马先生汤，这里不叫马汤而用先生的尊称，也是很有意思的事情。马先生叙伦那时在北大教书，传此方于饭馆，吃了也实在并不太好，大概是用些鲜味的东西煮成，据马先生告诉别一马先生马裕藻说，照他的方做汤，本钱就要若干元（可惜这数目字失记了），在饭馆只能卖几毛钱一碗，自然不能道地的做了。大约因为这个缘故，虽然马先生现在北京，这汤却早已不见，只有老堂倌还知道这个名称吧。

古代的酒

◇ 1950.12.26

中国古代的酒怎么样，现时不容易知道，姑且不谈。我们从反面说来，火酒据说是起于元朝，这烧法是从外族传来的，那么可知以前有的只是米酒，也是用糯米所做，由陶渊明要多种秫可以知道。唐诗中常有药酒，那当然也是用黄酒的吧，我们乡下从前老太太们浸补药酒便是用老酒，与枣子酒一样。但是虽说米酒黄酒，却还不能算是老酒，因为古人喝的都是新酒，陶渊明用葛巾漉酒，固是一例，杜甫也说樽酒家贫只旧醅，这与绿蚁新醅酒可以对照，这绿蚁也即是酒滓，可见自晋至唐情形还是相同。

唐时已有葡萄美酒，却不见通行，一则或因珍贵难得，一则古人大概酒量不大，只喜欢喝点淡薄的新做米酒罢了。在欧洲古代，希腊人喝葡萄酒都和了水，传说最初做酒的人拿去给牧牛人喝，他们不懂得掺水，喝得醺醺大醉，以为中了迷药，把那给酒的人打死了。现在朋友们中能喝得白酒半斤以上的比比皆是，可知酒量是今人好得多了。

牛肉锅

◇ 1950.12.29

从柳絮先生的文章里，得知上海市上司盖阿盖名称的变化，很有意思。司盖阿盖原是日本语，其实直捷的说还不只是牛肉锅么，虽然这在生意经上不很合适，因为太平凡了，不足以资号召。本来在日本这也是一种新的吃法，在明治维新以前是没有的，因为那时他们不吃牛肉，到维新时代大家模仿西洋，于是觉得面包牛奶非吃不可，牛肉也流行起来了。热血青年短发敝衣，喝酒烧牛肉吃，扼腕谈天下事，当时这便叫做“开化锅”的。司盖阿盖的原意是说把“薄切”的肉浸了酱油“烤”了来吃，实际与叉烧差不多少，后来才转变为用黄油甜酒酱油做底子，加入牛肉片以及葱和芹菜等，已经不是烤而近于炒与煮了。日本食物中蛋糕名贺须底罗，又以面粉包虾鱼蔬菜油煎食之，如北京所谓高丽什么的，名天麸罗，都从西班牙语转来，也至近世才有。中国称为高丽不知何故，北京且用作动词，如云把这去高丽一下子，但别处似无此语，大抵只说是面拖油炸罢了。

适口充肠

◇ 1951.1.1

《千字文》里有一句话道，适口充肠，我觉得很有意思，因为这能得到要领的把人类吃食的动机说明白了。我说人类的，因为在一般动物吃食只是充饥，到了两只手的朋友总要讲精讲肥，分别好吃不好吃，现今再加上热量与维生素的计算，这已是第三了。

自然热量供给与消耗不平均，维生素缺乏，是要生病的，但我觉得充肠的问题也并非不重要，正如维生素病是“吃饱的饿死”一样，热量与维生素充足而食量不满也是饿得很难过，虽然于卫生无害。有人理想将来科学发达，一个人一天只要吃三颗丸药就够，不必吃饭，这事或者有一天可以做到，但是我怕人的胃肠如不改良，保健上虽是行了，生理上难免痛苦，因为胃是不习惯于空虚的。因此卫生与适口两级虽是人类进步后所独有的，但充肠究竟还是根本的需要，我们没法轻视它，维他命剂总有限度，熊掌与鱼不能常享，结局仍是蔬食菜羹，管他什么鸟成分，只要没有毒可以吃便好，吃一个饱才可卷起袖子来做事，这一直是老百姓的意思，现在看来还是完全不错的。

隐元豆

◇ 1951.1.14

勤孟先生《落花生考》中据《辞源》说，清康熙初年僧应元往扶桑，觅种寄回，案此语见于赵学敏《本草纲目拾遗》，系引《福清县志》语，是很不可靠的。其一，《拾遗》下文又引《万历仙居县志》云，落花生原出福建，近得其种植之，可见在明季时闽浙地方已经有了。其二，日本从前称落花生为唐人豆，现在叫南京豆，说是从中国去的。

至于应元虽有其人，却是写作隐元，法名隆琦，是福清县人，于顺治十年往日本弘法，创立黄檗宗法统，本县人慕他的名，便把本地所有的落花生同他连系起来，成为一种传说，原是很可能的事。可是事实上却正相反，他带了好些东西过去，最通行的是扁豆，称为隐元豆，又隐元菜即白菜（菘）。又有净素烹饪，用中国格式，主客共同围桌而食，所谓普茶料理，据说亦由隐元传去，通行于各地禅寺。印度人说玄奘带落花生到印度，也只是一种传说罢了，以时代论未免太早，在唐朝中国自己还没有哩。《翻译名义集》中说印度叫桃子曰至那你（？），意云汉持来，因为是从中国传去的，别的果物似乎没有说及。

落花生的来路

◇ 1951.1.15

小时候在乡下过新年，照例很是高兴，因为有东西吃，年糕粽子、瓜子花生、荸荠甘蔗，都是粗品，却也很是实惠。这些东西之中，只有落花生是外来的，因为方以智的《物理小识》中叫它作番豆，可见它与番瓜、番茄是同样的出身，我们从文献上可以知道万历中由福建传入浙江，崇祯中可能到了两江，虽然《本草纲目》中还未曾收入。

落花生的原产地据植物学家说是在热带美洲，屠鸦先生所说巴西秘鲁大概是不错的，只是怎么传到中国来的呢，这时间路线便不易推测，因为西班牙征略秘鲁等地是在一五三〇年以后，即明嘉靖年间，到万历中才五六十年，怎么能传布开去的呢？

这可能有两条路，一是北路，千六百年利玛窦入北京，耶苏会士多南欧人，或者带了来；一是南路，一五五七年葡萄牙人占澳门，由那边传到广东福建去。据个人的臆见，似以南路比较近似。初来大概是小花生，大花生乡下通称洋花生，可知还是近时才有。说也奇怪，因为有了洋花生，所以那小的一种反而得了本地花生的徽号了。

暖锅

◇ 1951.1.25

乡下冬天食桌上常用暖锅，普通家庭也不能每天都用，但有什么事情的时候，如祭祖及过年差不多一定使用的。一桌“十碗头”里面第一碗必是三鲜，用暖锅时便把这一种装入，大概主要的是鱼圆、肉饼子、海参，粉条、白菜垫底，外加鸡蛋糕和笋片。别时候倒也罢了，阴历正月“拜坟岁”时实在最为必要，坐上两三小时的船，到了坟头在寒风上行了礼，回到船上来虽然饭和酒是热的，菜却是冰凉，中间摆上一个火锅，不但锅里的东西热气腾腾，各人还将扣肉、扣鸡以及底下的芋艿、金针菜之类都加了进去，“咕嘟”一会儿之后，变成一大锅大杂烩，又热又好吃，比平常一碗碗的单独吃要好得多。

乡下结婚，不问贫富照例要雇喜娘照料，浙东是由堕民的女人任其事，他们除报酬以外还有一种权利，便是将新房和客人一部分的剩馀肴馔拿回家去。他们用一只红漆的水桶将馂馀都倒在里边，每天家里有人来拿去，这叫作拼拢坳羹，名称不很好，但据说重煮一回来吃其味甚佳云。我没有机会吃过这东西，可是凭了暖锅的经验来说，上边的话，大概不全是假的。

合食与分食

◇ 1951.1.28

小君先生在一篇文章里，说祖国与中国菜的连系，因而想到《亦报》上有谈谈食物的文字，以为也不必过责。这话说得十分明达，很可佩服，虽然我并不想多谈吃食，现在只是想略讲吃食的方法罢了。

中国同桌合食的办法为现代卫生家所非议，这诚然是不大好，但这种生活方式也实在一时难以更改过来。因为中国人吃米饭，用筷子，与西洋全不相同，饭之外全是菜，乡下叫作下饭，并不是可以当饭吃的，牛排猪排尽可空口大嚼，东坡肉便不行了，即使在筵席上也还自已挑选了吃，若是一人一盘定量分配，大部分要吃不完，小部分或者吃不够。这样看来，分吃法碍难实行，要讲卫生的只好实行双筷制，可是不方便，还有一层这只可行于都市，若是乡村里恐怕就行不通，那么这也只有少数人中间能够勉强应用而已。

人类吃食最初用五指，变为三叉，筷又简化为二，而开合自如，兼有指头的长处，以世界通行而论自然须推刀叉，但在中国人习惯方便又莫过于筷子，鄙人的鄙见盖宁用竹筷而不取铜叉焉。（到外国去时是例外。）

豆沙

◇ 1951.2.1

我们年年吃月饼，和其他有馅的点心，吃惯了豆沙，不觉得怎么特别，其实这是中国所特有的，日本等处也有，乃是从中国传去，所以根本还是一样。据考证家说，《说文》中有豆上夗字的一个字，注云豆饴，即是后代的豆沙。汉朝已有蔗浆，制豆沙很有可能，虽然白糖的制造还一直在后。顾雪亭的《土风录》里说，饼饵馅以赤豆末红糖炒之曰豆沙，见范石湖《祭灶诗》，豆沙甘松粉饵圆。这里石湖所说即是澄沙汤团，普通只是赤豆馅，但用云豆等做便是白的，广东月饼里有豆蓉，大概是广州话吧，别处似乎没有适当名称，不妨拿来应用。

在西洋点心中便不见有这一类的东西，他们常用的是酪与可可糖，与中国正是别一路道，表明两方的系统一是农业一是牧畜的。可可非西方所固有，乃是帝国主义的产物，十六世纪中西班牙侵占墨西哥，从土人手里抢得了可可豆，这才知道饮用这物事，传至今日，还只有热带地方出产，假如白人不事剥削这些土人，便吃不到了。可可糖味道虽甜，可是它的历史是很苦的，这与豆沙对比起来，岂不是很有意义的事情么？

猪头肉

◇ 1951.2.11

小时候在摊上用几个钱买猪头肉，白切薄片，放在干荷叶上，微微洒点盐，空口吃也好，夹在烧饼里最是相宜，胜过北方的酱肘子。江浙大民过年必买猪头祭神，但城里人家多用长方猪肉，屠家的专名是元宝肉，大概因为新年置办酒席，需用肉多的缘故，所以在家里就吃不到猪头。

北京市上售卖的很多，但是我吃过一回最好的猪头肉，却是在一个朋友家里。他是山东清河县人氏，善于做词，大学毕业后在各校教书，有一年他依照乡风，在新年制办馒头猪头肉请客，山东馒头之佳是没有问题的，猪头有红白两样做法，甘美无可比喻。主人以小诗两首代柬招饮，当时曾依韵和作打油，还记得其一的下两句云：早起喝茶看报了，出门赶去吃猪头。

清河名物，据主人说此外还有《臭水浒》，清河人称武松为乡亲，所以对于《水浒》似乎特别有兴趣，喜欢说，无论讲那一段都说得很黄色，因此得了臭名。这本是禁止的，可是三五人在墙根屋角，就说了起来，这是很特殊的一种说法，但若是把《水浒》当作《金瓶梅》前集看时，那么这也是可以讲得过去的吧。

煎茶

◇ 1951.2.14

《亦报》邮寄偶有失落，请求补寄到来时大抵已迟了七八天了，勤孟先生的那篇《中国茶道》，因此也是刚才看见的，却令我想起震钧的《煎茶说》来。这收在《天咫偶闻》卷八中，据他说是根据陆羽《茶经》想出来的，读了觉得颇有道理，但没有试验过，因为准备稍为有点麻烦。茶叶倒并不拘，碧萝春最好，次则天池龙井，别的也可以，要紧的是煮茶的砂铫，杉木炭去皮，这都不大好找，水则泉水，但雨水也可以。东西齐备了，便着手来煎，这个火候最难，据说妙诀便在东坡的“蟹眼已过鱼眼生，飕飕欲作松风鸣”这两句诗里，照他的话来说是，“细沫徐起，是为蟹眼，少顷巨沫跳珠，是为鱼眼，时则微响初闻，则松风鸣也。自蟹眼时即出水一二匙，至松风鸣时复入之以止其沸，即下茶叶，大约铫水半斤，受叶二钱，少顷水再沸，如奔涛溅沫，而茶成矣”。西洋人茶里加牛奶与糖，我们看了觉得好笑，其实用花果点茶也只是五十步之差，震钧却又笑今人以沸汤瀹茗，全是苦涩，这批评也不无道理。我想只用瓦壶炭炉，亦可试验，倘能成功，饮茶的方法大可改良一下，庶几不至于辜负了中国的名产，也是好的吧。

过年的酒

◇ 1951.2.23

在上海的朋友于旧历祭灶之日写信给我，末云：

> 过年照例要过，而支出大增，酒想买一坛而不大能，而过年若无酒，在我就不是过年了。

初二那天的信里又说：

> 酒已得一坛，大约四五十斤，年前有人说起极好极好，价为廿万，比市价八折，又有人垫款，谁知是苏州的绍兴酒，大失所望。绍酒好处在其味鲜，伪绍酒的味道乃是木侄侄的也。

话虽如此，在四五十斤的旁边小注云，已喝了三分之二，口渴的情形如见，东坡云饮酒饮湿，此公有点相近了。

不过说起失望来，我也有相同的事，虽然并不是绍兴酒而是关于白干的。这样说来，好像我是比他还酒量大，因为弃黄而取白，其实当然不是。

北京的伪绍酒是玉泉，大概也不免木侄侄，不过在我们非专家也还没啥，问题是三斤一玻璃瓶，我要吃上半个月，不酸也变味了，所以只好改用白酒，一斤瓶尽可以放许多日子。可是不知怎的，二锅头没有齐公从前携尊就教时的那么好吃，就是有人送我的一瓶茅台酒也是辣得很，结果虽不是戒酒，实际上就很少吃了。小时候啐一口本地烧酒，觉得很香，后来尝到茅台，仿佛是一路的，不知道现在的绍烧是否也同样的变辣了么？

烤越鸡

◇ 1951.2.27

且居先生说我们住在北方的绍兴人，再过一年，一定可以吃得到越鸡。这预约是十分可感谢的，不过说精通南北之味，那可使我很是惶恐，因为我也只是喜欢谈谈乡下吃食而已，那里够得上说通呢？诚然如孟子所说，鱼与熊掌都曾经吃过，或者可以说是有口福的了，可是熊掌并不好吃，只像是泡淡了的火腿皮，这固然是细条，但这种味道即使整方的咬了吃，也未必及得红炖肘子吧。猩唇豹胎，连看也没有看过，怎么会有资格可谈食味呢。

我所觉得喜欢的还是几样家常菜，而且越人安越，这又多是从小时候吃惯了的东西。腌菜笋片汤、白鲞虾米汤、干菜肉、鲞冻肉，都是好的，说到鸡则如且居先生的意见一样，白鸡以及糟鸡，齐公所鼓吹的虾油鸡一定也很好，因为我们东陶坊没有这做法，所以不能加在里边。上坟时节的烧鹅，我也是很喜欢吃的，但烤鸡怎么样，那就很难说，锅烧鸡也不过是那么样罢，只是假如挂炉烧的，比煮的可能多保存些鲜味。老实说，我对于鸡鸭本不爱好，鸭并不好吃（腊鸭除外），其不能列于三牲之林，或者正非无故吧。（我的祖母，不吃扁嘴的，连鹅也不吃，那大概又是别一个理由。）

花线鸡

◇ 1951.2.28

从前听人家讲越鸡，我虽是越人，却完全不晓得是什么一回事。有人又说这以在城内府山背后的为真，因为那里是越王故官的后边，大概是以前越王御膳房养鸡的地方吧，或是因风水的关系，所以如此，不过这太是神秘了，更是莫名其妙。这回看见且居先生关于越鸡的文章，这才恍然大悟，原来只是阉过的鸡，那岂不是妇孺皆知的“线鸡”么？为什么叫线，我也说不清，不过平常作动词用也只说是阉，例如那阉鸡的技术家在街上走过，高声叫道“阉鸡荷！”这越鸡为越中所专有，但那技术家却并不是绍兴人，小时候听他们的说话，很是“拗声”，那时也不能辨别是什么话，后来回想起来大概总是浙东吧。既然出了技术家，论理在那地方当然该有线鸡，现在却也无从调查，《越谚》卷中云：线鸡，雄者割开后肚，挖去腰子，线缝，使肥美，见戴复古诗。戴系南宋初天台人，那么台州当有这种的鸡了。

线鸡专供食用，大抵养到年底为止，所以转变成为一种混名，有空心大老官便被称作荷花大少爷、花线鸡，言其外表好看而不能过冬，虽不免尖刻，却也显出人民的幽默味来。

甘蔗荸荠

◇ 1951.3.2

一定要说水果也是家乡的好，这似乎可以不必，而且事实上未必如此，所以无须这么说，可是仔细想起来，却实在并不假，那么为什么不可以说呢。

若是问绍兴有什么好水果？其实也说不出来，不过那里水果多而且质朴，换句话说就是平民的，与北京相比，这很容易明白。北京水果除杏子桃子柿子外，梨与苹果，香蕉柑橘，差不多都是贵重品，如要买一蒲包送人往往所费不赀，乡下便不一样，所谓贵有贵供，贱有贱鬻，雅梨有用纸包的，与广柑文旦同请上坐，但不很值钱的还多得很，一两角小洋不难买上一篮。甘蔗荸荠，水红菱黄菱肉，青梅黄梅，金橘岩橘，各色桃李杏柿（杨梅易坏可惜除外。）有三四种便可以成为很像样的一份了。

我至今不希罕苹果与梨，但对于小时候所吃的粗水果还觉得有点留恋，顶上不了台盘的黄菱肉，大抵只有起码的水果包里才有，我却是最感觉有味，因为那是代表土产品的，有如杜园瓜菜，所谓土膏露气尚未全失，比起远路来的异果自有另外的一种好处。

关于荸荠

◇ 1951.3.3

我写了一篇文章叫作《甘蔗荸荠》，篇中却只说起一遍，便不再提，这在从前写时文的时候叫作什么的呢，总之是很犯规矩的，所以现在再来补写一篇，关于荸荠多说几句。

荸荠这名字不知道怎么讲，倒也算了，英国叫作水栗子，日本叫作黑茨菇，虽有意义，却很有伧气，可以想见是不懂得吃这东西的。荸荠自然最好是生吃，嫩的皮色黑中带红，漆器中有一种名叫荸荠红的颜色，正比得恰好，这种荸荠吃起来顶好，说它怎么甜并不见得，但自有特殊的质朴新鲜的味道，与浓厚的珍果正是别一路的。乡下有时也煮了吃，与竹叶和甘蔗的节同煮，给小孩吃了说可以清火，那汤甜美好吃，荸荠熟了只是容易剥皮，吃起来实在没有什么滋味了。

用荸荠做菜做点心，凡是煮过了的，大抵都没有什么好吃，虽然切了片像藕片似的用糖醋渍了吃，还是没啥。此外有一种海荸荠，大概是海边植物的种子，形如小茨菇，大如花生仁，街上叫卖，一文钱一把，吃来甜中带咸，小孩们很是喜欢。甲午前后，杭州有过一家稻香村似的店，名曰野荸荠，不知何所取义，难道就是说的海荸荠么？

藕的吃法

◇ 1951.3.6

报上说到玄武湖的莲花的用处，题曰《冬天吃藕》，有云：“藕可做丸子，炒藕丝，切了块烧在粥饭中。”藕在果品中间的确是一种很特别的东西，巧对故事里的一弯西子臂，七窍比干心，虽似试帖诗的样子，实在是很能说出它的特别地方来。当作水果吃时，即使是很嫩的花红藕，我也不大佩服，还是熟吃觉得好。

其一是藕粥与蒸藕，用糯米煮粥，加入藕去，同时也制成蒸藕了，因为藕有天然的空窍，中间也装好了糯米去，切成片时很是好看。其二是藕脯，实在只是糖煮藕罢了，把藕切为大小适宜的块，同红枣、白果煮熟，加入红糖，这藕与汤都很好吃，乡下过年祭祖时，必有此一品，为小儿辈所欢迎，还在鲞冻肉之上。其三是藕粉，全国通行，无须赘说。

三者之中，藕脯纯是家常吃食，做法简单，也最实惠耐吃，藕粥在市面上只一个时候有卖，风味很好，却又是很普通的东西，从前只要几文钱就可吃一大碗，与荤粥、豆腐浆相差不远。藕粉我却不喜欢，吃时费事自是一个原因，此外则嫌它薄的不过瘾，厚了又不好吃，可以说是近于鸡肋吧。

再谈甘蔗

◇ 1951.3.7

我相信小君先生的话，在《亦报》上谈谈食物，也不必过责，所以就来写了几篇，恰巧那都是中国所特有的，所以更放胆的下笔了。

这里谈的是甘蔗，其实即是补足前回文不对题的那篇文章的。

关于甘蔗，就有一件笑话，证明外国人不会吃，即是不认得这东西。据说：是二十年前了吧，有美国男女学生团体来北京，到燕京大学去参观，学生会招待他们，茶点中有一碟北方难得的甘蔗。这一节一节扁圆白净的东西，引起了客人的注意，有一个女学生拿了咬了一口，咀嚼之后，剩下了渣无法应付，不好意思吐出，要咽又咽不下去，正在翻白眼的时候，大概有女主人看见了，偷偷的告诉她，后来吐在小手巾内完事的吧。

普通水果店里一定有一把刨，先刨去皮，再用铡刀切成一寸左右的短节，但据说顾长康吃甘蔗从尾起，说渐入佳境，似乎古时也有整支咬了吃的，但或者这是他个人的古怪吃法也说不定。甘蔗只可生吃，煮了便是糖味，有人用小板凳似的家伙榨了汁吃，这也近似是糖水了，所以要吃甘蔗，还只有自己嚼的那一个旧法子。

鸡鸭与鹅

◇ 1951.3.8

前回且居先生提议越鸡烤了吃怎么样，我来响应他，写了一篇小文，题曰《烤越鸡》，不大赞成他的提议，却也不一定反对。但中间有一句话云，我对于鸡鸭本不爱好，这却是错误的，鸡字乃是烤字之误。我附议且居先生，主张吃白鸡与糟鸡，又以未吃齐公的虾油鸡为恨，可见并不是不爱好鸡肉的，辨明没有什么必要，但那是事实，否则上下文气也有矛盾。

至于鸭，我确是不喜欢，虽然酱鸭与盐水鸭也有可取，但确不能说它比糟鸡或油鸡能好多少。到便宜坊去吃烤鸭子，假如有人请我自然不见得拒绝，不过并不怎么佩服，这脆索索的烤焦的皮，蘸上甜酱加大葱，有什么好吃的，我很怀疑有些人多不免是耳食。西洋人夸称“北京鸭”，一半是好奇，一半是烧烤所以合口味，但由我看来，这至少不是南方味，我们还有守旧分子的人总觉得没有多大意思。

烧鹅我却是很爱吃，那与烤鸭子有好些不同，它不怕冷吃，连肉切块，不单取皮和油，又用酱油与醋蘸，便全是乡下风味，糟鹅与扣鹅也很好吃，要说它比鸡更好似乎并无不可。北京不吃鹅肉很是可惜，它只是背上涂上洋红，假充作雁，用于结婚时，近来旧式婚礼渐废，在市上它也就几乎看不见了。

吃白果

◇ 1951.3.31

白果树的历史很早。和它同时代的始祖鸟等已于几百万年前消灭了，它却还健在，真可以算是植物界的遗老了。书上称它为鸭脚子，因为叶如鸭脚，又名公孙树，“言其实久而后生，公种而孙方食。”或谓左思赋中称作平仲，后来却不通行，一般还是叫它作白果，据说宋初入贡，乃改名银杏。日本称为耿南，乃是银杏音译转讹。树称伊曲，则是鸭脚的音译，而且都是后起的宋音，可见传入的年代也不很早，大概只是千年的历史罢了。

白果的形状很别致，可是实在没有什么好吃，因为壳外有肉，大概是泡在水里让它烂掉的吧，所以带有臭气，而且白果自身也有一种特殊的气味，有些人不大喜欢。它的吃法我只知道有两种。其一是炒，街上有人挑担支锅，叫道“现炒白果儿”，小儿买吃，一文钱几颗，现买现炒。其二是煮，大抵只在过年的时候，照例煮藕脯，用藕切块，加红糖煮，附添白果红枣，是小时候所最期待的一种过年食品。此外似乎没有什么用处了，古医书云，白果食满千颗杀人，其实这种警告是多馀的，因为谁也吃不到一百颗，无论是炒了或煮了来吃。

吃狗肉

◇ 1951.4.11

我有一个老友，他不是佛教徒而是诗人，他不吃肉，至多吃点鸡鸭，至于四只脚的绝对不吃，他常笑别人那么爱吃动物的死尸，他的反对在感情上是很容易理解的，但事实上难以通行，也只能由个人去实行罢了。

肉如可以不吃，自然不吃也好，实在我们大概吃得也不多，有时或者可以多少天不吃，但是明白的规定那就可不必，也有窒碍难行的地方。我的意见还是觉得猪肉顶好吃，花样也多，牛羊还在其次，不过有些地方喂养方法不好，如定县等处放在茅厕坑（其构造虽与南方的不同）里，非得改过不可，病虫检查自然也是要紧。小动物我觉得大可不吃，如鸽子、田鸡之类，人民生活好转之后，螺蛳这一样家常菜亦可废止，它有寄生虫，又不易消化，实在是不合卫生的。我只可惜中国古代吃狗肉的习惯中断了，据小说上说鲁智深和济颠都是爱吃狗肉的。这未必是和尚特别喜欢，大抵因为它很普通，价廉物美的缘故吧。野狗的肉当然也不卫生，假如有作坊里栈养肥壮的黄狗，我想那就不成问题，大家不妨买了来吃，虽然吃法不见得能像猪肉那样多，或者未免是一个缺点。

天下第一的豆腐

◇ 1951.4.13

豆腐，这倒真可以算是天下第一，不但中国发明最早，至今外国还是没有，而且将来恐怕也是不会有的。在日本有豆腐，这是由中国传过去的，主要还是因为用筷子吃饭，所以传得进去，若是西洋各国便没法吃，大概除了杏仁豆腐（其实却并不是豆腐）外，我想无论怎样高手的大司务做不好一样豆腐的西菜来吧。

在中国这是那么普遍，它制成各种的花样，可以做出各种的肴馔，我们只说乡下的豆腐的几样吃法。第一是炖豆腐，豆腐煮过，漉去水，入砂锅加香菰笋酱油麻油久炖，是老式家庭菜，其味却极佳，有地方称为大豆腐，我们乡下则忌讳此语，因为人死时亲戚赴斋，才叫吃大豆腐。芋艿切丝或片，放碗上，与豆腐分别在饭镬上蒸熟，随后拌和加酱油，唯北方芋头不粘滑，照样做了味道不能很好。豆腐切片油煮，加青蒜，叶及茎都要，一并烧熟，名为大蒜煎豆腐，我不喜蒜头，但这碗里的大蒜却是吃得很香，而且屡吃不厌。这些都是乡下菜，材料不贵，做法简单，味道又质朴清爽，可以代表老百姓的作风。

发明豆腐的是了不得，但想到做霉豆腐的人我也不能不佩服，家里做虽然稍为麻烦，可是做出来特别好吃，与店里的是大不相同的。

落花生（二）

◇ 1951.5.26

传说鲁迅最爱吃糖，这自然也是事实，他在南京的时候常常花两三角钱到下关“办馆”买一瓶摩尔登糖来吃，那扁圆的玻璃瓶上面就贴着写得怪里怪气的这四个字。那时候这糖的味道的确不差，比现今的水果糖仿佛要鲜得多，但事隔四五十年，这比较也就无从参证了。鲁迅在东京当然糖也吃，但似乎并不那么多，倒是落花生的确吃得不少，特别有客来的时候，后来收拾花生壳往往是用大张的报纸包了出去的。假如手头有钱，也要买点较好的吃食，本乡三丁目的藤村制的栗馒头与羊羹（豆沙糕）比较名贵，今川小路的风月堂的西洋点心，名字是说不出了。有一回鲁迅买了风月堂新出的一种细点来，名叫乌勃利，说是法国做法，广告上说什么风味淡泊，觉得很有意思，可是打开重重的纸包时，簇新洋铁方盒里所装的只是二三十个乡下的“蛋卷”，不过做得精巧罢了。查法文字典，乌勃利原意乃是“卷煎饼”，说得很明白，事先不知道，不觉上了一个小当。

在本乡一处小店里曾买到寄售的大垣名产柿羊羹，装在对劈开的毛竹内，上贴竹箬作盖，倒真是价廉物美，可是买了几回之后，却再也不见了，觉得很是可惜，虽然这如自己试做，也大概可以做成功的。

酒

◇ 1951.5.27

鲁迅酒量不大，可是喜欢喝几杯，特别有朋友对谈的时候，例如在乡下办师范学堂那时，与范爱农对酌，后来在北京S会馆，有时也从有名的广和居饭馆叫两样蹩脚菜，炸丸子与酸辣汤，打开一瓶双合盛的五星啤酒来喝。但是在东京却不知怎的简直不喝，虽然蒲桃酒与啤酒都很便宜，清酒不大好吃，那也算了。只是有一回，搬到西片町不久，大概是初秋天气，忽然大家兴致好起来，从近地叫作一白舍的一家西洋料理店要了几样西餐来吃，那时喝了些啤酒。后来许寿裳给他的杭州朋友金九如饯行，又有一次聚会，用的是中国菜，客人恭维说，现在嘴巴先回到中国了。陪客邵明之引用典故，说这是最后之晚餐了，大为主人所非笑，但那时没有什么酒，不知是什么缘故。鲁迅不常在外边吃饭，只是有时拉许寿裳一二人到神乐坂去吃“支那料理”，那是日本人所开的，店名记不得了，菜并不好，远不及维新号，就只是雅座好，尤其没有“富士山”，算是一件可取的地方。在我看来，实在还是维新号好得多，他的嘈杂也只是同东安市场的五芳斋相仿，味道好总是实惠，吃完擦嘴走出就完了。鲁迅在北京也上青云阁喝茶吃点心，可见他的态度随后也有改变了。

吃茶（二）

◇ 1951.6.1

鲁迅的抽纸烟是有名的，又说他爱吃糖，这在东京时却并不显著，但是他的吃茶可以一说。在老家里有一种习惯，草囤里加棉花套，中间一把大锡壶，满装开水，另外一只茶缸，泡上浓茶汁，随时可以倒取，掺和了喝，从早到晚没有缺乏。日本也喝清茶，但与西洋相仿，大抵在吃饭时用，或者有客到来，临时泡茶，没有整天预备着的。鲁迅用的是旧方法，随时要喝茶，要用开水，所以在他的房间里与别人不同，就是在三伏天，也还要火炉，这是一个炭钵，外有方形木匣，灰中放着铁的三脚架，以便安放开水壶。茶壶照例只是所谓“急须”，与潮汕人吃工夫茶所用的相仿，泡一壶只可供给两三个人各一杯罢了，因此屡次加水，不久淡了，便须换新茶叶。这里用得着别一只陶缸，那原来是倒茶脚用的，旧茶叶也就放在这里边，普通顿底饭碗大的容器内每天总是满满的一缸，有客人来的时候，还要临时去倒掉一次才行。所用的茶叶大抵是中等的绿茶，好的玉露以上，粗的番茶，他都不用，中间的有十文目，二十目，三十目几种，平常总是买的“二十目”，两角钱有四两吧，经他这吃法也就只够一星期而已。买“二十目”的茶叶，这在那时留学生中间，大概知道的人也是很少的。

可吃的花

◇ 1951.6.26

上海的朋友看过土产展览会，“食指大动”，这是很难怪的，就是我只在报上看了记事，也不禁有此感想，特别是见那水果蔬菜馆的一批目录，蜜橘、文旦、荔枝、杨梅、莱阳梨、水蜜桃、大白菜、大葱、生姜、毛豆、竹笋、榨菜。

这些东西稍为分析，可以看出大抵是果实、茎叶和根这三部分，植物可吃的地方也就是这些，至于花一部分似乎用处很少。拿出鲍山的《野菜博录》石印本来查看，共计草部三百十六种，花可食者只有六种，木部一百十九种，花可食者十三种。可是仔细检查，有些山野植物不认识，也难得碰见，有些认识的觉得并不好吃，如腊梅花、槐花、金银花、何首乌花等，实际上有人吃的只有鲜花饼里的藤花，菊花锅里的菊花，至于松花实是花粉，所以不能算是正当的花。

奇怪的是我们常吃的金针菜即黄花菜，却没有收入，虽然有萱花说是叶可食。植物的花可供食用的，此外似乎没有第二种了，有的只是作为加味料，重要的有玫瑰花与桂花，前者用于玫瑰酱，几乎本身成为食料品，后者虽缺少那样的独立性，用处也很广大。有些花朵如珠兰、茉莉，以及代代花、白菊花之类，可以薰茶或点茶，那是别一种用法，等于荷花瓣泡白酒，因为不是吃而是喝，所以不能并算在一起了。

吃鹅肉

◇ 1951.6.30

读了公白先生的一篇《糟高头》，不禁发生怀乡之念来，因为我喜欢鹅肉，无论是糟鹅、熏鹅或是扣鹅，而这在北京是吃不到的。在乡下鹅肉不算是好东西，因为肉粗，平常新年请客或较好的忌日酒上都不使用，在饭馆里也不预备这一样菜，有的只是鸡鸭。我却就是喜欢它的粗里带有甘（并不是甜）味，所以觉得比鸡鸭还可取，但是因为上述的原因，平时也不大有，要等有什么特殊的机会。上坟时节，不晓得为什么缘故，照例要用熏鹅，蘸了酱酒醋吃非常的好，此外祠堂的祭祀，例如春分，就有扣鹅作为扣鸡的代用品，那都是一桌上一碗，可以吃得到嘴罢了。最好的是过年祝福，三牲中有一只鹅，栈养得很肥大的，祭过神之后除留下一点扣鹅的材料外，大部分都是糟了，这容得我们直吃到收灯的时候。

北京并不是没有鹅，但是被当作雁看待，我们在桌上碗里吃不着它，只看得它染得红红的，被人抬着送往新娘家去，古色古香的去“奠雁”，奠了之后，是收下又卖出呢，还是租用了退还呢，总之又出来了，准备下一次又染了送去。我也曾想到买它来吃怎么样？但是怕送礼送老了，未必有什么好吃了。我们乡下一般并不忌讳说吃鹅肉，虽然也有别号叫作港流，上一字读如戇大的戇，小时候便听见祖母这样的说，其原因当然是从忌讳来的。

菜蔬

◇ 1951.7.9

园是菜园，那里的主体自然是菜蔬了。乡下一年里所吃的菜蔬不算少，现在只是略说园里所有的。《朝华夕拾》的小引中有一节云：

> 我有一时，曾经屡次忆起儿时在故乡所吃的蔬果：菱角，罗汉豆，茭白，香瓜。凡这些都是极其鲜美可口的，都是使我思乡的蛊惑。

这里只有罗汉豆是园里所有的，可以一说，也正是值得说。有江苏的朋友在福建教中学国文的，写信来问罗汉豆是什么东西，因为国文教材中有这名字，没有什么地方查考。他如没有范寅的《越谚》，其查不到是无怪的。我们引用范君的话来解说：

“此豆扁大，只能用菜，吴呼蚕豆。”上边还有一项蚕豆，注云：“此豆细圆，吴呼寒豆。”总结一句，罗汉豆即是蚕豆，而蚕豆则是豌豆。我以本地人的资格来说话，虽然并不一定拥护罗汉豆这名称，但总觉得蚕豆是叫得很不适当的。它那豆荚总有拇指那么粗，那里像什么蚕呢！这是很平常的东西，但如种在园里，现时摘来，煮了“淡口吃”，实在是极好的，我不赞成《越谚》用菜之说，如放在菜里便不见得怎么可回忆了。

此外园里的出品，最为儿童所注意的，是黄瓜和萝卜。黄瓜买了秧来种，一株秧根下一块方土，整齐平滑，倒像是河泥种的，长出藤来的时候给用细竹搭一个帐篷似的瓜架，就只等它开花结实好了。萝卜买种子来下，每年好丑不一样，等秧长了两寸疏散一下，拔去生得太密或细小的，腌了来吃，和鸡毛菜相仿，别有风味。小孩得了大人的默许，进园里去可以挑长成得刚好的黄瓜，摘下来用青草擦去小刺，当场现吃，乡下的黄瓜色淡刺多，与北方的浓青厚皮的不同，现摘了吃味道更是特别。萝卜看它露出在地面上的部分，推测它的大小，拔起来擦干净了，用指甲剥去皮，就可生吃。这没有赛秋梨的水萝卜那么多水分，可是要鲜得多。此外南瓜茄子，扁豆辣茄，以及白菜油菜芥菜，种类不少，但那些只是做菜用的，儿童们也就不大觉得有什么兴趣了。

灶头

◇ 1951.7.12

园门里的一间是庆叔的工作场，东边一间是他睡觉的地方，隔着一个狭长的天井，前面便是灶头了。灶头间是统间，可是有三间的大，东头一座三眼灶，西头照样也有，但是现在只有基地，不曾造灶，因为那里本来是兴立两房公用，立房出了《白光》里的主人公以后，不思议的全家母子孙四人都分别漂泊在外，一直没有使用，所以便借来堆积煮饭的稻草了。各地的灶的异同，我有点说不清楚，汪辉祖在《善俗书》中劝湖南宁远县人用绍兴式的双眼灶，叙述得很详细，似乎别处用这样灶的不多，但是写起来也很麻烦，而且记得什么连环图画上画过，样式差不多少，要看的人可以查考，所以就不多讲了。

灶在屋东头靠北墙，东南角为茶炉，用风箱烧砻糠，可烧水两大壶，炉与灶下之间放置凉厨。灶的南面置大水缸，俗名七石缸，半埋地中，用以储井水，西北又是一只，则是腌菜缸，缸前安放方板桌及板凳二三。面南为窗，例当有窗门，但在太平天国战役中都已没有了，后来只有住室算是配上了，厅堂各处一直还是那样，厨房因为防猫狸闯入，装上了竹片的栅栏门，冬夏一样的不糊纸。中间窗下放着长板桌，上陈刀砧，是切肉切菜的场所，剥豌豆，理苋菜这些事，则是在方板桌上去做了。往西放着两个鸡厨，是鸡的宿舍，厨房门就在这西南角。

假如不遇见大旱天，平常饮料总是用天落水即雨水，尽管缸里钻出许多蚊子来，至多是搁一点白矾罢了。食用水则大抵是井水，须得从后园的井里去挑来，存放在大水缸里，不知怎的大家很怕掉落在水缸里的饭米粒，以为这被水泡开了花，人吃了水便要生肺痈，预防的办法是在缸中放一个贯众，说它能够把那饭米粒消化了。贯众见于本草的山草类中，不晓得是医什么病的，据现代学者研究，说各地所卖的是四五种植物的根，并不只是一种。山里人来卖的漆黑一团，本来未必是活的了，即使不曾死，以山草的根去浸在水里，它也活不长久，更不要说去吃饭米粒了。

厨房的大事件

◇ 1951.7.13

乡下饭菜很简单，反正三餐煮饭，大抵只在锅上一蒸，俗语曰熯，便可具办。这方法在《善俗书》上说的很得要领，云：

> 锅用木盖，高约二尺，上狭下广，入米于锅，以薄竹编架，横置上面，肉汤菜饮之类皆可蒸于架上，一架不足则碗上再添一架，下架蒸生物，上架温熟物，饭熟之后稍延片时，揭盖则生者熟，熟者温，饭与菜俱可吃，便莫甚焉。

只有要煮干菜肉，煎带鱼，炖豆腐，放萝卜汤的时候，才另用风炉或炭炉，这是在一个月中有不了几回的。

因为这个缘故，厨房里每天的事情很是单调，小孩们所以也不大去。但偶然也有特别的事件发生，例如做忌日杀鸡，那时总要跑去看。把一只活生生的鸡拔去脖颈下的毛，割断了喉管和动脉，沥干了血，致之于死，看了不是愉快的事，但是更难听的乃是在水缸沿上磨几下薄刀的声音，后来因此常想到曹孟德，觉得他在吕伯奢家里听了惊心动魄，也是难怪的。此外还有一年一度的事件是腌菜。将白菜切了菜头（俗语有专门名词，大概应该写作帝字加侧刀，读仍作帝），晾到相当程度，要放进大缸里去腌了，这时候照例要请庆叔，先用温水洗了脚，随即爬入七石缸内，在盐和排好的白菜上面反复的踏，每加上一排菜，便要踏好一会儿，直到几乎满了为止。这一缸菜是普通人家一年中重要的下饭，读书人掉文袋，引用《诗经》的话云，“我有旨蓄，可以御冬”，文句虽然古奥一点，这意思倒是很对的。

与厨房相关的行事有上草，大抵也与小孩相关。大灶用稻草，须得问农民去买，草小束曰一脚，十脚曰一柬（或当写作禾字旁），买时以十柬为一梱，称斤计价，大约二文一斤吧。上草一回的数量平均以五六十梱为准，要看装草的船的大小，这些草放满在厅内明堂内，一梱梱的过秤，小孩的职务便是记账，十梱一行的把斤数写下来。与上草相反的是换灰，将稻草灰卖给海边的农民，他们照例挟着一枝竹竿，在灰堆里戳几下，看有多深，或者有没有大石头垫底，清初石天基的《传家宝》里记有黄色的笑话，以此为材料，可见这风俗在扬州也是有的。

吃饭与吃面包

◇ 1951.8.12

中国人说吃饭，欧洲人说吃面包，这代表东方与西方两种不同的生活方式。根本是一样的都是谷食，米与麦实在所差无几，可是一个是整粒的煮，一个是磨了粉再来蒸烤，在制法这一点差异上就发生了吃法的不同，吃面包用刀叉，吃饭则是用筷子的。这两者的起源同是出于用手抓，西方面食的省五指为三成为铜叉，东方米食乃省而为二，便是竹木的筷子了。用叉的手势通用于拿钢笔，两只筷子操纵稍难，但运动也更自如，譬如用筷子夹一颗豌豆，在西洋人看来有点近于变小戏法了，在中国却是寻常的事，只要不是用的象牙或银筷子。与拿钢笔同一个道理，中国执笔的手势与拿筷子也是同一基础的。

我们现在如问中国这吃饭的方式要不要改，改得同一般通行的一样，便是改吃面包，早晚会见互问吃过面包没有呢？我想谁都立即回答说不！因为这是不可能，也不必要的。水田或者可能改造了来种麦，面包本来可以当饭，事实上中国有好些地方也经常面食，但一样还是说吃饭，如依照从来烹调法，根本都是用筷子的食物，可见吃饭的观念与用筷子的习惯是多么根深蒂固了。现在固然没有主张要改的人，我不过举这个例，说明人民的生活方式中很有些是不必要改，也是不可能改的。

忌日酒

◇ 1951.9

《越谚》卷中《饮食部》下有云：

> 会酒，祀神散胙。忌日酒，祭祖散胙。上坟酒，扫墓散胙。三者皆筵席而以酒名。

这种筵席都是所谓“十碗头”。《越谚》注云：

> 并无盘碟，每席皆然，唯迎娶请亲送者有小碗盘碟，近二十年来亦加丰。

这如名字所示，用十大碗，《越谚》中“六荤四素”注云：

> 此荤素两全之席，总以十碗头为一席，吉事用全荤，忏事用全素，此席用之祭扫为多，以妇女多持斋也。

做忌日时与祭者例得饮胙，便吃这十碗头的忌日酒，丰俭不一定，须看这一代祭祀的祭产多少如何，例如三台门共同的七八世祖的致公祭，忌日酒每桌定价六百文，致房的九世祖佩公祭则八百文一桌，菜的内容很有些不同。十碗头的第一碗照例是三鲜什锦，主要成分是肉丸、鱼圆、海参，都是大个大片，外加笋片蛋糕片，粉条垫底，若是八百文的酒席改用细什锦，那些东西都是小块，没有垫底，加团粉烩成羹状，一称蝴蝶参，不知道是什么意义。其次是扣肉，黄花菜芋艿丝垫底，好的改用反扣，或是粉蒸肉，也一样的用白切肉，不过精粗稍有差别罢了。鱼用煎鱼或醋溜鱼，鸡用扣鸡或白鸡，此外有烩金钩以及别的什么荤菜，却记不完全了。素菜方面有用豆腐皮做的素鸡，香菇剪成长条做羹名白素鳝，千张（百叶）内卷入笋干丝香菇等物名曰素蛏子，以及炖豆腐，味道都不在荤菜之下。夏天还有一种甜菜，系用绿豆粉加糖，煮好冻结切块，略如石花，颜色微碧，名曰梅糕，小孩最所爱吃，有时改用一碗糖醋拌藕片，夏至则一定用蒲丝饼，系以瓠子切丝瀹熟，和面粉做成圆片油炟，也是一样好吃的甜菜，虽然不及家庭自制的更是甜美。

吃忌日酒原是法定八人一桌，用的是八仙桌，四边各坐两个人，但是因为与祭的人数不齐，所以大抵也只是坐六人或七人而已。一桌照章是一壶酒，至多一斤吧，大家分喝只少不多，吃了各散，但在女桌便大为热闹了，她们难得聚会一处，喝了酒多少有醉意，谈话便愈多也愈响，又要等待同来的妈妈们吃饭，所以在大厅上男桌早已撤去之后，大堂前的女太太们总还是坐着高谈阔论哩。

分岁

◇ 1951.9

除夕在乡下称为大年夜，亦称三十日夜，大人小孩都相当重视，不过大人要应付账目，重在经济方面，还是苦的分子为多，所以感觉高兴的也只有儿童罢了。这一天的行事大抵有三部分，一是拜像，二是辞岁，三是分岁。拜像是筹备最长，从下午起就要着手，依照世代尊卑，把先人的神像挂在墙上，前面放好桌子，杯筷香炉蜡烛台，系上桌帏，这是第一段落。其次是于点上蜡烛之后，先上供菜九碗，外加年糕粽子，斟酒盛饭，末后火锅吱吱叫着端了上来，放在中间，这是最后的信号，家主就拿起香来点着，开始上香，继以行礼了。这行礼只有一次，也不奠酒，因为祖先要留在家里，供奉十八天，所以不举行奉送的仪式。神像是依世代分别供奉的，所以桌数相当的多，假如值年祭祀也都在本台门内，那么一总算起来共有五桌，在伯宜公去世后又多添了一桌了。这还是说的直系，有时候对于诚房的两代也要招呼，则仆仆亟拜，虽是小孩不大怕疲劳，却也够受的了。这之后是辞岁，又是跪拜，而且这与拜年不同，似乎只限于小辈对尊长施礼，平辈的人大抵并不实行。压岁钱大概即是对于小辈辞岁的酬劳，但并不普遍，给的只是祖母和父母，最大的数目不过是板方大钱一百文而已。

分岁所用的饭菜与拜像用的祭菜一样，仍是十碗头，其中之一是火锅，称曰暖锅。暖锅里照例是三鲜什锦，此外特别的菜有鲞冻肉，碗面上一定搁上一个白鲞头，并无可吃的地方，却尊称之曰“有想头”，只看不吃，又有一碗煎鱼也是不吃的，称作“吃过有馀”。处州的菉笋，米泔水久浸，油煎加酱醋煮，又藕切块，加白果红枣红糖煮熟，名为“藕脯”，却读若油脯，也是必要的，盖取“偶偶凑凑”之意云。最特殊的是年糕之外必配以粽子，义取“高中”，这种风俗为别府所无，说也奇怪，到了端午却并不吃粽子，这个道理我至今还不明白。

粽子都是尖角的，有极细尖的称“尖脚粽”，又有一大一小或一大二小并裹在一起的叫作“抱儿粽”，儿读作倪，大抵纯用白米，不夹杂枣栗在内。

茶水

◇ 1951.9

这里详细叙述乡下的风俗，如婚丧及岁时仪节，不是我的本意，实在也在能力之外，因为有许多事体都已忘记，或是记不清了，家中现在又以我为最年老，此外没有人再可以请教，所以即使想要这样做，也是心有馀而力不足了。我所想做的只是把生活的细微的几点，以百草园的情形为标准，再记录一点下来，这第一件就是关于饮食的。

同是在一个城里或乡里，饮食的方式往往随人家而有差异，不必说是隔县了。即如兴房旧例，一面起早煮饭，一面也在烧水泡茶，所以在吃早饭之前就随便有茶水可吃，但是往安桥头鲁家去作客，就大不方便，因为那里早晨没有茶吃，大概是要煮了饭之后再来烧水的。在家里大茶几上放着一把大锡壶，棉套之外再加草囤，保护它的温度，早晚三次倒满了，另外冲一闷碗浓茶汁，自由的配合了来吃。夏天则又用大钵头满冲了青蒿或金银花汤，等凉了用碗舀，要吃多少是多少。平常用井水煮饭做菜，饮料则用的是天落水，经常在一两只七石缸里储蓄着，尘土倒不要紧，反正用明矾治过，但蚊子的幼虫（俗名水蛆）却是不免繁殖起来，虽然上面照例有两片半圆的木板盖着。话虽如此，茶水里边也永看不见有煮熟了的水蛆，这理由想起来也很简单，大抵打开板盖，把“水竹管”（用毛竹一节削去大部分外皮，斜刺的装一个柄，高可五寸，口径二寸馀的舀水竹筒）放进水里去的时候，咕咚一下那些水蛆都已乱翻跟斗的逃开了，要想舀它也不容易。向来习惯只吃绿茶，请客时当然也用龙井之类，平时只是吃的一种本山茶，多出于平水一带，由山里人自做，直接买卖，不是去向茶店买来的。绍兴越里的茶店都是徽州人开的，所卖大概都是徽杭的出品，店伙对客人说绍兴话，但他们自己说话便全用乡谈，别人一句都听不懂了。

饭菜

◇ 1951.9

隔着一条钱塘江的杭州，每天早晨大都吃水泡饭，这事便大为绍兴的老百姓所看不起，因为他们自己是一天三顿煮饭吃的。每顿剩下来的冷饭，他们并不那么对付的吃了，却仍是放到锅（本地叫作镬）里同米一起煮，而且据说没有这个便煮不好饭，因为纯米煮成的饭是不“涨”的。因了三餐煮饭的关系，在做菜的方法上也发生了特别的情形，这便是偏重在蒸，方言叫作熯，这与用蒸笼去蒸的方法不同，只是在饭锅内搁在“饭架”上去，等到生米成为熟饭，它也一起的熟了。

普通的家常菜顶简单而又是顶重要的是干菜，腌菜，霉苋菜梗，其次是红霉豆腐与臭霉豆腐。干菜这里所说的是白菜干，外边通称为霉干菜，其实并没有什么霉，是整棵的晒干，吃时在饭上蒸过，一叶叶撕下来，就是那么咬了吃，老百姓往往托了一碗饭站着吃着，饭碗上蟠着一长条乌黑的干菜。此外有芥菜干，是切碎了再腌的，鲜时称备瓮（读作佩翁）菜，晒干了则名叫倒督菜，实在并不倒督，系装在缸甏里，因为它是怕潮湿的。腌菜也用白菜，普通都是切段蒸食，一缸可供一年的使用，生腌菜细切加麻油，是很好的粥菜，新的时候色如黄金，隔年过夏颜色发黑，叫作臭腌菜，又别有风味，但在外乡人恐怕不能领略，虽然他们也能吃得“臭豆腐”。苋菜梗据《越谚》卷中《饮食部》说，苋菜其梗如蔗，段之腌之，气臭味佳，最下饭。我的旧文章里也曾说及：

> 苋菜梗的制法，须俟其抽茎如人长，肌肉充实的时候，去叶取梗，切作寸许长短，用盐腌藏瓦坛中，候发酵即成，生熟皆可食。民间几乎家家皆制，每食必备，与干菜等为日用的副食物，苋菜梗卤中又可浸豆腐干，卤可蒸豆腐，味与柳豆腐相似，稍带苦涩，别有一种山野之趣。

这里的话并没有说错，但是遗漏了一点，便是腌苋菜梗要搁上些盐奶，所以它会得和柳豆腐相像，有点儿涩味。据《越谚》说，煎盐时卤漏篾缝，遇火成乳，研食味较鲜于盐云，这在柳豆腐中是不可缺的作料，但真的难得，或以竹箬包盐火烧制成，只是约略近似而已。

蒸煮

◇ 1951.9

饭锅上蒸了吃的菜里，最普通的是打鸭子和柳豆腐。这柳字是假借用的，也有人写作溜，但那是一种动作，读作上声，或者应当照柳字之例，于剔手旁写一个卯字，但是铅字里没有，所以不好使用。这豆腐的制法很简单，豆腐放在陶钵内（实在乃是缸钵，因为是用做缸的土质烧成的），用五六只竹筷捏在一起，用力圆转，这就叫作柳，柳得愈多愈好，随后加研细的盐奶，或者是融化的水，蒸熟即成。这里还有一层秘密，便是柳豆腐不贵新鲜，若是吃剩再蒸，经过两次蒸熯之后，它的味道就更厚实好吃，这对于寒俭的家庭是非常有利的。打鸭子即是北京的溜黄菜，有地方叫作鸡蛋糕，本地人却很听不惯，因为点心里有这一种名称，觉得容易相混。打与柳的意思相去不远，动作也相像，不同的地方在于柳的物质多少是半固体，鸡鸭蛋的内容差不多是液体，而且乡下人俭约，碗里还要掺大半的水，用筷子可以很爽利地打去，所以这就不叫做柳了。

此外的东西我们只好简要的一说。豆腐一项，可以加上切碎的干菜去蒸，又或芋艿切片别蒸，随后与蒸过的豆腐同拌加酱麻油，芋艿也可以拌千张（即百叶）或豆腐皮，不过芋艿千张都切了丝。说也奇怪，北方也有芋头，只是没有那么的粘滑，所以就不适用，想要仿做亦不可能。茄子茭白之类便整个的放在饭里，叫作熓，熟后用手撕片，浇上麻油酱油，吃起来味道特别好，与用刀切的迥不相同。荤菜也同样的蒸熯，白鲞或鳘鱼鲞切块，加上几个虾米（俗名开洋），加水一蒸，成为很好的一碗鲞汤。鲢鱼或胖头鱼的小块，用盐腌一晚，蒸了吃不比煎鱼为差。青虾用盐干烤固住，平常也就只放在碗内，用碟子盖住，防它跳出来，加酱油一蒸即好。大虾挤虾仁后与干菜少许，老笋头蒸汤，内中无甚可吃，可是汤却颇好，这种虾壳笋头汤大概在别处也是少见的。乡下常有老太太们吃素，但同一锅内蒸荤菜却并不犯忌，这不是没有注意到，大概因为这事牵涉家庭经济，没法改变，所以只好默认了吧。

午前的点心

◇ 1951.10.13

学堂里上课的时间，似乎是在沿用书房的办法，一天中间并不分做若干小时，每小时一堂，它只分上下午两大课，午前八点至十二点，午后一点半至四点，于上午十点时休息十分钟，打钟为号，也算是吃点心的时间。关于这事，汪仲贤先生从前曾经有这几句话说得极好：

> 早晨吃了两碗稀饭，到十点下课，往往肚里饿得咕噜噜的叫，叫听差到学堂门口买两个铜元山东烧饼，一个铜元麻油辣酱和醋，拿烧饼蘸着吃，吃得又香又辣，又酸又点饥，真比山珍海味还鲜。

这里我只须补充说一句，那烧饼在当时通称为侉饼，意思也原是说山东烧饼，不过用了一个别号，仿佛对于山东人有点不敬，其实南京人称侉子只是略开玩笑，山东朋友也并不介意的。这是两块约三寸见方的烧饼连在一起，中间勒上一刀，拗开就是两块，近来问南京人却已不知道这东西，也已没有侉饼的名称，但是那麻油辣酱还有，其味道厚实非北京所能及，使我至今未能忘记。那十点钟时候所吃的点心当然不止这一种，有更阔的人吃十二文一件的广东点心，一口气吃上四个也抵不过一只侉饼，我觉得殊无足取，还不如大饼油条的实惠了。汪仲贤先生所说是一九一〇年左右的事，大概那种情形继续到清末为止，一直没有变为每一小时上一堂的制度吧。

六谷糊

◇ 1951.11.28

柳絮先生说玉蜀黍一名六谷，是第六谷的意思，这话大概是很对的。中国向来重五谷，但是哪五种呢，过去国学家都没有弄清楚，现在姑且说是黍稷稻粱麦吧。这里边只有稻麦算是常食，别的三种如解作黄米小米和高粱，便已经有点看不起，虽然还是在五种之内，那第六种的更被歧视可以说是当然的了。不过这实在是不公平的，只因在封建社会里多数人民都很贫穷，吃不起米面，以杂粮当饭，连累那些谷物也地位降低了，其实它们本身原是很好的，与稻麦并无多大差别。即如玉蜀黍吧，小时候在杭州，遇见一个台州的老太太，常吃六谷糊，中间搁一点山薯，我吃得很好，就一直没有忘记。说也奇怪，老爷们平常轻看“窝窝头”，但北海里仿膳社所做的小窝窝头却又吃得很有滋味，而且酒席末了的玉米稀粥也是大家所很加赏识的，这原料叫作玉米丝儿，我想或者就是粞字吧。普通说起“杂和面”来，觉得这是很粗的粗粮了，玉米面与黄豆面如适当的掺和，蒸成窝窝头来其实也是很香的。

山楂与红果

◇ 1951.12.22

读了江幼农先生讲山楂的文章，真觉得有点馋起来了，因为我是爱吃酸甜的东西的。可是读完了的时候也不免失望，因为他遗漏了一样物事，这便是北京水果店里所必备的炒红果。我在乡下的时候，吃过山楂糕，方言只叫作楂糕，也吃冰糖胡卢，叫作糖山球，我知道这都是用红果所做的，国语则云山楂。北京的冰糖胡卢很有名，比乡下的做得好多了，有些中间嵌核桃或豆沙的，我却并不赏识，以为还是那简单用红果做的好。炒红果则只是北京有，我觉得很好，虽然假如自己家里来制造，自然还要好，至少是会得软得多。这同冰糖胡卢用的是一样的材料，煮熟剥皮去核，加糖再煮，并不曾炒，却叫作炒红果。这红果的名称也是与乡下方言相合的，北京普通称为山里红。在乡下另有一种，叫做山里果子。与红果不同，个子较小，形如算盘子，山里人用线穿成大小各串，在街上叫卖。我以前一直把这当作山楂，看药店里所用的山楂也正是这个，并不是大个的红果。这种山里果子在北京似乎没有，就只不曾去请教药店，不知道他们用的是哪一种。《本草纲目启蒙》中引各医书中名称，有山果子、映山红果、糖球儿、糖球子、棠球子各种，仿佛与山里果子、红果、糖山球各俗名都有关系的样子，又有山栗红果与山栗果两名，我颇怀疑第二字有误，如写作里字就正好了。这末了两个名字据说出于《古今医统》。

糯米食（一）

◇ 1951.12.30

近年北京市上有糍粑可买，就使我很是高兴，因为我是喜欢糯米食的，虽然我们乡下没有糍粑，只有一种类似的东西叫作麻糍。糍粑的名称大概是通行于四川，它实在是年糕，只是用糯米做的，乡下的年糕特别是水磨年糕也包含些糯米粉，但仍以粳米为主，而且做法也很不相同。年糕是米磨了粉，蒸后再舂而成，糍粑乃是用米煮饭来舂，可以说是用糯米饭捣烂做成的。糍粑是整块的，吃法任便，麻糍的原料相同，却做成一个个烧饼似的，中间加上一点馅，豆沙或是芝麻糖，这在我因为小时候的记忆觉得比较的更是好吃。中国点心里可惜不大利用糯米，只有在酒席上才用八宝饭，又有一个时期市上售卖甜酒酿，至于茶食铺里我就不大想得起什么东西来，除了只是在故乡才有的松子糕及其变相的橘红糕而已。要吃糯米食，唯一的办法是吃粽了，别处都在端午吃，乡下很特别地是在旧历过年的时候，家里自己制造，不要说加入栗子红枣的别有一种香味，就是普通的白米粽也非常好，不是市上的所能及。广东和苏州式的豆沙火腿各样粽子当然也好，但小孩时所不知道的便似乎不是正宗，而且也不会觉得怎么的好了。用糯米煮饭搁白糖，我可以吃一大碗，比一顿饭的分量还多，旧友中间只有一个人可以算得我的同调，因此我这记念糯米的小文，现在要找赞成人恐怕也就不可多得了吧。

中国菜的分食

◇ 1952.1.3

中国的合食制不大与卫生相宜，分食制又颇不经济，这正是各有短长。但所谓不经济并不只是在要多置器具、多费洗濯这些上面，分食的结果是菜有浪费，不是嫌少而是怕多馀，试看吃客饭的与吃西餐不同，它总不免有什么馀剩，虽然同时在吃的人可能也有不足之感。为什么呢？我想还是由于中西餐性质上的不同，是无可如何的。西餐的面包类是主要食物，其他是副食物，如鸡鱼肉也都可以单独的吃，可以果腹的。中国则主食是饭，包括细粮粗粮，其他是菜，虽然酒席上的菜大抵空口吃，在平常乃是“下饭”的，我们乡下便称作下饭，喝酒时吃的叫作过酒胚。因为这个缘故，菜须得同饭配搭了吃，一人分给两小碟菜一碗汤，结果汤可以勉强喝干，菜不免多少有剩，因为这不像西餐的可以空口吃的。其中一碟或者吃了还不够，却也不好要加添了。

中国菜的这性质不变，分食总有困难，比较可行的变通办法乃是双筷或公筷制，这只要使用的人渐渐习惯了，就可以通行，其中双筷似乎又比公筷好些。这在公共地方，正是必要的，别的不说，至少防止有些病的传染，有很大的好处。至于家庭里似乎还无此必要，虽然用汤瓢舀汤直接送往嘴里之后，再来舀一瓢这种习惯，当然不必保留了。北京卖豆汁的担上有一大盘水疙瘩（盐水腌芜菁）的丝，本来买主可以自由取用，后来因为有的太多吃，所以改为分给一小碟子，这分食制是例外的、很有趣的另一件事。

茶饭

◇ 1952.1.25

补树书屋的南头房间西南角是床铺，东南角窗下一顶有抽屉的长方桌，迤北放着一只麻布套的皮箱，北边靠板壁是书架，并不放书，上隔安放茶叶火柴杂物以及铜元，下隔堆着新旧报纸。书架前面有一把藤的躺椅，书桌前是藤椅，床前靠壁排着两个方凳，中间夹着狭长的茶几，这些便是招待客人的用具，主客超过四人时可以利用床沿。盛夏天热时偶然把椅子搬放檐下，晚间槐蚕不吊下来了，可以凉爽些，但那是不常有的。钱玄同来时便靠在躺椅上，接连谈上五六小时，十之八九是客人说话，但听的人也颇要用心，在旧日记上往往看到睡后失眠的记事。

平常吃茶一直不用茶壶，只在一只上大下小的茶杯内放一点茶叶，泡上开水，也没有盖，请客吃的也只是这一种。饭托会馆长班代办，菜就叫长班的大儿子（算是听差）随意去做，当然不会得好吃，客来的时候到外边去叫了来。在胡同口外有一家有名的饭馆，还是李越缦等人请教过的，有些拿手好菜，如潘鱼、砂锅豆腐等，我们当然不叫，要的大抵是炸丸子，酸辣汤，拿进来时如不说明便不知道是广和居所送来的，因为那盘碗实在坏得可以，价钱也便宜，只是几吊钱吧。可是主客都不在乎，反正下饭总是行了，擦过了脸，又接连谈他们的天，直到半夜，佣工在煤球炉上预备足了开水，便径自睡觉去了。

鲞冻肉

◇ 1952.2.5

今年冬天北京天气不大冷，平常在一月中间总有两天要冷到零下十五六度，但今年最低只是十度而已。尤其特别的是门窗玻璃上不冻冰，不像每年那么一到早晨，便都变成了花玻璃，有时还冻成山水花草模样，等到火炉烧暖了，窗台上又流满了水，现在是拉开窗帘，干净清澈如平时一样。我想原来天气或者是如此的，每年有寒流过来，便那么大冷，今年不听说来，所以显得和暖。别处大概也都是这样，乡友从上海来信，说旧年想做“鲞冻肉”吃，就恐怕不冻，虽然不曾说明度数，可见是情形差不多了。

说到鲞冻肉，我们家里倒也想做，做了放在院子里的空水缸内，也不会不冻，可是今年不曾做得。鲞冻肉是乡下过年必备之品，《越谚》里说："为过年下饭，通贫富有之，男女雇工贺年，必曰吃鲞冻肉饭去。"做法很是简单，只是白鲞切块，与猪肉同煮，重要的是冻了吃而不是吃现煮的。有钱人家加入鸡肉，名曰鸡鲞冻，其实可以不必，但如在上海用去皮猪肉来做，怕冻不好，那么加些翅皮进去是最好的方法，这只是鲨鱼的皮，大概不见得贵吧。

我们的鲞冻肉没有做成，原因是有肉无鲞，不知怎的在西城平常买南货的店铺里都找不到一片。白鲞虽是比勒鲞、王瓜头鲞要好一点，原是用黄鱼所晒，算不得什么奢侈[1]物品，在推行物产交流的时候，正该多发出来，如今却是找它不着，是很可惜的事。（江瑶柱我们不需要，市上还是有的。）

【锺校】

①"奢侈"原作"侈奢"。

腌菜

◇ 1952.2.8

在上海的乡友牛君旧年底写信来，内有一节云：

> 新腌腌菜卤水淘饭，四岁小儿亦欢喜之，可见其鲜，如能加几只开洋，一定更好，可惜开洋贵得很，瑶柱要十六万一斤，越加买不起了。

我们家里在冬季也腌了些菜，预备等到夏天吃"臭腌菜"，名臭而实香，生熟都好吃，可是经牛君一提，便忍不住先蒸了一碗，而且搁上些"开洋"。北京的白菜本来是好的，所以显得比乡下的似乎更好。开洋大概指的是小的虾米，我们用的较大，在开洋与金钩之间，价目也较便宜，只要二千五百元一两，才比瑶柱四分之一罢了。

说到腌菜，觉得实在是很好的小菜，其用处之大在世间所谓霉干菜之上。它的缺点就是只适宜于吃米饭，面食便不很相宜。筵菜中还可以有干菜鸭，腌菜也仍然没有用场，可见这是纯民间的产物，是一点没有富贵气味的。若讲吃汤[①]的话，牛兄的小儿已为证明菜汤之鲜，再吃得考究一点，金黄的生腌菜细切拌麻油，或加姜丝，大段放汤，加上几片笋与金钩，这样便可以很爽口的吃下一顿饭了。只要厨房里有地方搁得下容积二十加仑的一只水缸，即可腌制，古人说是御冬，其实它的最大用处还是在于过夏，上边所说的也正是夏天晚饭的供应。我对于干菜有点不大恭维，但是酷热天气，用简单的干菜汤淘饭也是极好，决不亚于虾壳笋头汤的。

【锺校】

①“汤”原作“场”。

酒店馀谈

◇ 1952.2.26

鲁迅这篇小说是写孔乙己的，但同时也写了咸亨酒店。那里虽然说的很简略，却把那时代的小酒店的空气写得一个大概，其次是店头的情形，似乎在别的文章上也还没有人这样写过。那所写的是以一般酒店为主，本来又是小说，不必求详实，现在却就咸亨的实际情状来说明一点。门口是照例的曲尺形的柜台，临街的一面在靠墙部分，陈列种种下酒的资料，不过那地方不很安全，二流子或泼皮破脚骨之流路过时大可顺手牵羊的抓些去，等到伙计从柜台后边绕出去追赶，再也来不及了，所以在那角落也照例装着一尺多高的绿油栅栏。那些食品顶普通的是茴香豆和鸡肫豆、花生豆腐干，或者也有皮蛋，但咸亨并不能全备，就只有两三样罢了。

大酒店里也有些荤菜，如鱼干之类，又或可以供应醉虾等酒菜，那只在大雅堂这种店里才有，城里差不多只此一家，乃是绅商所专用的酒馆，性质有点不同了。大雅堂的冰雪烧很有名，咸亨这些店里便没有，所有的主要是老酒，此外有烧酒、玫瑰酒与五茄皮，北京的茵陈酒色彩很好，在乡下却是不见，大概归到药酒里去了吧。绍兴说吃酒几乎全是黄酒，吃的人起码两浅碗，即是一提，若是上酒店去只吃一碗，那便不大够资格，实际上大众也都有相当的酒量，平常少吃还是为了经济关系，大抵至少吃下两碗是不成问题的。

酒楼

◇ 1952.4

《在酒楼上》是写吕纬甫这人的，这个人的性格似乎有点像范爱农，但实在是并没有模型的，因为本文里所说的吕纬甫的两件事都是著者自己的，虽然诗与真实的成分也不一样。那酒楼所在的地方本文说明是S城，这不但是“绍兴”二字威妥玛式拼音的头字，根据著者常用的S会馆的例子，这意思是很明了的。以前小说里写鲁镇都算是乡村的小镇，所以这里说这城离故乡不过三十里，坐了小船，小半天可到，固然是小说化，也约略是以安桥头为标准的吧。“一石居”的名称大概是采用北方式的，这是酒楼，在小楼上有五张小板桌，不是普通乡下酒店的样子，并不以“咸亨”为模型，其所云“一斤绍酒”，是用北方说法，本来这只叫作“老酒”，数量也是计吊、计壶，不论斤两的。其次说菜，实在只是下酒物，方言叫作“过酒胚”。“十个油豆腐，辣酱要多”，却是道地的乡下食品，即使不是别处没有，也总是很特别的东西。平常油豆腐是立方体，只有七八分见方吧，这乃是长条的，长可二寸，宽一寸，用白水在砂锅内煮，适当的加盐，装在碟子上临时加辣酱，看去制法很是简单，但家里仿制总不能做得那么的好。有人说那汤是用肉骨头汤煮的，其实也并不然，汤未必有肉味，而且价值一文钱一个，也不够那么去下本钱。后面遇着了吕纬甫，添加了两斤酒，又复点菜，指定了四样，那是茴香豆、冻肉、油豆腐、青鱼干。这里茴香豆已见《孔乙己》篇中，是一般酒店所常备之物，其他荤菜则须较大的店里才有。冻肉方言叫作“扎肉”。用肥瘦适宜的猪肉切成长方块，以竹箬丝横缚，加酱油、桂皮等作料煮熟，盛入钵内，候冻结后倾出大盘上，晶莹如琥珀，唯冬天才有，一块售钱十六文。青鱼干是上等的鱼干，用螺蛳青所做，晒好后切块蒸熟即可吃，或装入瓷瓶内，洒以烧酒，则更是松软，但酒楼上所有大抵只是常品而已。但是荤菜在酒店里也只是过酒胚，与现炒的菜不同，所以不算是点菜，本文里这么说，原是依照世俗的说法，并不一定要写实的。

关于花生

◇ 1956.7.22

《旅行家》五月号上的《花生》一篇文章，读了很有兴趣，只可惜说的不得要领，不能明白究竟花生是什么时候来到中国的。看原文结论，似乎是在明代中叶，清初和清代末叶，可能都是事实。由我来妄加推测，似应改为明季和清末这两个时期，至于清初之说乃是很靠不住的。

现在中国的花生，诚如原文所说，不只是一个品种。普通分法可以说至少有两种，其一颗粒较小的，有地方称为本地花生或小花生，其二颗粒肥大，称洋花生或大花生。明季传入中国的是小花生一种，至于大花生，据说原出南美秘鲁，传入时期当在光绪初年，因为洋花生这东西在那时候这才看见的。（个人经验，吃到洋花生是在一八九〇年顷。）

说康熙初年一个名叫应元的和尚从日本带回花生，唯一的证据是《福清县志》，经赵学敏引用在《本草纲目拾遗》卷七中，但他同时又引万历《仙居县志》，已说有落花生了。应元在日本通称隐元，本名林隆琦，是黄檗宗的高僧，于一六五四年到日本，建立黄檗山万福寺，于一六七三年圆寂，赐号大光普照国师，年八十二。由此可知隐元和尚不可能带花生回中国来，倒是相反的在他往日本去的时候却带去了礼物，至今日本老百姓和家庭妇女的口里长是说着，这便是所谓隐元豆，即北京的云豆，有红白各色，还有一件好玩的事，福建人说花生从扶桑带来，日本人却相反地称它作“南京豆”，也是妇孺都知道的。一七一二年寺岛安良编刊《和汉三才图会》，卷九十六中说落花生近年来于长崎（原本汉文如此），按是年即清康熙五十一年，如果隐元于康熙初把花生带来中国，至康熙末又回到长崎去，这在事实上大概是不会有的吧。

罗尔纲先生引用徐渭的诗，证明花生在徐渭的那时代即一五九三年以前已经有了，我觉得最是确实可靠。看他的词句也显得是刚才出现的一种新果品，在不曾找到有更古的记录以前，我觉得就应该承认罗君的判断，至于别的说法尽管有名有姓，却不可信。《广群芳谱》乃是钦定官书，由翰林老爷们编辑旧文，如旧书上的记载不曾看到，也就不加采辑，并不是怎么努力去搜辑，因此便以为那时没有花生，也是不妥当的了。

南北的点心（二）

◇ 1956.7.27

中国地大物博，风俗与土产随地各有不同，因为一直缺少人纪录，有许多值得也是应该知道的事物，我们至今不能知道清楚，特别是关于衣食住的事项。我这里只就点心这个题目，依据浅陋所知，来说几句话，希望抛砖引玉，有旅行既广、游历又多的同志们，从各方面来报道出来，对于爱乡爱国的教育，或者也不无小补吧。

我是浙江东部人，可是在北京住了将近四十年，因此南腔北调，对于南北情形都知道一点，却没有深厚的了解。据我的观察来说，中国南北两路的点心，根本性质上有一个很大的区别。简单的下一句断语，北方的点心是常食的性质，南方的则是闲食。我们只看北京人家做饺子馄饨面总是十分茁实，馅决不考究；面用芝麻酱拌，最好也只是炸酱；馒头全是实心。本来是代饭用的，只要吃饱就好，所以并不求精。若是回过来走到东安市场，往五芳斋去叫了来吃，尽管是同样名称，做法便大不一样，别说蟹黄包子，鸡肉馄饨，就是一碗三鲜汤面，也是精细鲜美的。可是有一层，这决不可能吃饱当饭，一则因为价钱比较贵，二则昔时无此习惯。抗战以后上海也有阳春面，可以当饭了，但那是新时代的产物，在老辈看来，是不大可以为训的。我母亲如果在世，已有一百岁了，她生前便是绝对不承认点心可以当饭的，有时生点小毛病，不喜吃大米饭，随叫家里做点馄饨或面来充饥，即使一天里仍然吃过三回，她却总说今天胃口不开，因为吃不下饭去，因此可以证明那馄饨和面都不能算是饭。这种论断，虽然有点儿近于武断，但也可以说是有客观的佐证，因为南方的点心是闲食，做法也是趋于精细鲜美，不取茁实一路的。上文五芳斋固然是很好的例子，我还可以再举出南方做烙饼的方法来，更为具体，也有意思。我们故乡是在钱塘江的东岸，那里不常吃面食，可是有烙饼这物事。

这里要注意的，是烙不读作老字音，乃是“洛”字入声，又名为山东饼，这证明原来是模仿大饼而作的，但是烙法却大不相同了，乡间卖馄饨面和馒头都分别有专门的店铺，唯独这烙饼只有摊，而且也不是每天都有，这要等待那里有社戏，才有几个摆在戏台附近，供看戏的人买吃，价格是每个制钱三文，计油条价二文，葱酱和饼只要一文罢了。做法是先将原本两折的油条扯开，改作三折，在熬盘上烤焦，同时在预先做好的直径约二寸，厚约一分的圆饼上，满搽红酱和辣酱，撒上葱花，卷在油条外面，再烤一下，就做成了。它的特色是油条加葱酱烤过，香辣好吃，那所谓饼只是包裹油条的东西，乃是客而非主，拿来与北方原来的大饼相比，厚大如茶盘，卷上黄酱与大葱，大嚼一张，可供一饱，这里便显出很大的不同来了。

上边所说的点心偏于面食一方面，这在北方本来不算是闲食吧。此外还有一类干点心，北京称为饽饽，这才当作闲食，大概与南方并无什么差别。但是这里也有一点不同，据我的考察，北方的点心历史古，南方的历史新，古者可能还有唐宋遗制，新的只是明朝中叶吧。点心铺招牌上有常用的两句话，我想借来用在这里，似乎也还适当，北方可以称为“官礼茶食”，南方则是“嘉湖细点”。

我们这里且来作一点繁琐的考证，可以多少明白这时代的先后。查清顾张思的《土风录》卷六，“点心”条下云：“小食曰点心，见《吴曾漫录》。唐郑傪为江淮留后，家人备夫人晨馔，夫人谓其弟曰：‘治妆未毕，我未及餐，尔且可点心。’俄而女仆请备夫人点心，傪诟曰：‘适已点心，今何得又请！’”由此可知点心古时即是晨馔。同书又引周辉《北辕录》云：“洗漱冠栉毕，点心已至。”后文说明点心中馒头馄饨包子等，可知说的是水点心，在唐朝已有此名了。茶食一名，据《土风录》云：“干点心曰茶食，见宇文懋昭《金志》：‘婿先期拜门，以酒馔往，酒三行，进大软脂小软脂，如中国寒具，又进蜜糕，人各一盘，曰茶食。’”《北辕录》云：“金国宴南使，未行酒，先设茶筵。进茶一盏，谓之茶食。”茶食是喝茶时所吃的，与小食不同，大软脂，大抵有如蜜麻花，蜜糕则明系蜜饯之类了。从文献上看来，点心与茶食两者原有区别，性质也就不同，但是后来早已混同了。本文中也就混用，那招牌上的话也只是利用现代文句，茶食与细点作同意语看，用不着再分析了。

我初到北京来的时候，随便在饽饽铺买点东西吃，觉得不大满意，曾经埋怨过这个古都市，积聚了千年以上的文化历史，怎么没有做出些好吃的点心来。老实说，北京的大八件小八件，尽管名称不同，吃起来不免单调，正和五芳斋的前例一样，东安市场内的稻香村所做的南式茶食，并不齐备，但比起来也显得花样要多些了。过去时代，皇帝向在京里，他的享受当然是很豪华的，却也并不曾创造出什么来，北海公园内旧有“仿膳”，是前清御膳房的做法，所做小点心，看来也是平常，只是做得小巧一点而已。南方茶食中有些东西，是小时候熟悉的，在北京都没有，也就感觉不满足，例如糖类的酥糖、麻片糖、寸金糖，片类的云片糕、椒桃片、松仁片，软糕类的松子糕、枣子糕、蜜仁糕、橘红糕等。此外有缠类，如松仁缠、核桃缠，乃是在干果上包糖，算是上品茶食，其实倒并不怎么好吃。南北点心粗细不同，我早已注意到了，但这是怎么一个系统，为什么有这差异？那我也没有法子去查考，因为孤陋寡闻，而且关于点心的文献，实在也不知道有什么书籍。但是事有凑巧，不记得是哪一年，或者什么原因了，总之见到几件北京的旧式点心，平常不大碰见，样式有点别致的，这使我忽然大悟，心想这岂不是在故乡见惯的“官礼茶食”么？故乡旧式结婚后，照例要给亲戚本家分“喜果”，一种是干果，计核桃、枣子、松子、榛子，讲究的加荔枝、桂圆。又一种是干点心，记不清它的名字。查范寅《越谚》饮食门下，记有金枣和珑缠豆两种，此外我还记得有佛手酥、菊花酥和蛋黄酥等三种。这种东西，平时不通销，店铺里也不常备，要结婚人家订购才有，样子虽然不差，但材料不大考究，即使是可以吃得的佛手酥，也总不及红绫饼或梁湖月饼，所以喜果送来，只供小孩们胡乱吃一阵，大人是不去染指的。可是这类喜果却大抵与北京的一样，而且结婚时节非得使用不可。云片糕等虽是比较要好，却是决不使用的。这是什么理由？这一类点心是中国旧有的，历代相承，使用于结婚仪式。一方面时势转变，点心上发生了新品种，然而一切仪式都是守旧的，不轻易容许改变，因此即使是送人的喜果，也有一定的规矩，要定做现今市上不通行了的物品来使用。同是一类茶食，在甲地尚在通行，在乙地已出了新的品种，只留着用于“官礼”，这便是南北点心情形不同的缘因了。

上文只说得“官礼茶食”，是旧式的点心，至今流传于北方。至于南方点心的来源，那还得另行说明。“嘉湖细点”这四个字，本是招牌和仿单上的口头禅，现在正好借用过来，说明细点的起源。因为据我的了解，那时期当为前明中叶，而地点则是东吴西浙，嘉兴湖州正是代表地方。我没有文书上的资料，来证明那时吴中饮食丰盛奢华的情形，但以近代苏州饮食风靡南方的事情来作比，这里有点类似。明朝自永乐以来，政府虽是设在北京，但文化中心一直还是在江南一带。那里官绅富豪生活奢侈，茶食一类也就发达起来。就是水点心，在北方作为常食的，也改作得特别精美，成为以赏味为目的的闲食了。这南北两样的区别，在点心上存在得很久，这里固然有风俗习惯的关系，一时不易改变；但在“百花齐放”的今日，这至少该得有一种进展了吧。其实这区别不在于质而只是量的问题，换一句话即是做法的一点不同而已。我们前面说过，家庭的鸡蛋炸酱面与五芳斋的三鲜汤面，固然是一例。此外则有大块粗制的窝窝头，与“仿膳”

的一碟十个的小窝窝头，也正是一样的变化。北京市上有一种爱窝窝，以江米煮饭捣烂（即是糍粑）为皮，中裹糖馅，如元宵大小。李光庭在《乡言解颐》中说明它的起源云：相传明世中官有嗜之者，因名御爱窝窝，今但曰爱而已。这里便是一个例证，在明清两朝里，窝窝头一件食品，便发生了两个变化了。本来常食闲食，都有一定习惯，不易轻轻更变，在各处都一样是闲食的干点心则无妨改良一点做法，做得比较精美，在人民生活水平日益提高的现在，这也未始不是切合实际的事情吧。国内各地方，都富有不少有特色的点心，就只因为地域所限，外边人不能知道，我希望将来不但有人多多报道，而且还同土产果品一样，陆续输到外边来，增加人民的口福。

（一九五六年七月二十七日）

绍兴的糕干

◇ 1956.12.20

今年鲁迅逝世二十周年纪念，有在北京的一家报馆当编辑的友人往绍兴去参观鲁迅的故家，回来送了我一包绍兴土产“香糕”。友人的盛意固然可感，特别是那多年久违了的故乡特产，引起我怀旧之情，几乎已经忘记了的故乡的事情不免又记忆起来了。

老实说，我对于故乡是没有多少情分的。第一是绍兴的气候不好，夏天热煞，冬天冷煞，因为那里没有防寒设备，在北京住久了的人，都感觉很困难，特别是一年三季都有蚊子，更是讨厌。绍兴的山水总还是好的，但也不见得比江浙别处好到哪里去。那末可以一谈的也就只是物产这一方面了，而其中自然以关于吃的为多。

鲁迅在《朝华夕拾》的小引中曾云："我有一时，曾经屡次忆起儿时在故乡所吃的蔬果：菱角、罗汉豆、茭白、香瓜。凡这些，都是极其鲜美可口的，都曾是使我思乡的蛊惑。"这些蔬果本来都是很好的，但是我所记得的却是糕团。我在十年前所作《儿童杂事诗》中有一首云：

嘉湖细点旧名驰，不及糕团快朵颐。

艾饺印糕排满架，难忘最是炙麻糍。

这里所谓糕团是指"湿"的一类，与"嘉湖细点"那些所谓"干点心"有别。那友人送我的一包"香糕"是属于干的，可是它与糕团有一脉相通之处，即是都用米粉所制，而不是用麦粉的。这在绍兴统称"糕干"，明说是干的糕类。据范寅的《越谚》卷二饮食门内，这一项下注云："米粉作方条，焙热成干，极松脆，为越城名物。与绍酒通市京都，故招牌书进京香糕。昔多黄色，今多白色，其粉更细而佳。"

绍兴香糕店很多，最有名的是"孟大茂"，据说创始于前清嘉庆十二年，即公元一八〇七年，已经有一百五十年的历史了。据他们印发的说明，与

《越谚》稍有不同，或者更可信凭，亦未可知。其“过程”一节原文云：

> 绍兴乡村农家，每于农历年底自舂年糕，备来年农忙时期作田间点心之用，然总觉食时有加糖蒸煮之麻烦，后渐有以粉及糖火炙烘焙者，盖利用糖受炙后粘性作用而成香糕之雏形也，简便不烦，乃为广播。香糕俗称糕干，实取义于上述情形，其后陆续改进，色、香、味遂臻上乘。加以前清举行科举，浙东一带应试赴考者，均以香糕为途中之点，香糕受当时知识阶级传播，名闻益远，踪迹及于京畿，故亦有进京香糕之称。

“进京香糕”的名称，从文义上看来，的确以“孟大茂”之说为长，因为这是举人们带了进京，供路上的食用，与酒的称“京庄”不同。又说这是从年糕改良出来的，也很可能，即使它不是纯粹属于农民的东西，至少也总是点心中最大众化的一种。过去的老百姓看望亲戚，照例要带点礼品去，最普通的乃是“糕干包”，较好的是“蛋卷包”，每斤不过几十文钱罢了。

讲到绍兴的糕干，又使我想起杨村糕干来了。

以前在北京常有小店专门卖这食品的，它的制法与绍兴大概总是一路，只是味道并不怎么好，所以不很去请教它。但是它的大众化的特色与绍兴香糕是一致的。又在杨村糕干店里多售代乳糕，或者那糕干即可用以哺儿也未可知。绍兴的香糕，特别是黄色的一种，大人嚼了哺给小儿，往往可以代乳。它以前在乡间大量销行，这大约也是一个主要原因。

谈酒（二）

◇ 1957.7.14

说到“绍兴酒”，我以绍兴人的资格，不免假充内行人，来说几句关于老酒的话。不过这里内行也很有限制，因为我既不能喝，又不会得做，所以实在也只是道听途说的话而已。

做老酒的技巧，恐怕这并不只限定于老酒一种，凡做酒都是一样，在于审定煮酒的时候，早了没有熟，迟了酒就要酸了。这决定便完全掌握在技师的手里。乡下人称这种技师为“酒头工”，做酒的人家出重资，路远迢迢的来聘人前去，专门鉴定酒熟了应该煮的时候。这酒头工的手段有高下，附带的条件是要他自己不吃老酒。做酒的地方去吃点老酒并不花费什么，这不打紧，要紧的是怕他醉了，耳朵听不清楚，误了大事，糟蹋了一缸酒倒不是玩的。据说酒头工无他巧妙，只是像一个贼似的轻轻在缸外巡行，听缸里气泡切切作声，听到了某一种声音，知道酒是成熟了，便立刻命令去煮。他的本领全在这一点，承收“包银”，享受技师的待遇。这在科学不发达的时代，只能凭个人的经验，以后恐怕有科学方法可用了。现在公私合营以来，“酒头工”成为一种技工，情形已有不同，但这听酒的方法大概还是照旧，未曾被科学的机械所取而代之吧。

关于吃酒，我也想来几句假内行话，因为我是有心吃酒，却是没有实力喝多少的一个人。但是我的话有些也有根据，我是依据能喝酒的人说的，便是酒的“品”是甜最下，苦次之，酸要算顶好，酒有点酸味还不妨其为好酒，至于甜那要算是恶酒了。

沈永和酒厂在民国初年始创善酿酒，是一种“酒做酒”，很是有名，但是缺点是“甜”，不为好酒家所欢迎。近来报上发表新品种，大抵都是用老酒底子做成甜酒，不是米酒的正宗，而是果酒和露酒了。甜酒的好处是好吃，而不能多吃，坏处则是醉了不好受。善酿酒便是这样，它的名誉一方面也就是它的不名誉。爱喝善酿酒的不是真喝酒的，所以得他们欢迎，却于推销方面不能发挥什么作用，是没有多大效力的。我有一个同乡，他善能吃酒，因为酒量极大，每回起码要喝一斤，此时感觉吃不起，结果以泸州大曲代之。他对于绍兴酒有一种感慨，说好酒不多，以后故乡的名誉差不多要依靠越剧了！对于这句话没有一分的折扣，我完全附议。

羊肝饼

◇ 1957.8.1

有一件东西，是本国出产的，被运往外国经过四五百年之久，又运了回来，却换了别一个面貌了。这在一切东西都是如此，但在吃食有偏好关系的物事，尤其显著，如有名茶点的“羊羹”，便是最好的一例。

“羊羹”这名称不见经传，一直到近时北京仿制，才出现市面上。这并不是羊肉什么做的羹，乃是一种净素的食品，系用小豆做成细馅，加糖精制而成，凝结成块，切作长物，所以实事求是，理应叫作“豆沙糖”才是正办。但是这在日本（因为这原是日本仿制的食品）一直是这样写，他们也觉得费解，加以说明，最近理的一种说法是，这种豆沙糖在中国本来叫作羊肝饼，因为饼的颜色相像，传到日本，不知因何传讹，称为羊羹了。虽然在中国查不出羊肝饼的故典，未免缺恨，不过唐朝时代的点心有哪几种，至今也实难以查清，所以最好承认，算是合理的说明了。

传授中国学问技术去日本的人，是日本的留学僧人，他们于学术之外，还把些吃食东西传过去。羊肝饼便是这些和尚带回去的食品，在公历十五六世纪“茶道”发达时代，便开始作为茶点而流行起来。在日本文化上有一种特色，便是“简单”，在一样东西上精益求精的干下来，在吃食上也有此风，于是便有一家专做羊肝饼（羊羹）的店，正如做昆布（海带）的也有专门店一样。结果是“羊羹”大大的有名，有纯粹豆沙的，这是正宗，也有加栗子的，或用柿子做的，那是旁门，不足重了。现在说起日本茶食，总第一要提出“羊羹”，不知它的祖宗是在中国，不过一时无可查考罢了。

近时在中国市场上，又查着羊肝饼的子孙，仍旧叫作“羊羹”，可是已经面目全非，——因为它已加入西洋点心的队伍里去了。它脱去了“简单”的特别衣服，换上了时髦装束，做成“奶油”、“香草”，各种果品的种类。我希望它至少还保留一种，有小豆的清香的纯豆沙的羊羹，熬得久一点，可以经久不变，却不可复得了。倒是做冰棍（上海叫棒冰）的，在各式花样之中，有一种小豆的，用豆沙做成，很有点羊肝饼的意思，觉得是颇可吃得，何不利用它去制成一种可口的吃食呢。

糯米食（二）

◇ 1957.8.19

在《文汇报》上看到这一节记事：

> 视察过鲁迅先生故乡绍兴的作家艾芜说，由于制酒等原因，绍兴从来就是缺粮的地方，平均每年总有三四个月的粮食要由外地支援。但是，现在绍兴已变为馀粮县。

这关于故乡的好消息，是值得欢迎的。但是这里有一点误解，说缺粮的一部分原因是因为做酒，是不正确的，须有说明之必要，因为绍兴酒是用糯米做的。

我们小时候所常唱的歌谣里，有两句是绍兴人拿来讥笑醉人的话，说的很得要领，其词曰：

> 老酒糯米做，吃得变 nyonyo。

这末了的字我用了罗马字，因为实在写不出，写了也没有铅字。这字从双口，底下一个典韦的典字，收在《康熙字典》的补遗里，注云“呼豕声”。这倒有点对的，但云尼迈切，与绍兴音读作尼荷切者迥不相同。绍兴话猪罗称为“nyo 猪”，nyonyo 者亲爱之称也。意思酒醉的人沉醉打呼，与猪无甚区别。由此看来，老酒之用糯米所做，已无问题，从个人幼年经验说来，还曾分得做酒用的糯米团饭吃过，不过老实说来并不高明，因为糯米不甚精白，没有粽子那么好吃。至于本为做酒的团饭，为什么拿来闲吃的呢，那在当时没有问明，所以不知道了。

这里我还知道一件事实，原来那些做酒的糯米，分量着实不少，也并不是绍兴本地的出产，全是外地来的。这件事我从一个过去多年在江南这一带做地方官的朋友听来，他即使别的话靠不住，在这一点上是不会说诳的。据说做老酒的那种原料，悉由江苏溧阳运去，抗战后供应中断，影响出产。古语有云：“鲁酒薄而邯郸围。”现在岂不是这话的反证么？

不过老实说来，这糯米做的老酒并不怎么引起我的乡思来，令人怀念的却是普通有的糯米食。北方点心主要是面食，南方则是米食，特别是糯米。粽子不必说了，汤团也罢，麻糍也罢，用的都是糯米粉，还有糕团铺大宗物品，也是如此。这项消耗大约也并不少，仅次于做酒吧，它的供应恐怕也依靠邻省，因为绍兴我不听说什么地方出产，走过的地方也不曾看见种有糯米，说来惭愧，实在糯米只是在米店见到过，还不见过整株的糯稻呢！满口吃着粽子，却还不知做粽子的米是怎样的，这实在是城里人的一种耻辱。

茶汤

◇ 1957.10.6

我们看古人的作品，对于他的思想感情，大抵都可了解，因为虽然有年代间隔，那些知识分子的意见总还可想象得到，唯独讲到他们的生活，我们便大部分不知道，无从想象了。我们看宋朝人的亲笔书简，仿佛觉得相隔不及百年，但事实上有近千年的历史，这其间生活情形发生变动，有些事缺了记载，便无从稽考了。最显著的事例如吃食。从前章太炎先生批评考古学家，他们考了一天星斗，我问他汉朝人吃饭是怎样的，他们能说出么？这当然是困难的事，汉朝人的吃食方法无法可考，但是宋朝，因为在历史博物馆有老百姓家里的一张板桌，一把一字椅，曾经在钜鹿出土，保存在那里，我们可以知道是用桌椅的了；又有些家用碗碟，可以推想食桌的情形。但是吃些什么呢？查书去无书可查，一般笔记因为记录日常杂事嫌它烦琐，所以记的极少，往往有些食品到底不知是怎样的，这是一个很大的缺限[1]。现在我们收小范围，只就一两件事，与现今可以发生联系的，来谈一吧。

《水浒传》里的王婆开着茶坊，但是看她不大卖泡茶，她请西门庆喝的“梅汤”和不知是什么的“和合汤”，看下文西门庆说“放甜些”，可知是甜的东西，末了点两盏“姜汤”了。后来她招待武大娘子，“浓浓地点道茶，撒上些白松子胡桃肉”，那末也不是清茶了，却是一种好喝的什么汤了。这里恰好叫我想起北京市上的所谓“茶汤”了。这乃是一种什么面粉，加糖和水调了，再加开水滚了吃，仿佛是藕粉模样，小孩们很喜欢喝。此外有“杏仁茶”和“牛骨髓茶”，也与这相像，不过那是别有名堂，不是混称茶汤了。我看见这种“茶汤”，才想到王婆撒上些白松子胡桃肉的，大约是这一类的

【锺校】

①“限”原作“恨”。

茶了。茶叶虽然起于六朝，唐人已很爱喝，但这还是一种奢侈品，不曾通行民间，我看《水浒传》没有写到吃茶或用茶招待人的，不过沿用茶这名称指那些饮料而已。

据这个例子，假如笔记上多记这些繁琐的事物，我们还可根据了与现有的风俗比较，说不定能够明白一点过去。现在的材料只有小说，顶古旧也不能过宋朝，那末对于汉朝的吃食，没有方法去知道的了。

窝窝头的历史

◇ 1957.10.16

北方杂粮以玉米为主，玉米粉称为棒子面，亦称杂和面。因为俗称玉米为棒子，故得此名。南方人不懂，故有误解。从前的小说上，说穷苦妇女流着眼泪，把棒子面一根根往嘴里送。玉米面中掺和豆面在内，故称杂和，其实这如三七比例的掺入，就特别显得香甜，所以不算是什么粗粮，不过做成窝窝头，乃有似黑面包，普通当作穷人的食粮罢了。南方如浙东台州等处，老百姓也通常吃玉米面，却称作六谷糊。光绪丁酉年距今刚刚一周甲，我住在杭州，一个姓宋的保姆是台州人，经常带来吃，里边加上白薯，小时候倒觉得是很好吃的。普通做了饼来吃，便是所谓窝窝头，乃是做成圆锥形，而空其中，有拳头那么大，因为底下是个窝，故得是名。老百姓吃这东西，大概起源很早，历史上找不着纪录，当起于有玉米的时候了。本来这些事用不着努力去找它的缘起，现在不过[①]偶尔找到一点纪录，知道有什么时代，已经有过，那也未始不是很有意思的事吧。

窝窝头起源的历史是不可考了，但我们知道至少在明朝已经有这个名称，即是去今有三百多年的历史了。李光庭著《乡言解颐》卷五，载刘宽夫《日下七事诗》，末章中说及“爱窝窝”，小注云：

> 窝窝以糯米粉为之，状如元宵粉荔，中有糖馅，蒸熟外糁白粉，上作一凹，故名窝窝。田间所食则用杂粮面为之，大或至斤许，其下一窝如臼[②]而覆之。茶馆所制甚小，曰爱窝窝，相传明世中宫有嗜之者，因名御爱窝窝，今但曰爱而已。

照这样说，爱窝窝由于御爱窝窝的缩称，那末可见窝窝头的名称在明朝那时候已经有了。这也就是

【锺校】

① 此处原衍“如”字，已删。

② “臼”原作“旧”。

说，农民用玉米面做这种食品，用这个名称，也已经很久了。

天下事无独有偶，窝窝头的故事还有下文。北海公园有一家饭馆名叫“仿膳”，是仿御膳房的做法的意思。他们的有名食品里边，便有一种“小窝窝头”，据说是从前做来“供御”的，用栗子粉和入，现在则只以黄豆玉米粉加糖而已。所以北京市面上除真正窝窝头以外，还有两种爱窝窝与小窝窝头，留下一点历史的痕迹。“窝窝头”极是微小的东西，但不料有这么一段有意思的历史，可见在有些吃食东西上如加以考究，也一定有许多事情可以发见的。

桃子

◇ 1957.10.25

植物中间说到桃树，似乎谁都喜欢。第一便记起《诗经》里的“桃之夭夭”，一直到后来滑稽化了，作为逃走的一种说法。《诗经》里原来说，“桃之夭夭，灼灼其华”，又云“其叶蓁蓁”，末了云“有蕡其实”，可见花叶都说到的，但后来似乎只着重在结的桃子了。

在果子中间，最为人所喜欢的，只有这桃子，我们只看小孩儿和猴子，在图画里都是捧着一个桃子，却不是什么苹果和梨，这就可以知道了。讲到桃子的味道，的确似在百果之上，别的不说，它有特别一种鲜味，是他种果品所没有的。水蜜桃在桃类不算顶好，因为那种甜美还是平常。记得小的时候吃过什么夏白桃，大个白里带红，它特别有一种爽口的鲜甜味，是桃子所特有的，这令我至今不能忘记。还有一种扁形的，乡下叫它做蟠桃，也有特殊的风味。说到蟠桃，不知那种传说是怎么来的，说九千年结实，吃了可以长生不老，但也可见古人对于桃子的重看了。

陶渊明作《桃花源记》，虽说实有其地，历叙年代地方，但后世人读了，仿佛有一股仙气。他写景色，“忽逢桃花林，夹岸数百步，中无杂树，芳草鲜美，落英缤纷”，特别的出力，也是讲桃花的，盖非偶然。

养鹅

◇ 1957.11.8

在鲁迅的小说《长明灯》里边，有一节描写儿童猜谜玩耍的事，那个谜面是：

白篷船，红划楫，
摇到对岸歇一歇，
点心吃一些，
戏文唱一出。

那个谜底，如儿童所熟知，那是说“鹅”。它把鹅的形状举动，都说的明明白白，乡下小孩子看见鹅在水上浮着，吭吭的叫着，在水里吃点什么东西，这印象是够明显的。在鸡鸭鹅这一群家禽里，鹅是特别可爱的，所以养鸡鸭的大抵只当作一种家畜，若是鹅便有人爱玩，仿佛是养狗马一样了。

说起养鹅的典故来，最是通俗，几乎是妇孺皆知的，那就是“王羲之爱鹅”了。山阴道士有一只鹅，王羲之想要，便写了一部《黄庭经》，去把它换了来，从此传为美谈。鹅有什么可爱呢？这个不曾说明，但是我们约略可以推测得来。差不多同时候，有一个高僧支遁，他很喜欢马，别人问他，道人系方外人，何为爱马，他答说道，贫道爱其神骏。出家人固然用不着马，但良马的那种神气，却是很可赏玩的。鹅这东西也有一种特别高傲的态度，高视阔步，仿佛目中无人，在动物中[1]是颇为少见的，所以老百姓有奇妙的解说，说它的眼睛是同牛的掉错了。鹅得到了牛的眼睛，看出来人是渺小得很了，牛是那么样的庞然大物，却那么的驯良，这便因为它得到鹅的眼睛的缘故。

鹅虽是被古人所看重，可是在食品上不算是什么好东西。在北方简直不大有人吃，平常只看见在市场上，有活的在卖，背上染了红色，是预备有喜事的人家买了去，当“大雁”去用。——所谓“奠

【锺校】

① “中”原作“上”。

雁”，用过仍旧卖了出来的。但在我们乡下，鹅却是吃的，不过不算是上等东西，比鸡鸭要差，虽然以“三牲”论，位置在鸡之上，鸭就简直算不上。上坟时节，有一味熏鹅，那是必不可少的，也不是用烧鸭等可以替代，是特殊的一种食品。鹅没有鸭子的那样肥，熏了连皮切作小块，蘸酱油来吃，很是甘美。平常也同“扣鸡”似的做“扣鹅”，不过那是在过年祝福的时候，要用鹅作三牲，才来杀一只用，别的时候也不轻易用鹅的，可见郑重其事的情形了。

笔与筷子

◇ 1958.6.19

中国筷子的起源，这同许多日用杂物的起源一样，大抵已不可考了。史称殷的纣王始造象箸，不过说他奢侈，开始用象牙做筷子，而不是开始用筷子。要说谁开始使用，那恐怕是燧人氏时代的人吧。为什么呢？因为上古“茹毛饮血”，还是吃生肉的时候，用不着文绉绉的使用什么食具。这一定知道用火了，烤熟煮熟的东西要分撕开来的时候，需要什么东西来做帮助，首先发明手指一般的叉，随后再进一步才是筷子。筷子为什么说是比叉要进步呢？叉像三个手指头拿东西，而筷则是两个，手指愈少愈不好拿，使用起来也更需要更高明的技术了。

在用青铜器的时代，似乎还不使用筷子，因为后世发现青铜器，于钟鼎之外，还没有发见铜箸这类东西。那末这是什么时候起来的呢？这问题须得让考古学家来解决，我不过提出一个意见，觉得可能与使用毛笔是同时发生的，也未可知吧。强调由于食物之不同，粒食的吃饭与粉食的吃面包，未必能说明用筷子与用叉的必要，现在的世界上有许多实例证明这个不确。若用毛笔来作说明，似乎倒有几分可能。中国毛笔始于何时，也没有确说，但秦时蒙恬造笔，总是一说吧。毛笔的使用方法，与筷子可以相通，正如外国人用刀叉的手势，与用钢笔很是相像。举实例来说，朝鲜、日本、越南各国，过去能写汉字，固然由于汉文化之熏习，一部分也由于吃饭拿筷子的习惯，使他们容易拿笔，我想这是可能的。蒙恬造了毛笔，中国字体也由篆变隶，进了一大步，与甲骨文的粗细一致，大不相同。上面我说倒了一件事，似乎大家写字，从执笔学会了拿筷，事实上是不可能如此，正因为拿两枝独立的竹枝，学得操纵笔管的方法，因此应用到笔法上去的。世界上用筷子的大约只有汉民族，正如那样执笔的也只有这一民族吧。

与孙旭升书六通①

◇ 1960.6.29—1965.7.12

一

五康先生：

廿三日手书敬悉。承赐干菜与茶叶，皆是难得的佳品，感念嘉惠，如何可言。小包已于今日收到，唯尚未尝试。故乡食法最普通的是煮干菜肉，而数月无肉（牛羊肉亦无有），无从实行，素食则以煮豆腐，但豆腐之不见亦已更久了，或者拟煮罐头肉试之，唯此不免辱没干菜耳。茶叶明日当煮井水瀹饮，敝处井水颇佳，自来水虽是卫生，而中

【编者按】

① 与孙旭升（五康）书六通，据孙氏抄件收入。

有化学气味，反似乎是一种缺点。专此表示谢意，即请

日安。

（一九六〇年）六月二十九日，作人顿首。

二

五康先生：

十日晚八时方思早睡，投递员送一布包至，启视时则一酱鸭，故乡珍味，多年未得矣，辱承嘉惠，感何可言。急忙煮食，未及致函道谢，而已将吃尽，思之可发一笑。专此即请

近安。

（一九六一年）四月十六日，作人启。

三

五康先生：

前寄一函，想已察览。承惠干菜，顷已试食，因偶有机缘，得“侨汇”肉票，购得鲜肉，煮“干菜肉”吃了，很难得的得尝乡味，甚感佳惠，至于

茶叶则每日在喝，亦令人每“饭”不忘也。阅报知浙江亦苦旱，鄙人虽去乡已有四十馀年，然颇为故乡担心。北京今年也缺雨，常年七月中必有大雨，而今则雨师之工作才只洒道而已。此请

日安。

（一九六一年）七月十四日，启明。

四

五康先生：

十四日手书诵悉。知将惠寄菱角，甚感，但未知可以邮寄否？萧山名物昔日只闻其名，不曾得见实物，虽然萧绍只有一站的水路。又承询喜吃何物，亦难具体的说明，大抵江浙的吃食所皆素嗜，在此刻亦说不得许多，只是能够得到的东西就好，但又要不很费力气与钱——却是购办得来的。这条件其实是很不容易的。闻浙江鱼虾尚可买得，但此物不能寄远，无可奈何耳。拉杂写来，不知说的是些什么，就此收住吧。久无酒卖，近日以六元三角钱买得一瓶白葡萄酒，喝了一杯，不免径醉矣。草

草不尽，即请

日安。

（一九六一年）十月十六日晚，作人启。

五

五康兄：

得五日来书，知承寄茶叶甚感，不日当可收到，北京近来买茶叶已不难，只须稍为排队即可买到，有碧萝春每两八角五，似比龙井为好，贵的需要一元九角。《绍兴儿歌集》民间文学社说可当资料印出，所以拿去了。恐怕也是有年无月，浙江人民出版社来信索看，就没有给寄去，其实即寄去也是一样，这些东西没法出版，只是白费当时一点工夫，也不足惜了。专此即请

近安。

（一九六五年）七月九日，作人启。

六

五康兄：

包件已领到，茶叶试饮都很不错，要比普通龙井为佳，因为平常泡到第二回很淡了，这却还不至于。附有南方食品，见之欣喜，虽然并不怎么想吃。北京自去年起可以买到杨梅，个子很小，却也看了喜欢。近日留了颔下胡须，照得一相，附奉一纸，请察收，仿佛有点胡志明的意味，亦可笑也。即此顺请

近安。

（一九六五年）七月十二日，作人启。

与鲍耀明书十七通①（节抄）

◇ 1960.10.16—1965.11.8

一

耀明先生：

七日手书诵悉。小包一个则于十四日已到达，内系福神渍及矶自慢，皆甚佳妙，多谢之至。唯月饼尚无消息，亦未知税关如何发落也。前寄自寿诗，因纸不佳，因再写一枚，改用日本纸，虽其拙劣如旧，唯以纸故犹茶之“热得好”耳。专此即请近安。

周作人顿首，（一九六〇年）十月十六日。

【编者按】

① 与鲍耀明书十七通，据鲍氏自编《周作人晚年书札》、影印本《周作人晚年手札一百封》收入，只节抄有关吃食的部分。

二

耀明先生：

七日寄出之福神渍，已于十五日到达，唯所寄月饼则迄无消息，似已付之浮沉，与前此数次之煎饼均已送给了税关的执事诸公矣。由是可知凡属点心类皆不能邮寄，但亦偶有寄到者，则似漏网之鱼，不以为例者也，特此奉闻。以后请勿[①]再寄点心之类，盛意至可感，但徒费亦属可惜耳。有在港友人日前寄扇面来属写字，乃亦蒙税关退回，至以何理由不准进口，则未能明白，但此尚有通知，至于月饼及前此之煎饼并通知亦未有也。专此即请
近安。

启明顿首，（一九六〇年）十月二十二日。

【锺校】

①“勿”原作“无”。

三

耀明先生：

前奉书谅达览矣。蒲鉾已经过十三日，已无望矣，乃忽然贲临，殊出意外，虽尚未开函，而得此珍品，甚感佳惠。前有乞食诗云：“买得一条油炸鬼，惜无白粥下微盐。”有此美味佐餐，惜未获得前此惠赠之奈良渍等品以佐之耳。专此即请

近安。

周作人顿首，（一九六〇年）十一月二十日。

四

耀明先生：

命题书名，勉强写讫附呈，反正丑媳妇只是这一副相貌也，祈谅之。前承寄蒲鉾收到，谢谢，今乞再赐寄一罐，以周信子名义送下，至感佳惠，蒲烧可请从缓矣。前致函海关有所请教，问何物在所禁寄，究竟点心及副食物中什么不准进口，唯尚未蒙赐复，看从前煎饼亦时予时夺，似并不规定米谷制品在所禁止耳。专此顺请

近安。

作人顿首，（一九六〇年）十一月二十八日。

五

耀明先生：

前得廿四日手书已阅十日，而蒲烧始于今日到达，但不至终于浮沉，则尚要感谢海关也。海关近有复信，云点心及副食物原则上均不允许进口，原则上三字增注了又涂去，又复增添，似很费苦心者，因此可见其偶或允许者系不依照原则，故我云应当感谢也。至于承先生惠寄该项食品，其应感谢更不必说了。匆匆即请

近安。

周作人，（一九六〇年）十二月九日。

六

耀明先生：

承赐寄之赤味噌，经过半月的寄递，已于十一日收到邮局通知，纳税一元八角，业已领收，至为

感荷。今晨早速制味噌汁尝之，北京虽有黄酱，但似系杂豆所制，且现今只有黄稀酱，做汤乃是另一路道也，今得尝到真正“オミ御漬”，实出尊赐，实属难得之至，谨此致谢。此请

近安。

作人顿首，（一九六一年）二月十三日。

七

耀明先生：

蒲烧已经收到，谢谢。又承赐寄瑞典制鱼，更深感荷。唯此外尚有请求，祈勿笑其“俗”也。香港有一种罐头猪油，虽无味而有实用，且税并不高，一罐只课税一元四角馀，敢请赐寄一罐，用信子的名义寄下可也。……

作人顿首，（一九六一年）三月二十七日。

八

耀明先生：

得卅一日手书，重蒙惠赐海苔，不胜感谢，此

次邮寄似并无曲折，已于今日收到矣。老妻卧病经年，得到故乡珍品，感何如之。……此请
近安。

周作人，（一九六一年）四月七日。

九

耀明先生：

再启：顷得廿二日手书，承允月寄猪油二次，深属“过分”，殊不克当。从下月起食油又将减少，每月五两减至三两（亦或不给），得此补充甚为丰富矣。闻糖亦将减少，乞赐寄二磅，或沙糖或角糖，以何者便于寄递者为佳耳。……即此顺询
起居。

知堂，（一九六一年七月）二十九日。

十

耀明先生：

廿九日方寄一信，报告收到各种小包情形，今日又承递到月饼一盒，虽罐已磕瘪，而内容无损，

又蒙费心用砂糖衬垫，更保证完全。身居北平，得食千里外的珍品，深感佳惠。今日得尝道地广东月饼，因知昔年所得在北京所制者，尽是田舍人仿制，略得形似而已，至近日所谓广东月饼则尤不足道矣。（北京亦有豆沙豆蓉五仁各品，价值三元二至四元一斤，须粮票六两。）匆匆即颂

近安。

作人顿首，（一九六一年）十月二日。

十一

耀明先生：

……今拟请赐寄一包虾米，见商店广告有两磅装邮包，觉得此比他种肉类为佳，因不至于一口吃完，可以长期供用也。此外则请择一个洋铁罐装的咖喱粉（Currie Powder），请费心寄下，以备偶然得到“肉”时之用，因现在如遇有侨汇到来，则亦依照寄钱之数给予肉票也。……

作人顿首，（一九六一年）十月二十八日。

十二

耀明先生：

……知又蒙寄下松茸，殊为难得之佳品，唯此地得不到好的豆腐（所谓南豆腐），不能煎汤，殆只可煮松茸饭吃，幸尚存有海淀出之佳白米数斤，当可一赏香味耳。闻港地近日物价大增，当是事实，却仍“无远虑”的“注文”，深为惶恐，尚祈鉴谅。下次望得奶粉一磅，唯美国制或有窒碍，以别国制品为佳，谨以侨汇奉还。

作人顿首，（一九六一年）十一月十七日。

十三

耀明先生：

……顷又想出“注文”，即是香蕈（椎茸），此物甚贵而量轻，故请少量即可，约四两许，以洋铁罐装盛寄下。又“蒲烧”不知现时有否？如赐寄两匣，则幸甚矣。谷山奇君处别无“注文”，“梅干”尚有，故不劳赐寄矣。唯前此奉托令弟之栗馒头，如可能乞赐一盒，倘无铁木匣装寄便不能寄。荣太楼之“甘纳豆”及诸糖类亦甚好，但恐现在已来不及奉托了。……

作人启，（一九六二年）二月二十五日。

十四

耀明先生：

……知见赐“炸扣肉”，谢谢，此系中国制品，而国内甚不易得，乃至须“逆输入”方可。近来肉品供应稍好，日前承友人见惠冬菰鸡罐头，则有鸡而无冬菰，且鸡亦无味，只有一种“罐头味”，殊不好吃，闻以前须售三元多，近已落价至一元零，其实连几角亦不值也。……

作人启，（一九六三年）三月十四日。

十五

耀明兄：

……

今日“无远虑”的想有一种“注文”，请为在港一看有无“云丹”可购（寄时用“周吉宜”名义为便），如有时祈为购取一樽赐下为幸。过去在北京有一个时候曾有此物，名海胆黄，系大连出品，唯大概因为北人不懂吃海产物，销路不很好，所以没有了。

又启，（一九六五年）七、八。

十六

耀明兄：

……盐辛为下酒的妙品，日本酒徒极为珍重，称曰酒盗，极言其能下酒也。我不能饮酒，近来因病更不喝了，但于此却很喜欢，比云丹为更佳，因云丹有甜味，似乎要差一点。得此佳肴，甚感佳惠，专此致谢，即请

近安。

作人启，（一九六五年）十月二十一日。

十七

耀明兄：

……盐辛甚佳，其カツヲ一种尤好，不免贪心

不足，欲乞为再买两瓶（イカ可以不要了），用纸板盒装寄即可矣。ウルカ太是珍贵，香港没有，不敢望也。此种副食品本为酒徒所赏，鄙人不善饮，近更因病戒酒，则用以佐餐，因东南水乡居民于海错极有缘也。即请

近安。

作人顿首，（一九六五年）十一月八日。

花牌楼（上）[1]

◇ 1961.1.5

花牌楼的房屋，是杭州那时候标准的市房的格式。临街一道墙门，里边是狭长的一个两家公用的院子，随后双扇的宅门，平常有两扇向外开的半截板门关着。里边一间算是堂屋，后面一间稍小，北头装着楼梯，这底下有一副板床，是仆人晚上来住宿的床位，右首北向有两扇板窗，对窗一顶板桌，我白天便在这里用功，到晚上就让给仆人用了。后面三分之二是厨房，其三分之一乃是一个小院子，与东邻隔篱相对。走上楼梯去，半间屋子是女仆的

【编者按】

①《花牌楼》共有上、中、下三篇，本书只收录了与吃食相关的上篇。

宿所，前边一间则是主妇的，我便寄宿在那里东边南窗。一天的饭食，是早上吃汤泡饭，这是浙西一带的习惯，因为早上起来得晚，只将隔日的剩饭开水泡了来吃，若是在绍兴则一日三餐，必须从头来煮的。寓中只煮两顿饭，菜则由仆人做了送来，供中午及晚餐之用。在家里住惯了，虽是个破落的“台门”，到底房屋是不少，况且更有“百草园”的园地，十足有地方够玩耍，如今拘在小楼里边，这生活是够单调气闷的了。然而不久也就习惯了。前楼的窗只能看见狭长的小院子，无法利用，后窗却可以望得很远，偶然有一二行人走过去。这地方有一个小土堆，本地人把它当作山看，叫做“狗儿山”，不过日夕相望，看来看去也还只是一个土堆，没有什么可看的地方。花牌楼寓居的景色，所可描写的大约不过如此。

初到杭州，第一觉得苦恼的是给臭虫咬的事。有些人被它咬了，要大块的肿痛，好几天不能消，有的甚至变成疮毒，我虽然当初也很觉得痛痒，但是幸亏体质特殊，据说这是“免疫”了，以后便什么也不知道。虽是如此，但是被白吃了血去，也不甘心，所以还是要捉。在帐子的四角，以及两扇的合缝处，只要一两天没有看，便生聚了一大堆，底下用一个脸盆盛上冷水，往下一拨，就都浮在水面，只消撩出来把它消灭好了。这实在是一件很讨厌的工作。

但是那时更觉得苦恼的，乃是饥饿。其实吃饭倒并不限制，可是那时才十二三岁，正是生长的时期，这一顿稀饭和两餐干饭的定时食，实在不够，说到点心也不是没有，定例每天下午，一回一条糕干，这也是不够的。没有别的办法，我就来偷冷饭吃，独自到灶头，从挂着的饭篮内拣大块的饭直往嘴里送，这淡饭的滋味简直无物可比，可以说是一生所吃过的东西里的最美味吧。可是这事不久就暴露出来了，主妇看出冷饭减少，心里猜想一定是我偷吃了，却不说穿，故意对女仆宋妈说道："这也是奇怪的，怎么饭篮悬挂空中，猫儿会来偷吃去了的呢？"她这俏皮的挖苦话反引起了我的反感，心想在必要的时候我就决心偷吃下去，不管你说什么。但是平心的说来，这潘姨太太人还并不是坏的，有些事情也只是她的地位所造成的，不好怪得本人。在行为上她还有些稚气，例如她本是北京人，爱好京戏，不知从哪里借来了两册戏本，记得其二是《二进宫》，心想抄存，却又不会徒手写字，所以用薄纸蒙在上面，照样的描了下来，而原本乃是石印小册，大约只有二寸多长，便依照那么的细字抄了，我也被要求帮她描了一本。我在杭州的日记中，没有说过她的坏话，而且在三月廿一日的项下还记着是她的生日，她盖是与祖父的小女儿同岁，生于同治戊辰（一八六八），是年刚三十一岁。

因饥饿而想了起来的，乃是当时所吃到的“六谷糊”的味道。这是女仆宋妈所吃的自己故乡里的食品，就是北京的玉米面，里边加上白薯块，这本是乡下穷人的吃食，但我在那时讨了来吃，乃是觉得十分香甜的，便是现在也还是爱喝。宋妈是浙东的台州人，很有点侠气，她大概因为我孤露无依，所以特意加以照顾的吧，这是我所不能不对她表示感谢的。

路上的吃食

◇ 1961.1.24

从前大凡旅行，路上的吃食概归自备，家里如有人出外，几天之前就得准备"路菜"。最重要的是所谓"汤料"，这都用好吃的东西配合而成，如香菇，虾米，玉堂菜就是京冬菜，还有一种叫做"麻雀脚"的，乃是淡竹笋嫩枝的笋干，晒干了好像鸟爪似的。它的用处是用开水冲汤，此外当然还有火腿家乡肉，这是特制的一种腌肉，酱鸡腊鸭之类，是足够丰美的。后来上海有了陆稿荐紫阳观，有肉松薰鱼，及各种小菜可买，那就可以不必那么预备了。

由杭州到上海的路上，船上供给旅客的饭食，而且菜蔬也相当的好。房舱二十个人一间，分作前后两截，上下两层床铺各占一人，饭时便五个一桌，第一天供应晚餐一顿，次日整天两顿，都在船价一元五角之内，这实在要算便宜的。沪宁道中船票也是一元五角，供应餐数大略相同，可是它只管三顿白饭，至于下饭的小菜，因为人数太多，也实在是照管不来了。这且不谈也罢，那轮船里茶房对客人的态度也比较的差，譬如送饭来的时候，将装饭的大木桶在地上一放，大声喊道："来吃吧！"这句话意思是如此，可是口调还有不同，仿佛有古文里所谓"嗟，来食"之意，而且他用宁波话说，读作"来曲"，这自然更不好听了。不过那时候谁也计较不得这些，只等到"来曲"一声招呼，便蜂拥的奔过去，用了脸盆及各种合用的器具，尽量的盛饭，随后退回原处，静静的去享用。这是杭沪以及沪宁两条路上，不同的吃饭的情形。

路过各处码头，轮船必要停泊下来，上下客货，那时有各种商人携百货兜售，这也是很有趣味的事。不过所记得的大抵以食物为多，即如杭沪道上的糕团，实在顶不能忘记的了。这种糕团乃是一种湿点心，是用糯米或粳米粉蒸成，与用麦粉所做的馒头烧卖相对，似乎是南方特有的东西，我说南方还应修正，因为我在嘉兴和苏州看见过它，在南京便没有了，北京所谓饽饽，乃全是干点心而已。大概因为儿时吃惯了“炙糕担”上的东西，所以对于糕团觉得很有情分。鲁迅也是热爱糕团，因此在嘉兴曾闹过一个小小的笑话。他看见一种糕，块儿很不小，样子似乎很好吃，便问几钱一块，卖糕的答说，“半钱”。他闻之大为惊异，心想怎么这样的便宜，便再问一遍，结果仍是“半钱”。他于是拿了四块糕，付给他两文制钱，不料卖糕的大不答应，吵了起来。仔细一问，原来是说“八钱一块”，只因方言八半二音相近，以致造成这个误会，这也是很有意思的一件事。

此外在沪宁路上，觉得特别记得的，是在镇江码头停泊的时节，大约是以“下水”便是船向着长江下游走的时候居多，总在夜晚，而且因为货多，所以停船的时间也就很长。那时便有一种行贩，曼声的说：“晚米稀饭，阿要吃晚米稀饭。”说也奇怪，我没有一回吃过它，因此终于不知道这晚米稀饭是怎么一个味道，但想像它总不会得坏，而且也就永远的记住了它。怕得稀饭里会放进“迷子”这一类东西去，所以不敢去请教的么，这未必是为此，只是偶然失掉了这机会罢了。江湖上虽然尽多风险，但是长江上还没有像《水浒》上的山东道上一样，有这样的危难。可是后来有一年，我在礼拜天同伯升到城南去，在夫子庙得月台喝茶，遇着一位巡城的“总爷”。他穿着长衫马褂，头戴遮阳的大草帽，手里拿着一支藤条，虽是个老粗，却甚是健谈，与伯升很是说得来。据他说，骗子手里的迷药确是有的，他曾经抓住过这样的一个人，还从他问得配合迷药的药方。伯升没有请教他这个方子，想来他也未必肯告诉我们，那么何必去碰这个钉子。——而且或者他这番的话本来全是他编造的，拿来骗我们的也未可知呢。

上饭厅

◇ 1961.1.27

学生每天的生活是，早晨六点钟听吹号起床，过一会儿吹号吃早饭，午饭与晚饭都是如此。说到吃饭，这在新生和低年级生是一件难事，不过早饭可以除外，因为老班学生那时大都是不来吃的。他们听着这两遍号声，还在高卧，厨房按时自会有人托着长方的木盘，把稀饭和一碟腌萝卜或酱莴苣送上门来，他们是熟悉了哪几位老爷（虽然法定的称号是少爷）是要送的，由各该听差收下，等起床后慢慢的吃。这时候饭厅里的坐位是很宽裕的，吃稀饭的人可以随便坐下来，从容的喝了一碗又一碗，但是等到午饭或是晚饭，那就没有这样的舒服了。饭厅里用的是方桌，一桌可以坐八个人，在高班的桌上却是例外，他们至多坐六人，坐位都有一定，只是同班至好或是低班里附和他们的小友，才可以参加，此外闲人不能阑入。年级低的学生，一切都没有组织，他们一听吃饭的号声，便须直奔向饭厅里去，在非头班所占据的桌上见到一个空位，赶紧坐下，这一顿饭才算安稳的到了手。在这大众奔窜之中，头班却比平常更安详的，张开两只臂膊，像是螃蟹似的，在曲折的走廊中央大摇大摆的踱方步。走在他后面的人，不敢绕越僭先，只能也跟他踱，到得饭厅里，急忙的各处乱钻，好像是晚上寻不着窠的鸡，好容易找到位置，一碗雪里蕻上面的几薄片肥肉也早已不见，只好吃餐素饭罢了。学堂里上课的时间，似乎是在沿用书房的办法，一天中间并不分作若干小时，每小时一堂课，它只分上下午两大段，午前八点至十二点，午后一点半至四点，但于上午十点时休息十分钟，打钟为号，也算是吃点心的时间。关于这事，汪仲贤先生在《十五年前的回忆》（还是一九二二年所写，所以距今已经是五十五年前了）里有几句话，说的很有意思：

早晨吃了两碗稀饭，到十点下课，往往肚里饿得咕噜噜的叫，叫听差到学堂门口买两个铜元山东烧饼，一个铜元麻油辣酱和醋，拿烧饼蘸着吃，吃得又香又辣，又酸又点饥，真比山珍海味还鲜。

这里我只须补充说一句，那种烧饼在当时通称为“侉饼”，意思也原是说山东烧饼，不过这里用了一个雅号，仿佛对于山东人有点不敬，其实南京人称侉子只是略开玩笑，并无别的意思，山东朋友也并不介意的。这是两块大约三寸见方的烧饼连在一起，中间勒上一刀，拗开来就是两块，其实看它的做法也只是寻常的烧饼罢了，但是实在特别的好吃，这未必全是由于那时候饿极了的缘故吧？但是这做侉饼的人，却有一种特别的习惯，很是要不得的，即是每逢落雨落雪，便即停工，在茅篷里打起纸牌来，因为茅篷狭小而打牌的人多，所以坐在门口的就把背脊露出在外边。这于吃惯辣酱蘸侉饼的人非常觉得不方便，去问他为什么今天不做侉饼，他就会反问道：“今天不是下雨么？”为什么下雨就做不成侉饼，这理由当初觉得不容易懂，但是查考下去，这也就明白了。下雨天没有柴火，因为卖芦柴的人不能来的缘故。后来我问南京的人，已经不知有侉饼的名称，似乎是没有这东西买了，但是那麻油辣酱还有，其味道厚实非北京的所能及，使我至今不能忘记。那十点钟时候所吃的点心当然不止这一种，有更阔气的人，吃十二文一件的广东点心，一口气吃上四个，也抵不过一只侉饼，我觉得殊无足取，还不如大饼油条的实惠了。汪仲贤先生所说是一九一〇年左右的事，大概那种情形继续到清朝末年为止，一直没有变为每一小时上一堂的制度吧。

故乡的回顾

◇ 1961.7.6

这回我终于要离开故乡了。我第一次离开家乡，是在我十三岁的时候，到杭州去居住，从丁酉正月到戊戌的秋天，共有一年半。第二次那时是十六岁，往南京进学堂去，从辛丑秋天到丙午夏天，共有五年，但那是每年回家，有时还住的很久。第三次是往日本东京，却从丙午秋天一直至辛亥年的夏天，这才回到绍兴去的。现在是第四次了，在绍兴停留了前后七个年头，终于在丁巳（一九一七）年的三月，到北京来教书，其时我正是三十三岁，这一来却不觉已经有四十几年了。总计我居乡的岁月，一裹脑儿的算起来不过二十四年，住在他乡的倒有五十年以上，所以说对于绍兴有怎么深厚的感情与了解，那似乎是不很可靠的。但是因为从小生长在那里，小时候的事情多少不容易忘记，因此比起别的地方来，总觉得很有些可以留恋之处。那么我对于绍兴是怎么样呢？有如古人所说，“维桑与梓，必恭敬止”，便是对于故乡的事物，须得尊敬。或者如《会稽郡故书杂集》序文里所说，“序述名德，著其贤能，记注陵泉，传其典实，使后人穆然有思古之情”，那也说得太高了，似乎未能做到。现在且只具体的说来看：第一是对于天时，没有什么好感可说的。绍兴天气不见得比别处不好，只是夏天气候太潮湿，所以气温一到了三十度，便觉得燠闷不堪，每到夏天，便是大人也要长上一身的痱子，而且蚊子众多，成天的绕着身子飞鸣，仿佛是在蚊子堆里过日子，不是很愉快的事。冬天又特别的冷，这其实是并不冷，只看河水不冻，许多花木如石榴柑桔桂花之类，都可以在地下种着，不必盆栽放在屋里，便可知道，但因为屋宇的构造全是为防潮湿而做的，椽子中间和窗门都留有空隙，而且就是下雪天门窗也不关闭，室内的温度与外边一样，所以手足都生冻疮。我在来北京以前，在绍兴过了六个冬天，每年要生一次，至今已过了四十五年了，可是脚后跟上的冻疮痕迹却还是存在。再说地理，那是“千岩竞秀，万壑争流”的名胜地方，但是所谓名胜多是很无聊的，这也不单是绍兴为然，本没有什么好，实在倒是整个的风景，便是这千岩万壑并作一起去看，正是名胜的所在。李越缦念念不忘越中湖塘之胜，在他的几篇赋里，总把环境说上一大篇，至今读起来还觉得很有趣味，正可以说是很能写这种情趣的。至于说到人物，古代很是长远，所以遗留下有些可以佩服的人，但是现代才只是几十年，眼前所见的就是这些人，古语有云，先知不见重于故乡，何况更是凡人呢？绍兴人在北京，很为本地人所讨厌，或者在别处也是如此，我因为是绍兴人，深知道这种情形，但是细想自己也不能免，实属没法子，唯若是叫我去恭维那样的绍兴人，则我唯有如《望越篇》里所说，“撒灰散顶”，自己诅咒而已。

对于天地与人既然都碰了壁，那么留下来的只有“物”了。鲁迅于一九二七年写《朝花夕拾》的小引里，有一节道：

> 我有一时，曾经屡次忆起儿时在故乡所吃的蔬果，菱角，罗汉豆，茭白，香瓜。凡这

些，都是极其鲜美可口的，都曾是使我思乡的蛊惑。后来，我在久别之后尝到了，也不过如此，惟独在记忆上，还有旧来的意味留存。他们也许要哄骗我一生，使我时时反顾。

这是他四十六岁所说的话，虽然已经过了三十多年的岁月，我想也可以借来应用，不过哄骗我的程度或者要差一点了。李越缦在《城西老屋赋》里有一段说吃食的道：

若夫门外之事，市声沓嚣。杂剪张与酒赵，亦织籑而吹箫。东邻鱼市，罟师所朝。鲂鲤鲢鳊，泽国之饶。鲫阔论尺，鲨铦若刀。鳗鳝虾鳖，稻蟹巨螯。届日午而溅集，响腥沫而若潮。西邻菜佣，瓜茄果匏。蹲鸱芦菔，夥颐菰茭。绿压村担，紫分野舠。葱韭蒜薤，日充我庖。值夜分之群息，乃谐价以杂嘈。

罗列名物，迤逦写来，比王梅溪的《会稽三赋》的志物的一节尤其有趣。但是引诱我去追忆过去的，还不是这些，却是更其琐屑的也更是不值钱的，那些小孩儿所吃的夜糖和炙糕。一九三八年二月我曾作《卖糖》一文写这事情，后来收在《药味集》里，自己觉得颇有意义。后来写《往昔》三十首，在四续之四云：

往昔幼小时，吾爱炙糕担。
夕阳下长街，门外闻呼唤。
竹笼架熬盘，瓦钵炽白炭。
上炙黄米糕，一钱买一片。
麻糍值四文，豆沙裹作馅。
年糕如水晶，上有桂花糁。
品物虽不多，大抵甜且暖。
儿童围作圈，探囊竞买啖。
亦有贫家儿，衔指倚门看。
所缺一文钱，无奈英雄汉。

题目便是《炙糕担》。又作《儿童杂事诗》三编，其丙编之二二是咏果饵的，诗云：

儿曹应得念文长，解道敲锣卖夜糖。
想见当年立门口，茄脯梅饼遍亲尝。

注有云：

小儿所食圆糖，名为夜糖，不知何义，徐文长诗中已有之。

详见《药味集》的那篇《卖糖》小文中。这里也很凑巧，那徐文长正是绍兴人，他的书画和诗向来是很有名的。

中华腌菜谱[1]

◇ 1963.2.10

这是日本汉文学者青木[2]正儿所著。青木著作有《中国戏曲史》，已译成中文，所以在中国也颇闻名的，前在京都帝国大学任教，现已退休，今年七十六岁了，还在著书，都是关于中国的，我所得到的有这几种，如《华国风味》《中华名物考》和《酒中趣》，都是很有趣味的著作。今译其《华[3]国风味》中的一篇，原名只是《腌菜谱》，

【锺校】

① 日本青木正儿原作。

② “青木”原作“青本”，下同。

③ 原无“华”字，今增。

为[①]得明白起见特加二字曰中华，是昭和二十二年（一九四七）所写，距今已是十[②]六年了。

槐寿译竟记。

（一）榨　菜

以我的很浅的经验来说，中华也有相当可以珍重的腌菜。我最先尝到的，是北京叫作榨菜的东西。上海称它作四川萝卜，所以这似乎是四川的名物，可也不是萝卜，乃是一种绿色的不规则形状的野菜，用盐腌的，正如其名字所说，是经过压榨，咬去很是松脆，掺着青椒末什么，有点儿辣，实在是俏皮的。

我初次知道这个珍味，是在初临江南的时候，在上海的友人家里，作为日本料理的腌菜而拿出来的。自此以后深切的感到它的美味，乃是后来在北京留住，夏天的一日里同了同乡友人到什刹海纳凉，顺便在会贤堂会饮的那时候。油腻的菜有点吃

【锺校】

① “为”原作“如”。

② 原无“十”字，今增。

饱了，便问有没有榨菜？跑堂的连答了三声“有有有”，就拿了从冷藏库里刚取出来冰冷的、切碎的碧绿鲜艳的一碟。很可以下酒，以后到来的几样菜都叫堂倌拿走了，老是叫要榨菜，要了好几回，这才痛饮而散。

（二）虾油黄瓜

我从朝鲜经由满洲[①]到北京去的路上，想起来是在山海关左近的一站。有一种什么东西装在小小的篓子或是罐里，大家都在那里买。虽然不知道是什么，想来总是北方名物吧，我也是好奇，便也买了一个。木刻印刷的标签上，看不很清楚的写着“虾油玉爪”。虾的油是什么东西呢？至于“玉爪”，更加猜不出是什么了，心想或者是一种盐煮的小虾米[②]吧。便朝着篓子看，同车的日本人也伸过头来看，说这是什么呀。答说也不知道这是什么呢！说是不知道就买了么，便大笑一通。

【锺校】

①“经由满洲”原作“满洲经由”。

②“米”原作“来”。

到了北京之后，打开盖来看时，这却很是珍奇。是一种盐渍的还不到[①]小手指头那么粗的黄瓜，满满装着，像翡翠的碧绿。要得这样一篓——说是篓却是内外都贴着纸，涂过防水的什么东西——小黄瓜，以我们日本人的常识来说，不知要从几百株的藤上去采摘，而且这样小的黄瓜除了饭馆里用作鱼生什么陪衬，才很是珍重的来加上一两个，算是了不得。于是才知道，从前认作“玉爪”的原来是“王瓜”之误，便是日本所谓黄瓜。虾油者[②]似乎就是盐腌细虾，腐烂溶解的卤汁。后来留心着看，此物[③]往往用作一种调味料，譬如我们叫作成吉思汗料理的烤羊肉，就必须用此，但是因为有一种异样的气味，所以对于日本人是不大相宜的。用了这种卤汁浸的黄瓜，味道很咸，不能多吃，但是当作下酒的菜却是极妙的。回国后过了十多年，偶然有一个在上海的友人，托人带了两瓶这东西给我，我很高兴能够再尝珍味，赶紧拿来下酒，可是比起从前

【锺校】

①“还不到”原作“没有像”。
②此处原衍“是”字，已删。
③此处原衍“常”字，已删。

在路上所买的，却没有那新鲜的风味，不觉大为失望。现今想起来，觉得那时胡乱买得一篓，真是天赐口福了。

（三）笋干冬菜

从九江走上庐山，再从山的那一面下来，住在海会寺里。当地山僧拿出来佐茶的有一种笋干，很觉得珍奇，便拿来尽吃。到了第二天出发的时候，和尚在一个旧坛里取出那笋干五六根，又取藏在同一坛内的盐腌的干菜包，上面再包上荷叶，送给我道："这样用干叶包着，存放到什么时候，都不会变味，而且这菜也可以吃。"我把这包很珍重的拿回日本，对着二三友人常骄傲地说，这是庐山寺里所制的名物，市场上没有得卖的东西，足以称作珍中之珍。这是怎么做的？因为言语不很能相通，不曾问得。好像是用嫩笋盐煮了，随后晒干，拿来细切后闲吃，有一种说不出的风味，是茶人所喜欢的一种食品。（译者按：讲究茶道的风雅人称为茶人。）

按清顾仲清《养小录》里笋油这一条里说，南方制“咸笋干”的时候，其煮笋的汁因为使用旧的，所以后来简直同酱油一样，而且比酱油还要好；山僧每常①使用，外边极少能够看见。那么这笋似乎先用盐水煮了晒干，和腌菜略有不同，但是煮汁比酱油更鲜，这笋的所以如此鲜美，正是当然的了。

上面所说包笋干的那种干叶，在南方乡下的茶店里，也有拿出来佐茶的。在北京也有这种同样的东西，称作“冬菜”。不过南方用青菜②所做，北方乃是用白菜罢了。北京把它细切，在吃一种名叫馄饨的面食的时候，用来作料，嚼起来瑟瑟作响，很好吃的。

从前我们京都北边鞍马的名物有“木芽渍”的一种食物，从古代镰仓初期的显昭的《拾遗抄注》，直到江户时代都散见菜谱③，似乎很是有名。但是不知何时却废止了，现在只能买到一种并不高明的土产品，叫作“木芽煮”了。实在是无聊得很。据雍

【锺校】

①“常”原作“当”。

②“菜”原作“叶”。

③原无“谱”字，今增。

州府的酿造部里说，这木芽渍是在春末夏初，采取通草叶、忍冬叶和木天蓼叶，细切混和了，泡盐水内随后阴干的。大概与北京的菜有相似的风味，而材料是用的野菜，想必更是富于野趣的了。

（四）泡菜酸菜酱菜

腌白菜最有滋味的，要算是北京“泡菜”。这是用白菜为主，和其他菜蔬，泡在和有烧酒的盐水里，雪白的白菜配着鲜红色的辣茄，装在盘里很有点像京都的“千枚渍”的模样，味道清雅，宜于送[①]饭，也宜于下酒，风味绝佳。

白菜做成的珍品，北京还有一种“酸菜”。这略为带有一种酸味，可是里边并不用醋，似乎是同[②]京都的“酸茎”的做法一样，盐水泡后，自然发酵成为酸味，但是这不像酸茎的用重物压着，柔软多含汁水，大概是泡在盐水里的缘故。平常吃

【锺校】

①“送”原作“餸”。

②“同”原作“用”。

"火[①]锅子"的时候每用这个，煮了也仍是生脆，比吃煮熟的白菜在味觉触觉上都感到更为复杂，很有意思。

河北省保定的酱菜也是名物，可是盐味太重，吃了觉得嘴都要歪了，还不如[②]京郊海甸村所出产的来得味道温雅。北方酱菜大概都像我们的"福神渍"似的切碎了再腌，好像是装在粗布口袋里去腌的样子。然而长江沿岸九江地方的名物酱萝卜，都是同日本一样的用整个腌，其萝卜像小芋头似的小而且圆，看了也很可爱，味道也和日本的相似。日本的酱菜大概是古时的留学僧人学来的美妙制法。实在北京也有同样的物品，不过猜想这或者是从南方运来的也未可知。

（五）酱豆腐糟蛋皮蛋

酱菜里边最是珍奇的是"酱豆腐"，便是豆腐用酱制成的了。（译者按：这种酱豆腐，所指的是

【锺校】

① "火"原作"大"。

② 此处原衍"北"字，已删。

别一种，实际乃是北京所谓臭豆腐。）外皮赤褐色，似乎是腐烂了的[1]，内中是灰白色，正像干酪（Cheese）稍为软化一点的样子，有一种异臭，吃不惯的很难闻。但是，味道实在肥美，仿佛入口即化，着舌柔软，很是快适。从各方面看来，这可以称为植物性蛋白质的干酪吧。吃粥的时候这是无上妙品，但当作下酒物也是很好的。和这个同类的东西，还有糟豆腐，就是豆腐用糟制的。这在材料的关系上带着甜味，也没有那样臭味，只有酒糟的气很是温雅，但是当下酒的菜来看，或者还是取那酱豆腐吧。

糟制食品里可以珍重的是“糟蛋”了。这是用鸭蛋糟渍，外观和煮鸭蛋没有什么两样，但是一用筷子去戳，壳是软当当的随即破了。里面粘糊糊的，像是云丹（海胆黄）似溶化了的蛋黄都流出来了。用筷子蘸了来吃，味道也有点像云丹，甚是鲜美，不觉咂舌称美。

说起糟蛋，势必连到“皮蛋”上去。皮蛋一名

【锺校】

① “的”原作“时”。

松花[1]蛋，在日本的中华饭馆也时常有，蛋白照例是茶褐色有如果冻，蛋黄则暗绿色，好像煮熟的鲍鱼的肉似的。据说，是用茶叶煮汁，与木灰及生石灰、苏打同盐混和，裹在鸭蛋的上面，外边洒上谷壳，在瓶内[2]密封经过四十日，这才做成。我想这只有曲店或是做豆豉的老板，才能想出这办法来，总之不能不说是伟大的功绩了。不晓得是谁给起了松花的名字，真是名实相称的仙家的珍味。北京的皮蛋整个黄的[3]，不是全部固体化，只是中间剩有一点黄色的柔软的地方，可以称为佳品。因此想到是把周围的暗绿色看作松树的叶，中心的黄色当作松花，所以叫它这个名字的吧。此外还有一种“咸蛋”，是煮熟的[4]盐腌鸭蛋，但是很咸，并不怎么好吃。但是将鸡鸭蛋盐腌了，还想出种种的花样来吃，觉得真是讲究吃食的国民，不能不佩服了。

【锺校】

① “松花”原作“崧化”，下同。
② “内”原作“上”。
③ 此句疑有脱误。
④ “的”原作“了”。

（六）腌青菜

在江南作春天的旅行，走到常熟的那时的事情。从旅馆出来，没有目的的随便散步，在桥上看见有卖腌青菜的，似乎腌得很好。这正如在故乡的家里，年年到了春天便上食桌来的那种青菜的“糟渍”，白色的茎变了黄色，有一种香味为每年腌菜所特有的，也同故乡的那种一样扑鼻而来。一面闻着觉着很有点怀恋，走去看时却到处都卖着同一的腌菜。这是此地的名物吧，要不然或者正是这菜的季节所以到处都卖吧，总之这似乎很有点好吃，不觉食欲大动，但是这个东西不好买了带着走吧。好吧，且将这个喝一杯吧，我便立即找了一家小饭馆走了进去。于是将两三样菜和酒点好了，又要了腌菜，随叫先把酒和腌菜拿来，过了一刻来了一碗切好了腌菜，同富士山顶的雪一样，上边撒满了白色的东西。心想未必会是盐吧，便问是糖么？答说是糖，堂倌很得意的回答。我突然拿起筷子来，将上边的腌菜和糖全都拨落地上了。堂倌把眼睛睁得溜圆的看着，可是不则一声的走开了。我觉得松了一口气，将这[①]菜下酒，一面空想着故乡的春天，悠然的独酌了好一会儿。

有一回[②]看柳泽[③]淇园的《云萍杂志》，在里面载着这样的故事：飞喜百翁在招待千利休的时候，拿出西瓜来在上边撒上砂糖，利休只吃了没有糖的地方，回去以后对门人说，百翁不懂宴飨人的事情，他给我吃的西瓜，却加了糖拿出来，不知道西瓜自有它的美味，这样做反失去了它的本意，这样说了便很想发笑。我读了想起在常熟酒店里的一幕，不禁惭愧自己的粗暴行为，但是西瓜加糖假如是蛇足，那么腌菜上加糖，岂不更是蛇足以上的捣乱么？若是喜欢吃用酒糟加糖腌了的甜甜蜜蜜的萝卜所谓浅渍者，东京人或者是难说，但是在喜欢京都的酸茎和柴渍的我，却是忍耐不住的觉得不愉快了，况且这又是当作下酒的东西的时候乎。

【锺校】

①“这”原作“道”。

②“回”原作“个”。

③此处原衍“时候”二字，已删。

（七）白　梅

可是我近年来在梅干上加糖来吃，也觉得有滋味了。（译者按：这一节似乎是出了题，因为中国腌菜里没有梅子这东西，但是著者因为腌青菜加糖这事顺便说及，故今亦仍之。所谓梅干是指日本的盐渍酸梅，乃是一种最普通的也是最平民的日常小菜，平常细民的饭盒除饭外只是一个梅干而已。）这个因缘是因为我的长男住在和歌山县的南部①，乃是梅子的产地，时常把地方的名物“封梅”（去了核的梅子），用紫苏叶卷了，再用甜卤泡浸，带来给我，偶尔佐茶，那时起了头。随后②因了砂糖缺乏，封梅不再制造了，但是那种甘酸的味道觉得不能忘记，只在平常的梅干上加点白糖，姑且代用。这种味道的梅干，从前我在苏州也曾吃过。在拙政园游览，因为无聊去窥探一下叫卖食物的人的担子，夹杂在牛奶糖小匣中间，有一种广东制品记

【锺校】

① 此处原衍“北方”二字，已删。

② “后”原作“小”。

着叫[1]什么梅的，便去买[2]了，打开来看时，里边是茶褐色的干瘪的小小梅子，吃起来酸甜多少带有盐味，很是无聊的东西。那里的梅干有好吃的，就是在日本的中华饭馆里也时常拿出来的东西，即是“糖青梅”，颜色味道都好，那的确是好吃。

日本人的对于梅干与泽庵渍（译者按：一种盐腌的长萝卜，福建有所谓黄土萝卜，用黄土和盐所腌，盖是一样的东西，泽庵是古时和尚留学中国，所以是他从中国学去的）的嗜好实在根深蒂固，从前所说给海外居留的本国人送去木桶，有相当数量，我到北京以后，和在住的同乡一同吃饭，就特别供给泽庵渍，像是接待新来客人似的。我在中国的时间偶然感冒躺了两天，喝着粥的时候也怀恋起梅干来，叫听差到东单楼的日本店里去买。下粥的菜酱豆腐和酱菜也是很好，梅干的味道却又是特别的。在中国似乎没有像我国那样的有紫苏的梅干，有一种不加紫苏用盐渍的叫作“白梅”，从古以来就制造着，也使用于菜料，这个制法也传到我国。

【锺校】

① 原无“叫”字，今增。
② “去买”原作“诚实”。

紫苏是制造梅酱时这才加入，从古昔到现在都是如此，清初康熙年间的《养小录》卷上，《柳南随笔》续编卷三和近时世界书局的《食谱大全》第九编所记梅酱制法，虽然有点小异，可是加紫苏的一点却是一致的。那么现行我国的梅干制法，乃是将这里白梅和梅酱的制法合并了制造出来的东西，那么源虽是出在那边，可是可谓青出于蓝的佳品吧。我国古来的文化亏负大陆的地方很多，可是加以修改作出优秀的我国的文化来却有很好的智慧，这就是在小小的梅干上也看得出来，实在是很可喜的。

（八）菜　脯

在中国没有听见过用盐加在米糠里腌的东西，泽庵渍这种东西的原本似乎也是没有。然而在萨摩地方（译者按：在日本南端，向来与中国闽广有往来），却有[1]与泽庵渍类似的叫作“壹渍”的异样的渍物，尝在那地方出身的人的家里遇着这种食

【锺校】

① 原无“有”字，今增。

物，觉得珍奇，问其制法，大略是萝卜盐腌日晒，放在簟上揉了又晒，揉了又晒，装在瓶里封好放着。想起来好像是传授了浙江或是福建那边的“菜脯”的做法。这在《八仙卓式记》(《故事类苑》饮食部食卓料理条下所引）里记清国人吴成充（像是船主）在船里招待金石衙门（像是通事即翻译）时的菜单，在“小菜八品”之中有菜脯，附有说明如左：

菜脯　在冬月将萝卜一切四块，用盐腌一宿，次日[1]取出晒干，放在簟上熟揉，又放入桶里，上边撒盐，次日取出照常的做，如是者四五日，瓶底敷稻草，搁上萝卜排好，再加稻草，同样加上几重，乃加盖封口，隔些日子取食，用法与此地的小菜相同。

这个制法比我所听到的壹渍的说明，还要说的委曲详尽，那么萨摩壹渍的所本也就明白的可以看出是在这里了。原来从前萨摩是介在琉球中间，把中华的事物种种传来日本的地方。明和年

【锺校】

①“日”原作“月”。

间（1764—1771）萨摩藩主岛津重擅长华语，著有《南山俗语考》五卷[①]，讲解中国语，刊本至今尚存。宽政（1789—1800）年间的《谭海》卷八说起“狗子饭”，便是将米装在小狗的肚里整个烧熟了，曾经盛行过这样的中国料理，也曾进呈藩主，所以那地方与中国事物的交涉相当密切，现在我猜想这菜脯的制法传到了萨摩变成壹渍的想法，也决不是牵强附会的吧。

与这个相类似的渍物在我内人的乡里山口县宇部市也有，叫作“寒渍”。其制法是把萝卜盐腌了晒干，用木槌打了再晒，打了再晒，等到扁平了装入瓶内贮藏。从前据说是用草席包了用脚踏的，其制品可以保存几年，在新的时候作浅茶褐色，日子多了渐渐变黑，软而且甜。这样制法与壹渍稍有不同，其归趋则一，是传来的萨摩制法呢，还是别有所本呢，未能详知。但这也是一种菜脯，我平常很喜欢吃，常常从内人的乡里或是亲戚那里送了来，三十馀年未曾断过，这是寒厨的珍味，吃饭下酒以

【锺校】

① “卷”原作“本”。

及佐茶都常爱吃。年数浅的拿来切了，酱油加上酒或是凉开水制成一种汁蘸了来吃，咬去松脆，是酒肴的妙品。年月多了变成漆黑柔软甜美的，就是那么切了，也是佐茶的奇品，足以供利休的党人吃一惊吧。这里且将我“自家做的酱”（俗语：自己夸说自家做的酱），来做这腌菜谱的结束吧。

日本人谈中国酒肴[1]

◇ 1963.6.1

酒为天之美禄，百药之长，乃是从原始时代以来给予人间的最上的饮料。不单是人类，就是猿猴也享受这种滋味。在日本走到深山里去，听说往往有一种叫作猴酒的，中国四川云南的山地也有这种酒，称作猢狲酒或是猴儿酒，本地人欺骗猴子，取了来喝，有些故事载在清朝人的随笔《秋坪新语》卷十一和《蝶阶外史》卷四上边。日本万叶歌人大伴旅人的赞酒歌里，有一首歌道，“很是难看装作聪明的不喝酒的人，仔细看时似是

【锺校】

① 日本青木正儿原作。

猴子”，嘲笑那量窄的人，其实是连猴子还不如呢。但是道不同不相为谋，也不必去嘲笑那不会喝酒的人，这正如李白所说，“但得酒中趣，勿为醒者传”也就算了。

现今在中国通行的酒大概可以分别为黄酒与烧酒两种。黄酒可以比日本的清酒，经过年数愈多愈好，通称叫作老酒。烧酒即是日本的烧酎，俗称白干，所谓白乃是黄酒之黄的对称，大抵以酒的颜色得名，但是干的意义仍未能详。黄酒以糯米为原料，为南方人所好，烧酒乃是以粟或高粱为原料，是北方人所爱吃的东西。黄酒比日本的清酒大概酒精分量微弱，适于我辈的饮用，烧酒则比较琉球的泡盛还要猛烈，像我们这种虽然爱喝却是量不很多的人，便有点受不住了。烧酒以山西省太原的汾酒最为著名，盖是一种高粱酒。宋朝宋伯仁的《酒小史》里列举名酒当中，有“山西太原酒，汾州干和酒”这两种，原来汾州（即现今汾阳县，在太原的西南）是汾酒的出产地，干和的干与白干的干，恐怕在意义上有什么关联吧。又唐朝李肇的《国史补》卷下列举著名的酒中，也有“河东”（即现今山西）之“干和蒲萄”，可见这是很古就有名了。

清朝袁枚的《随园食单》里在茶酒单中，评汾酒的特性说得很有意思，他说：

> 既吃烧酒以狠为佳，汾酒者乃烧酒之至狠者也。余谓烧酒正犹人中之光棍、县中之[①]酷吏。欲打擂台非光棍不可，欲除盗贼非酷吏不可，欲驱风寒、消积滞，非烧酒不可。……如吃猪头、羊肉、跳神肉之类，非烧酒不可，亦各有所宜也。

所说跳神肉乃以白汤煮猪肉，盖巫在神前跳舞谓之跳神，此风据说现今尚行于满洲，其时供于神前的牺牲就称作跳神肉了。关于这个风俗，清朝礼[②]亲王的《啸亭杂录》卷九说的很是详细。据他所说在祀神三天以前，每天早晚将牲二头供神，而《随园食单》里白片肉这一条里，有“满洲跳神肉最妙”的话，可见跳神肉即是白肉，用白汤将猪整个煮熟的了。近人著《梵天庐杂录》卷三十七吃白肉一条里也说，满洲人尚吃白肉，前清时宫中朝贺时亦必

【锺校】

① 此处原衍“至”字，已删。

② “礼”原作“澧”。

用此肉。这样看来跳神肉乃是满洲料理，所以与满洲通行的高粱酒很是适合的吧。正是同一道理，关于烤羊肉有些内行人也是这样批评，在日本人中间不知是谁给起的，烤羊肉称作成吉思汗料理，乃是一种蒙古吃法，北京在前门外肉市的正阳楼以此出名。这是用柳木当柴，上设铁架，把羊肉浸在酱油虾油与韭叶混合的卤汁里，且烤且吃的，据说吃的时候假如不喝烧酒是吃不出它的真的味道来的。我从前在北京寄住时，曾经从旅行山西太原的友人得到一瓶汾酒，尝了来看，在不曾喝惯烧酒的嘴里只觉得非常猛烈，简直不懂它的好处何在。但是看了那种山西人喝烧酒的酒杯，却是很中意了。这是直径一寸许的小杯，后来到大同的石佛寺住宿的时候，借了来喝威士忌，便要了一个带回去了，心想用了这个斟上强烈的家伙，慢慢的舔，习惯了时那也别有风味吧。

属于黄酒系统的东西，以浙江省绍兴的酒为第一。现在是绍兴为老酒的真正产地，但是在清朝的中期以前，似乎还不怎么有名。就管见所及说来，在乾隆年间袁枚的《随园食单》上说，“今海内动辄行绍兴，然沧酒之清[①]，浔酒之洌，川酒之鲜，岂在绍兴之下。”这个品评算是最早的文献，照袁枚的口吻说来，是在这时候绍兴酒始崭[②]然露头角，此外竞争者也还不少，似乎还未足以称霸于天下的样子。到了嘉庆道光年间，梁绍壬著《两般秋雨庵随笔》卷五里说：“绍兴酒通行各省，吾乡（杭州）称之者直曰绍兴，不系酒字，可谓大矣。”称述它的盛行。又同时梁章钜著《浪迹续谈》卷四里说：

> 今绍兴酒通行海内，可谓酒之正宗，然世人往往嘲笑之，以为名过其实，与普通之酒别无不同，而贩路遍天下，远达新疆，正以为异。平心论之，其通行之故殆由别无他种之酒足与颉颃者，盖绍兴之人造之亦不能得此良品。其行于远方之理由，则由于对于远方特别发送佳酒，余在甘肃广西宦游中所经验之绍兴酒皆甚为味美，闻更至远方则愈益佳。

由此看来，在嘉庆年间起绍兴酒始以可惊的势力推广于各地，至于此机运俄然到来的原因，或者如梁

【锺校】

①“清”原作“请”。
②“崭”原作“斩”。

章钜所说的那样，由于一种商略，即运送优良品于外地的缘故吧。绍兴的水固适于做酒，但这事在以前原是如此，当然不是近来才有的吧。

绍兴酒的最上品据说是叫做“女儿酒”，即如《两般秋雨庵随笔》卷二的“品酒”条下，他先叙述在嘉庆十八年游云林寺的时候所尝到的山僧酿造的陈酒之美，随后又说：

> 此外当推山西之汾酒潞酒，但是强烈不为南人所尚，于是不得不推绍兴之女儿酒矣。女儿酒者，在其地女子生时酿此酒，出嫁时始开坛用之，以是各家秘藏决不卖于人。平常称作女儿酒，用花坛满盛出卖之酒皆赝物也。近来酿此酒之家亦渐少矣。

《浪迹续谈》卷四亦云：

> 绍兴酒之最佳者名女儿酒。相传富家生女，即酿酒数瓮，俟其女出嫁时与之，已经过十许年矣。其瓮大率施以彩色模样，称为花雕。近时多有伪作，以凡酒装入有花样之酒瓮，用以欺人。

现今说绍兴酒的上等者，莫不推举花雕，成为常识，其由来实如上所说。但是现在所谓花雕已经没有真的女儿酒，而且就是这样的叫也并无此等意思了，可是酒瓮却是照例有那彩色模样。实在这种风气晋朝已经行于南方，也不是在近代在绍兴才有的。晋朝嵇含著有《南方草木状》，记录现今的广东广西以及印度支那方面关于草木的见闻，其卷上说南人有女子到了几岁的时候，大量酿酒，装瓮内埋藏地[①]底，等到女儿出嫁时候拿出来供应宴客，叫作“女酒”。袁枚的《随园食单》里也说在江苏溧水县有这种风俗，但是在那地方这叫作什么酒，却没有说及。

【译者附记】上面引用的中国书籍，因为手边没有原书，所以没有抄录原文，却是转译出来，写作文言的。花雕现在是绍兴酒的通称，但是这只行于外地，在本乡是不通用的，范啸风著《越谚》卷中饮食项下，老酒下细注里有云：“又有花雕酒，其坛有花，大倍于常，娶聘时无论贫富皆所必用。”平常酒坛是五十

【锺校】

①“地”原作“池”。

斤装，花雕则是一百斤，四面有些浮雕，用的时候另用彩油描画，男家送给女家用的，通常是两坛，但是这种风俗大约在民国就废止了。花雕里的照例[①]只是“凡酒”，因为那时谁也没有把这些礼物当作贵重东西的。

讲起往年我游绍兴的时候，曾经有过三个愿望。其一是看那唐朝的贺知章从玄宗得来的镜湖，其二是探明朝的徐文长住过的青藤书屋的遗迹，其三是喝最上品的绍兴酒。但是其一因为我的认识不足而失败了，走去一看并没有湖，那湖是早已干了变成了田，只有地名留着罢了。其二是因为信任《两般秋雨庵随笔》的说法[②]，说是在城东的曲池，走去看时曲池的确是有的，可是没有书屋的遗迹。寻问当地的故老，才知道完全错了方向，乃是在水偏门内前观巷的陈氏宅内。至于其三，虽然当时已经断望，觉得难喝到真的女儿酒，可是幸而得喝着了可以与这相匹敌的陈酒了。

【锺校】

①“例”原作“律”。

②“法”原作“话”。

大正十五年（一九二六）我在作第二次的江南春游的时候，从普陀山经由宁波而入绍兴，那天晚上就出去搜寻酒家。可是在旅馆近傍就有叫作章东明的一家酒铺，据从上海友人家里借给我的那个仆人兼翻译的话，说这酒家在上海也有分店，是颇有名的。于是随即登楼，店里备有酒菜①，乃是很小的虾用酱油干煮，以及带壳豌豆油盐瀹熟的，此外的菜可以到外边去叫。我就根据常识叫拿特别上等的花雕来，菜也适宜的叫了。先用碧绿的豌豆和黑色的小虾开始喝酒，酒很芳烈浓厚，酒味之美为从前在北京上海都没有尝过。酒菜很适口，愈加增添酒味。在这前一年里曾在北京的一家饭馆里，陪了狩野先生参加过一次北京大学教授们的招待宴，有一个绍兴出身的某君保证说，这里的酒在②北京要算顶好的，所以特地为我挑了这家饭馆，可是拿来与新尝到的章东明的酒相比，觉得似乎更要单薄些的样子。绍兴人说，在本地的酒还不及到北京来的好，这样的话也在这席上听到了。这个盖正同日本

【锺校】

①“菜”原作“业”。

②“在”原作“是”。

的说法一样，说伊丹的酒经过远州滩的风浪，摇动了好久，未到江户就变好了，其实是船户在途中偷酒吃，灌进了水去，所以酒就显得柔和了，都是同样的隐藏着一种欺骗行为吧。在日本偷酒的方法，将木桶的竹箍稍为落下一点，那里用锥钻一个眼，偷取之后再将杉木筷子钉好空隙，又将竹箍照旧弄好。以我的经验来说，利用空酒桶腌菜类，就可发见那样的痕迹。中国也有同样的用锥刺瓮取酒，随后将水灌进去，假充花雕的事，见于《浪迹续谈》的绍兴酒这一条里。

【译者附记】 这里青木氏说的不很清楚，仿佛北京大学招待宴的时候有一个绍兴人在场，这里应该申明，招待狩野青木当是留学京都大学的人们的事，所以绍兴出身的某君并不是我，至于那是谁呢，因为本文里不说明，所以也不能知道了。

在这个时候和没有文化的通译对饮，很是无聊，便先给他吃饭，叫他回旅馆去了，独自慢慢的喝着酒，心想一定还有更好的酒吧，把这意思告诉了堂倌，店伙出来说道，有是有的，但是现在却拿不出来。问叫作什么名目，在我的笔记本上写道“善酿”。这边所要求的当然是这善酿，可是单说给这种普通名词觉得不满足，大概别有什么风雅的名目，这样追问下去，他在笔记本上写的是这十几个字：“顶好善酿，二等甚酿，三等花雕。”并且说明现在所喝的便是甚酿，简直不明白是什么意思，心想或者是审酿的假借吧，这样的想也就罢了。总之我所喝的，乃是比花雕（即女儿酒）的赝品更高一等的酒。有点醉起来觉得高兴，听了讲酒的话更是高兴了，就点了一种菜。这乃是虾球鸡腰，据商务印书馆所编集的《中国旅行指南》说，这是绍兴的著名料理。店伙并不知这样的东西，但是据他所说，这里的主人很知道绍兴的事情，现今出门去了，等他回来了且问他去。又说我若是明天能来，就拿出善酿来等着。于是我便约明天再来，醉步蹒跚的回旅馆来了。

【译者附记】 范[1]寅的《越谚》里记载着："老酒，在家名此，出外曰绍兴酒。大抵饭[2]多则力厚味醇，曰加饭酒。加饭则加重，可运京不坏，曰京庄酒，内地运粤路更远则双加重，名广庄酒。"普通在市面上的名称，则因酒的颜色计分两种：一曰竹叶青，色青微黄；一曰状元红，色黄赤，本地人不很喜欢它。这是从前的情形，直至民国初年，大约是一九一四年左右，才有一种所谓善酿酒上市，那时我还在绍兴城里，买了来喝，觉得味稍醇厚，无非就是加饭则力厚味醇罢了，但是有点甜味，不是什么上品。善酿这个名称乃是当时的一种商标的名目，店伙在笔记本上所写原是不大可靠，不但所谓甚酿不知道原来是什么了。《旅行指南》上说的虾球鸡腰，也是"海派"的东西，从前不曾听见过，大概是专门为的欺骗旅行的外地人而创造出来的吧。虾球原是有的，如本文里所说，乃是一种北京所谓高

【锺校】

①"范"原作"苑"。
②"饭"原作"饮"。

丽炸的东西，里边用一点虾仁。鸡腰也是绍兴的名菜，因为那里常把雄鸡阉割了养作“刬鸡”，所以市上有鸡腰这东西出售，味道也很不错。可是却没有把这两样便是虾仁和鸡腰弄在一起的，而且虾球乃是油炸，鸡腰禁不起猛火，这真是卤莽灭裂的做法了。但不知道这种吃法现在还有否，因为青木氏写这篇文章已经是十八年前，现在距离他游绍兴的时候正是三十八岁了。

第二天游览回来，叫通译在旅馆里用饭，我独自走到章东明酒店里。那店伙立即上来，说做那料理的店是知道了，但是路很远，做起来又很费工夫，在今天里来不及了。那么明天晚上也行，就叫他做一份来，今晚便斟酌叫些下酒的菜好了，店伙答应着下去了。过了一会儿堂倌把所谓善[1]酿和照例的小虾与带壳豌豆送了来，慢慢地喝着，比昨天的更是浓厚，倒在酒杯里几乎要满出来，芳醇且

【锺校】

①“善”原作“珄”。

美，的确可谓善酿。那个店伙第二次上来，据主人说，那样菜特别定做，分量非常的多，一个人无论如何是吃不完的，这样也不妨事么？好吧，就尽量的吃了来看吧，给我定做好了，我就这样约言定了。我称赞善酿的好，问这贮藏了几年了，答说是三十年。我再问在这里有贮藏着更陈的酒的店铺？说是再也没有了，听说在杭州有人家藏着一百年的陈酒，但是却没有看见过。随后再说了两三句客气话，他就下楼去了。昨天的酒和今天的酒都很容易醉。我的酒量是在北京可以吃三斤老酒，在这里也是这个打算，可是觉得很是好吃，昨天喝了三斤竟尔大醉了。中国的一斤不到日本的三合，通译不会喝酒，只吃了两三杯，那么我是喝了有八合左右。普通老酒比起日本酒来，酒精成分大抵要少一点，这个酒却似乎和日本酒差不多一样的强，所以在那一天便只要了二斤就算了。

第二天晚上终于把虾球鸡腰定做来了。这是装在好几个人吃的“生鱼裹饭”的大盘里，像蓬莱山似的放着一大块的“天麸罗”（油炸东西），看了不禁惊异。仔细看时，这是去了皮的小虾的球，在天麸罗的立体当中散乱充满着，而这通过了蜡包的半透明的外壳——这用普通所称的“衣”似乎不适当了，——看去很是美丽。而且这也并不是散乱着，宛然像是从盘底里喷出来的样子，都是向着上方取飞跃的姿势，在上边的或可说是乘着浪头的飞鱼之群吧，或者看[1]作因潮涨而惊起的海边的小鸟，又或者在鱼群中落下炸弹去，会出现那种的奇观的吧。所谓鸡腰，在那里边有没有，这却没有记忆了。吃了看时，外壳嚼着，好像在嚼仙台地方的“葭饴”（原注，把糖稀冻了来做，是仙台附近大河原的名产）似的瑟瑟作响，就粉碎了，可是葭饴碎了粘在牙齿上，很是不愉快，这却就此融化了。盖是北京所谓“高丽炸”之类，乃是用豆粉即是从绿豆取得的淀粉做外壳的天麸罗，这或者是用杭州西湖名物的藕粉所做的吧。做天麸罗的艺术到了这里，可以说是达到极致了。这天的菜除此以外，吃饭时只要了一个汤，就只是贪吃这个佳肴，好容易也不过吃得大半罢了。于是我就把从龙宫里喷上来的虾球这样珍馐吃个满腹，从仙洞涌出来的善酿喝

【锺校】

①“看”原作“有”。

得烂醉，更没有什么遗憾，到第二天早上欣然的往杭州去了。

我所赏玩的善酿，据店伙的话，是三十年的陈酒，这里算是有些虚假，打个对折也罢。这在日本从前也是这样，中国早婚的在十五六岁便已出嫁了，有十六七年陈的酒那么算作“女儿酒”也就可以了吧。关于酒虽然似乎是不大行，可是十分讲究吃的袁随园在《食单》里讲过他的酒的经验，记着所遇见过的陈酒，有常州的兰陵酒是八年，苏州的陈三白酒是十多年，溧阳的乌饭酒也即是女儿酒是十五六年以上。《两般秋雨庵随笔》的著者自称是三十年来沉迷于酒的酒徒，其品酒一条所记三十年间曾遇见过三种好酒：第一次是只有五年的陈酒。第三次是六年的陈酒。第二次乃是特别的陈，藏了有二十年，却把它忘记了的陈酒。年代久了并不是好酒唯一的资格，可是陈酒的难得遇见有如此者。那么像我那样，就是章东明店伙所说有十五年的虚假，可是能够有此幸运的遭遇，总不能不满足了。本来也有人说喝过一百年的陈酒，这样自夸的故事也曾经在书上看过，也听内行人说过。例如郝懿行的《证俗文》卷一里边，记着在他的岳母王氏家里，藏有康熙元年（一六六二）所酿造的酒，给他喝到了，其色如漆，用新酒掺和了喝，其味甘馨，盖已经过了一百二十年了。（按，此系郝氏在乾隆年间著书时的话，若是现在说起来，则已是整三百年前了。）那样珍贵的酒无缘落到像我们这样的过路流浪人的嘴里，也不曾梦想过。只就随园所记的十五六年以上的女儿酒来说，打开坛来只剩了一半，《两般秋雨庵》所记藏了二十年忘记了的陈酒，也是减了半坛。这是因为水分给坛的内壁所吸收，发散于外部的关系，原是当然的事，但是据《两般秋雨庵》说，其色香俱美，但是味淡了，用好的新酒掺上四分之一，就香气特别发达，质地浓厚，胶着于杯底。年代多了，味道更是甘美，那是理所当然，不过没有变淡的理由，大约这或者原来是淡酒的缘故吧。随园评女儿酒说，其味甘鲜，口不能言其妙，非常称赞，这是当然的事。日本酒放在葫芦里搁着，渐渐的分量减下去，过了一二个月颜色变成了茶色，浓厚有粘性，甜味也加强了。从前酒可以自由得到（按，此指战前，文章写于一九四五年的冬天，其时酒还是配给的）的时候，我往往在书斋的柱子上挂着这种壶芦[①]制陈酒，困倦的时候便倒一两杯来喝，是非常巧妙的方法。壶芦吸收很快，只要过半年便减成一半了。《浪迹续谈》里曾利用这个现象，作为一种方法，不要打开酒瓮，只从外边来鉴别酒的好坏。他说："凡辨酒之法，以坛轻为贵。盖酒愈陈则愈敛缩，甚有缩至半坛者，从坛旁以椎敲之，真者其声必清越，伪而酒败者其响必不扬。"这样试法可以说是很有道理的。

绍兴酒新的时期味道有点酸，为了解除酸味的缘故，加进一点石灰去。这件事从古以来就成为对于灰[②]酒的非难之点。如[③]《浪迹续谈》里说：

> 今医师配药用酒时，必指定使用无灰酒，一般皆谓唯绍兴酒中有石灰。近以此事问诸绍兴人，曰不然，绍兴酒内不曾有灰，倘有用灰者亦只因酒味将变，以灰制止之，并非常法。辨解甚力，此言当是实情[④]。

【锺校】

① "芦"原作"庐"。
② "灰"原作"非"。
③ "如"原作"为"。
④ "情"原作"性"。

但是那不过是绍兴人的强辩，我曾托了上海的友人送过一坛来，明明有灰混入。又在北京时因患肠病，就诊于日本医师。问喝酒么？答说晚酌时用绍兴酒，医生注意说："绍兴酒里加有石灰，不惯时往往要坏肚子。"绍兴酒里加入石灰，我认为这是俨然的事实，但是那也是一点点罢了，只要安放酒瓮，就都沉淀到底里去，静静的酌取，是没有什么妨碍的。在日本的熊本地方也有叫作阿久毛（按：此为灰持酒的简称，灰持原义是含有灰的意思）的酒，据先父的话这是加灰防腐的，年数久了便变成红色，甜味也增加了，很是好吃。我在第五高等学生时代叫它做红酒，时常买了还不大很红的便宜货来喝，可是也比普通的清酒甜味要强，很是适口的样子。我有过这样经验，所以关于绍兴酒里有石灰这件事，一点儿都不出奇。但是听说有一年，在宇治的雅游中喝了绍兴酒的石灰的事，却使我吃惊了。这是以前的大正十一年壬戌之秋某月既望，说是正当东坡游赤壁之岁，大家推戴了长尾两山先生，到宇治的万碧楼什么地方，举行赤壁会。我也收到帖子，可是因为不喜欢赶热闹所以不曾去，但是后来听人说，那时绍兴酒和食品都是从那里定购来的，弄得很是考究，可以说是盛会。但是那绍兴酒，却是成为问题。一个人问我说：“那酒是非常的混浊，这是什么缘故呢？可是也都喝了，绍兴酒是那个样子的么？”我听了，不禁大笑。想起来，这是在宴会之前刚从京都运来，因为摇动了石灰，以致变混浊了，或者是从坛里取酒时太过粗暴，所以底下沉淀的石灰泛上来的缘故吧。在这清游里配上了浊酒，东坡听见了，一定要写一首嘲笑的诗吧。——有点醉了，快使酒性骂将起来了，就此搁笔了也罢。

吃茶（三）

◇ 1964.1.27

吃茶是一个好题目，我想写一篇文章来看。平常写文章，总是先有了意思，心里组织起来，先写些什么，后写什么，腹稿粗定，随后就照着写来，写好之后再加一题目，或标举大旨，如《逍遥游》，或只拣文章起头两个字，如《马蹄》《秋水》，都是。有些特别是近代的文人，是[①]定了题目再做，英国有一个姓密棱的人便是如此，印刷所来拿稿子，想不出题目，便翻开字典来找，碰到金鱼就写一篇金鱼。这办法似乎也有意思，但那是专写随笔

【锺校】

① 此处原衍“有”字，已删。

的文人，自有他一套本事，假如别人妄想学步，那不免画虎类狗，有如秀才之做赋得的试帖诗了。我写这一篇小文，却是预先想好了意思，随后再写它下来，还是正统的写法，不过因为觉得这题目颇好，所以跑了一点野马，当作一个引子罢了。

其实我的吃茶是够不上什么品位的，从量与质来说都够不上标准，从前东坡说饮酒饮湿，我的吃茶就和饮湿相去不远。据书上的记述，似乎古人所饮的分量都是很多，唐人所说喝过七碗觉腋下习习风生，这碗似乎不是很小的，所以六朝时人说是“水厄”。我所喝的只是一碗罢了，而且他们那时加入盐姜所煮的茶也没有尝过，不晓得是什么滋味，或者多少像是小时候所喝的伤风药午时茶吧。讲到质，我根本不讲究什么茶叶，反正就只是绿茶罢了，普通就是龙井一种，什么有名的罗岕，看都没有看见过，怎么够得上说吃茶呢？

一直从小就吃本地出产本地制造的茶叶，名字叫作本山，叶片搓成一团，不像龙井的平直，价钱很是便宜，大概好的不过一百六十文一斤吧。近年在北京这种茶叶又出现了，美其名曰平水珠茶，后来在这里又买不到，——结果仍旧是买龙井，所能买到的也是普通的种类，若是旗枪雀舌之类却是没有见过，碰运气可以在市上买到碧螺春，不过那是很难得遇见的。从前曾有一个江西的朋友，送给我好些六安的茶，又在南京一个安徽的朋友那里吃到太平猴魁，都觉得很好，但是以后不可再得了。最近一个广西的朋友，分给我几种他故乡的茶叶，有横山细茶，桂平西山茶和白毛茶各种，都很不差，味道温厚，大概是沱茶一路，有点红茶的风味。他又说西南有苦丁茶，一片很小的叶子可以泡出碧绿的茶来，只是味很苦。我曾尝过旧学生送我的所谓苦丁茶，乃是从市上买来，不是道地西南的东西，其味极苦，看泡过的叶子很大而坚厚，茶色也不绿而是赭黄，原来乃是故乡的坟头所种的狗朴树，是别一种植物。我就是不喜欢北京人所喝的“香片”，这不但香无可取，就是茶味也有说不出的一股甜熟的味道。

以上是我关于茶的经验，这怎么够得上来讲吃茶呢？但是我说这是一个好题目，便是因为我不会喝茶可是喜欢玩茶，换句话说就是爱玩耍这个题目，写过些文章，以致许多人以为我真是懂得茶的人了。日前有个在大学读书的人走来看我，说从前听老师说你怎么爱喝茶，怎么讲究，现在看了才知道是不对的。我答道：“可不是么？这是你们贵师徒上了我的文章的当。孟子有言，尽信书则不如无书。现在你从实验知道了真相，可以明白单靠文字是要上当的。”我说吃茶是好题目，便是可以容我说出上面的叙述，我只是爱耍笔头讲讲，不是捧着茶缸一碗一碗的尽喝的。

母亲的味道①

◇ 1964.7.1

广告宣传上有一句话，“卡耳庇斯”是初恋的味道，我却说是母亲的味道。（案：“卡耳庇斯”即酸牛奶加钾，乃取钾与乳酸性饮料二字拼合而成。）

我在小的时候和母亲分别了。不是父母离了婚，乃是因为家里穷，所以寄养在亲戚那里。到了小学五年的时候，才回到母亲那里同住，细细的看见了母亲的脸。那个母亲和这小孩的我在梦里所见、纸上所画的母亲似乎不同，乃是一个穷人的主

【锺校】

① 日本加太洁二原作。

妇。额角突出，身体瘦弱，个子矮小，很是可怜的样子。母亲是贫穷武士安藤某的长女，二十二岁嫁到父亲这里来的。此后过的是非常穷苦的生活，简直没有吃过像人吃的略为阔气的东西。我回来同住以后，亲自做菜给我吃，这样那样全都是很咸的穷人吃的菜。做菜是要凭了经验才做得来，没有吃过好菜，就没有做出好菜来的道理。

母亲是生来的穷命。这是当然的，大半世都跟着我那酗酒胡闹的父亲在一起，平常为了一分二分钱的事情，常闹意见。有时候看见母亲买了零食来了，便伸手出去，说也给我一点吧，拿出来的乃是煎饼的碎片，便大失所望了。

母亲不知道装饰的事情。什么书画装饰当然不知道，不会得插花，连自己的头发什么也不修饰。不是因为没有这个意思，所以不做，因为要这样做，便要另外多花一分钱，这是没法子办的。交通工具也就竭力避免，如是可以走了去的地方，总是一直走了去。说坐电车是要晕的，常以此为口实，其实是可惜电车费实在是比晕车更要重要吧。昭和十七年（一九四二）三月我住在新宿户冢地方，母亲从小岩远远的看我来了。这时候我的长女刚才出生不久，母亲为得要看孙女，便坐了向来不大坐的电车来。晚饭请她吃的什么已经忘了，但是那时她的身体已经很是衰弱，所以我送她到了小岩。半路上她说是有点累了，就在上野广小路的永藤餐馆稍息。我问她吃些什么，她说道：

“什么叫做卡耳庇斯的，我想喝一回看。这名字我是知道的，却是没有喝过卡耳庇斯这东西。”我于是叫了一杯热的卡耳庇斯和咖啡。母亲一口一口的很珍重的喝着，并且喜欢的说：

“这样好吃的东西我是第一次喝着。过岁时，再给我喝一回吧。”

在这一句话里边，母亲的穷苦的一生可以想见了。就在那年的秋天，有肺结核的母亲因为结核菌侵犯了喉头，什么也不能吃而死了。死的地方在扫帚梅乱开的小山一座疗养所里，母亲所随身带着的古旧的钞票夹里，有着一元多的零钞，以及一张旧的明信片。这是她在龙泉寺町给人家当保姆的昭和五年（一九三〇）时候，我受了父亲的吩咐向她借钱的明信片。当时我走去找她，她将钱给了我，可是那明信片却像抱着小时候的我似的，放在钞票夹里带着一直到死。

我不能给母亲再一次喝那卡耳庇斯，一直到现在很是难过。

【译者附记】 加太是现代作家，一九一八年生于东京，现以文笔为生。

闲话毛笋

◇ 1964.7.14

看见报刊上写少数民族生活的文章，觉得很有意思，特别是在西南方面住在寨子里的，似乎比西北住在穹庐里更有趣味。我于这两方面都没有去过，所以不知道实在情形，但是推想起来，寨子内外应该富有竹木，这便使生长南方的我感觉亲近。小时候读一篇《黄冈竹楼记》，文句全然不记得了，但这竹楼的影子却一向追逐着我，心里十分向往，及至后来看见写傣家生活的文章里也有竹楼，便又勾起我的联想来。即使这竹楼是底下养猪，上面住人也罢，也并不妨事，因为这种竹木的构造是我觉得喜欢的。现实的竹楼与古文里的黄冈竹楼或者距离得颇远，也未可知，但是总之是用竹子所做的，那么近地一定也多竹木禽虫，不像是一带的草地沙丘吧。并且因了竹子，便联想到各式的笋，这便是我写这篇文章的原因，俗语云，“花不如团子”，这是普遍的情形，原不独小孩子是这样的。

我在北京一直连续住了四十多年，中间没有回到南方去过，异乡的生活已经习惯了，但是时常还记忆起故乡的吃食来，觉得不能忘记，这大半是北方所没有的，虽然近来交通发达，飞机朝发晚至，不过只做不到可以寄递方物。主要的是食品里的笋，其次是煮熟的四角大菱、果子里的杨梅。清宗室遐龄著《醉梦录》卷上，《记莫疯子》中有云：

> 莫切崖元英行七，浙江山阴县人也，其人古[①]貌古心，不修边幅，见人辄跪拜不已，虽仆役亦然，以此人皆以莫疯子呼之。（案切崖盖亦是谐称，即七爷二字之转。）然其学问渊博，凡医卜星相堪舆之术，以及诗古文词，无不通晓，尤精于医，多不循古方，寓京师已三十馀年矣。诗不多作，曾记其一联云：“五

【锺校】

① 原无“古”字，今增。

月杨梅三月笋，为何人不住山阴？”其不克还乡之苦况，已露于言表。

莫疯子的两句诗[①]很能表现住在北方的越人的心情，李越缦的文章中也时常出现，如尺牍里及《城西老屋赋》也有提到。鲁迅在《朝花夕拾》小引里说得好：

我有一时，曾经屡次忆起儿时所吃的蔬果[②]，都是极其鲜美可口的，都是使[③]我思乡的蛊惑。后来我在久别之后尝到了，也不过如此，惟独在记忆上，还有旧来的意味留存。它们也许要哄骗我一生，使我时时反顾。

现在且不谈杨梅的事，只就笋来说一说吧。说起笋来，本来没有像杨梅的那样特别，北京人听到杨梅，一定以为就是覆盆子似的那种草莓，若是笋便不一样了，他们近来吃到冬笋，而且晒干的玉兰片则是向来就有的。不过这里要说的乃是新鲜的笋——毛笋，而这鲜笋与新杨梅一样，却是经

【锺校】

①“两句诗”原作“两诗句”。

②“果”原作“菜”。

③“使”原作“供”，馀不注。

不起转手的东西。冬笋和鞭笋还好一点，可以走点远路，若是毛笋、淡笋之类请它坐飞机也不行，它们就是从头不宜出行的，你若是要请教它，只有[①]移樽就教的一个法子。要说是怎么样的好吃法，那也是一言难尽，其实凡是五官的感受都是如此，借助于语言文字之末，是不大靠得住的。但是那直接的办法既是不可能，那么只好仍用间接的比喻的说法，好像禅宗和尚因人家问涧水深浅，觉得最[②]好的方法是将那人推下水去，就会明白，但是对方的和尚说不定疑心要害命，所以结果还只得用问答对付。我说毛笋好吃，不会把事情闹得这么严重，可是人家如说我的话不能了解，那么只得引用王阳明的诗句“哑子吃苦瓜”作解嘲，结果便是哑人作通事，白费气力，也正是没有法子的事哩。我觉得中国的大寺院里做的素菜，的确是很好的。我没有机会到这种清净地方去吃过饭，有过什么经验，只是一回在故乡的长庆寺里看见和尚们吃，有过这种感

【锺校】

①“有”原作“好”。

②“得最”二字原倒置，今乙正。

觉①。和尚们在吃饭之先念过一通经，才开始吃，在他们面前是一碗萝卜炖豆腐，觉得实在不错。当时虽然没得到口，但是在家吃过，所以知道，不过觉得在寺里所做的一定还更要好吃罢了。这种菜的好处特别是在萝卜里，因为它有一种甜味，容我们来掉一句书袋，这便是所谓肥甘，孟子说“为肥甘不足于口欤”那个肥甘。笋的好处也正是因为有这种甘味。中国古来文人多赞美笋，苏东坡便是杰出的一个，所谓参玉版禅的典故知道的很多，已经有点陈年了，而且也不能怎么说出笋的特色来，我在这里只想说毛笋的肥甘好吃，决不下于至今以东坡得名的猪肉。毛笋生得极大，报上有个净慈寺山门外的照片，其竹之伟大殊可惊人，平常毛笋之稍大的辄有一二十斤重，切开来煮可以称作玉版，不过我所说的乃是盐煮毛笋，当作玉版看未免不大莹洁罢了。毛笋切大块，用盐或酱油煮熟，吃时有一种新鲜甜美的味道，这是山人田夫所能享受之美味，不是口厌刍豢的人所能了解的。毛笋之外还有淡笋，

【锺校】

①“感觉”原作“经验”。

乃是淡竹的笋，似乎是单薄一点。笑话书里说有南人请北人吃饭，菜中有笋，客问是何物，主人答说是竹，客回家煮其床箦良久不烂，遂怨南人见欺，这里所说的似乎是指淡笋，因为若是毛笋当不能分辨是竹了。毛笋亦作猫笋，不知何者为正，今姑且写作毛字，因为觉得从猫字没有什么根据。

略谈乳腐

◇约 1965—1966

从前我写过一篇《华侨与绍兴人》的文章，说绍兴人到处乱钻，引过《越谚》里两句谚语为证，其一云：

“麻雀豆腐绍兴人。”原本有注云：“此三者不论异域殊方皆有。”其二云：

“长江无六月。”原注云：“越人皆有四方之志，不敢偷安家居，无六月者言其通气风凉，虽暑天亦可长征也。”绍兴人做酒，卖给普天下的客官喝，我想这是他们遍处钻的第一理由，有如徽州朝奉的带了茶叶走遍天下一样。绍兴人于做酒之外还会造酱，北方一带的酱园都说是由绍兴分设的，其他酱豆腐、糟豆腐及臭霉豆腐等，还有霉干菜，虽然绍兴人只叫干菜，不加霉字，其起源的地方也是绍兴，大概当初这些东西也由他们专卖的，那么影响之大盖可想而知了。

现在我们只来说关于酱豆腐类的事情。绍兴只称红霉豆腐、臭霉豆腐，其小者名棋子霉豆腐，术语则曰棋方，臭霉豆腐曰青方，红者不闻有什么名号。关于名称的争执，这虽然有点像阿Q，其实北京话的酱豆腐是不很妥当的，因为望文生义的看去，很像是说酱汁煮豆腐，不如说红霉豆腐的更得要领，但是一地的方言，而且文句太累赘，所以未能适用。现在通用的还是一种通俗的文言，称之曰乳腐，民间也叫作腐乳，查《国语辞典》也是二者兼收。它的出典查乾隆时顾张思的《土风录》卷五，引唐《国史补》说，穆氏兄弟四人赞、质、员、赏，时以赏为乳腐，言最凡固也。乳腐字见此。意思虽是不很明了，但可见由来已久，自唐宋以来已有此语了。

乳腐出自豆腐，豆腐虽然也是很平凡的东西，但是它的本性很是随和，可贵可贱的，所以一般穷人也都吃得，一面也有那做过宰相的人所供应的一品豆腐，里边百珍俱备，为文人们所津津乐道的。

但是乳腐可是无论怎样总是上不得台盘的了。我们在北京大小饭馆里吃饭，不记得有过在吃稀饭的时候，去要过一碟乳腐来过，若是要时恐怕堂倌也只报以轻蔑的一笑，说我们这里没有这个东西吧。

其实乳腐这一类东西本来只是穷人们所吃的，因为咸的东西很是“杀饭”，也写作“煞饭”，言其只用一点便可以送下许多饭去，所以乡民的副食物如霉豆腐，以及自制的干菜咸菜、霉苋菜梗、霉千张（普通话叫百叶）和市售的勒鲞淮蟹，无不极咸，这就是所谓食贫的滋味吧。咸菜到了明年秋后，渐由酸而变臭，称为臭咸菜，尤极珍重，苋菜梗粗壮者切段，腌藏发霉，极可下饭，俗称“敲饭榔心”，榔心即榔头，木椎安横柄，苋菜梗形似之，故有此名，亦可以见老百姓诙谐的一斑。上边所说的情形只限于钱塘江东边，若是西边那是杭苏一带，人民生活自昔称为繁华，口味亦更为和淡，且多加甜味，此亦是生活舒适之一证。我因为从小习惯，对于故乡一切霉的臭的食物都很喜欢，无奈路远不能致，北京也有臭豆腐，其原始或亦来自绍兴，但暑期中因怕生虫，暂时停制，这是很可惜的，其实在暑伏中吃白粥配以臭霉豆腐，乃是极妙的消暑法也。

果子与茶食

◇约 1965—1966

中国称点心为茶食，日本则名为果子，普通又加添一个御字曰御果子。这本是女人说话的口气，但是现在已成通行的习惯，即茶饭亦称御茶御饭了。其实当初所谓果子即是说水果，古书《延喜式》（延喜年间所编，在中国唐末）里历举栗、柿、梨子、柑子等，后来模仿中国做米面的点心，名称还是照旧，只不过叫那些果物为“水果子”而已。中国式的点心大约做的很是不少，可是顶有名的乃是“八种唐果子”，根据《厨事类记》所列举的，是梅枝[1]、桃

【锺校】

① 此处原衍“亦”字，已删。

枝子（亦作梅子及桃子）、桂心、粘脐、饆饠、团喜、䭔子、餲餬，都是照汉字音读的，写的字也很麻烦。除梅枝和桃枝不可考以外，据后人的记录大略可以知道，桂心是一种和有肉桂细末的点心，这肉桂乃是从中国输入的。粘脐乃是面粉所做，用油炸过，底平，上边洼下一点，像是人的肚脐，从前在南京当学生的时候记得曾经买过，叫做金刚脐子，或者是它的后裔，不过乃是蒸的却并非油炸罢了。饆饠据唐朝的《资暇录》里说，因为蕃中毕氏罗氏好食此味，故以为名，似乎说的有点牵强，总之是记音的字，那是无疑的了。据《类聚名物考》里所说，系用糯米粉所作，扁平形如煎饼，明初的《琵琶记》中说赵五娘因年荒，只供给舅姑米饭，自己独吃米糠所做的饆饠，大概却是与窝窝头相似吧。团喜即是佛经故事里常说的欢喜团，本来印度据《涅槃经》说是用酥面、蜜姜、胡椒、荜茇、蒲萄、胡桃诸物和合而成，中国未必能够照样的做，或者只是仿仿元宵一类的东西罢了。䭔子是一种蒸饼，或者形作尖锥，《教坊记》里记苏五奴的话，所谓吃䭔子亦醉，很是有名的故事。宋朝书里称焦䭔，或曰宝糖䭔，特为脆美，恐怕也是油炸的。馅饳《倭名类聚抄》云，饼名，煎面作蝎虫形也，《齐民要术》里说用酥面油煎，然则亦是寒具之类。此外有饼馂馄饨等也是来自中国，却不算在八种唐果子之内，所以现在从略了。

自十二世纪起日本由军人执政，经过了一个很大的变革，唐朝文化的影响渐以减退，但是佛教势力却仍是旺盛，而且似乎更是扩张开来了。自此以后直到近时为止，国民生活与文化差不多都受着这个影响，由华丽转向简素，由浓厚转向清淡，就饮食也是如此。用鸡鸭肉臛为馅的饼馂馄饨全然不见了，不必说是酥面乳酪，便是用油炸的寒具作风的吃食也没有了，这在八种唐果子里几乎都是一样的做法。说也奇怪，现今的日本点心差不多全不用油，这是很特殊的。但是它也并不是完全摆脱了中国的影响，可以举出几点来说。

日本点心里最大的一类乃是馒头，这在中国说应当说是包子才对，因为那种替代饭吃的实心馒头在日本是没有的，它只是里边有馅，大约一个两三口吃的大小，看古代玩具吃馒头的小孩，手里拿着擘开的馒头，那里也是豆沙馅，没有什么鸡肉虾仁或是菜馅的。据说在十四世纪前半足利义政做着将军的时候，一个名叫林净因的中国人来到日本，开始做馒头，为盐濑馒头的始祖，一块招牌是足利将军给写的。林净因自称是林和靖后人[①]，但是梅妻鹤子的人不曾听说他有子孙，所以或者是做《山家清供》的林洪一家也未可知吧。看他的名字像是出家的人，但是他有后裔在日本，开着馒头店，说是二十九世了。盐濑馒头也没有什么特别，只是薄皮透明，个子很小，大概是故乡的"侯口馒头"的一类吧。

馒头没有什么别的花样，馅也只用纯净细腻的豆沙，可是外边的皮可以有些变化，有如葛馒头和荞麦馒头，乃是用葛根粉与荞麦面做外皮的。不过此外有许多饼饵之类似乎也可以归在这里，凡是用豆沙做馅，米粉做皮子的都是，虽然有种种美好的名字，这里为的说来太啰嗦了，所以不再列举。

其次是煎饼类，这是极普通的一种食品，无论什么人都爱吃的。其所谓煎实在乃是烘烤，用米粉和水，加上盐或是糖，摊成方圆大小各片，在火上

【锺校】

① 原无"后人"二字，今增。

烘成，或者流入有花纹的铁夹内，大形者有屋瓦那么大小，称曰瓦煎饼，吃时须用木槌敲碎吃，一个人也吃不了一片。也有小的像半截小指，那就是[1]另外一种名称叫作“雹子”了。在馒头与煎饼之间还有一种东西，也是极普通的，日本名“最中”，意译是中天的月亮，乃是用糯米粉烘成薄皮，与中国做蛋卷法相同，四周略高，两片相合，中装豆沙，样子很像是月亮。北京茶食有茯苓饼，仿佛意思相同，但是里边的百果仁太是复杂，有点吃五仁月饼的感觉了。

第三类是羊羹，用中国话说是“豆沙糕”。据说它的来源也是中国，从前上田恭辅说这是模仿中国古代的羊肝饼的，但日本羊羹店的传说则是说由于看见羊肉冻子而想到的，似乎后说未免牵强[2]一点，虽然从字面上看是对的。当初只是一种紫黑色的糕，后来加以改良，用小豆和糖做材料，制成了蒸羊羹，到了十七世纪后半从石花菜提炼洋菜成功了，就用了洋菜改作炼羊羹，因为这店是一四六一

【锺校】

① 原无“是”字，今增。

② “牵强”二字原倒置，今乙正。

年就有了的，所以说是创业有五百年了。以历史年代的久远来说，它和馒头是可以媲美的。馒头在中国一直存在着，羊羹则是没有了，但在这近几年中却又开始移植过来，在北京有个娶了一个日本点心店的姑娘的人，便来仿制，也相当盛行，但是在日本羊羹的原料是限于豆类，虽然也有栗子柿子，似乎都不甚适宜，中国的则有奶油可可等花样，而且加入果子露，变得过于复杂，失掉了原来的纯粹的风味了。

第四类是落雁，中国可以说是炒米糕，不过它的材料不是炒米乃是炒麦面罢了。据说这名称乃是因了“长生殿”这种点心而起的，“长生殿”是一种长方形的模仿中国古墨的样式，用炒麦粉装在木模子里印成的点心，白色的上面撒有几粒黑芝麻，后水尾天皇见了说道，这好像是稻田的落雁，后来就以此为名了。其实这两个字恐怕还是外国话的音译，因为朱舜水在日本所写的文章里面，称它为软落甘，明清杂书记松子海啰嵴的做法，这里三个名字大概就是一个东西吧。此外还有一种食品，汉字写作粔籹，俗语叫做米花糖，系用糯米或小米蒸过，俟干燥加入糖稀拌炒而成。此外或者也还有什么可谈的，但今悉从略了。

日本的点心从全体上看来，或者是佛教上来的影响吧，大抵是由华丽转向简素，由浓厚转向清淡，所以一般是不用荤腥，也绝少用油，就是像中国点心的那种起酥翻毛的皮也是绝没有的[1]。这是它的一种特色。但是自从维新以后这种情形也逐渐变化了，随着牛肉猪肉的盛行，西洋点心也逐渐侵入，风月堂首先创制“红叶山”，是一种日本式名字的洋点心，茶褐色径一寸的半圆形，中间有奶油的鸡蛋糕，这是在明治的末期的事情，只是才起头，到了现在是嚼口香糖、喝可口可乐的别一个时代了。——我在上边只说了“果子”一边，没有说及茶食，但是看了上面的文章，也可以得到一个比较吧，所以我说不说也是没有关系吧。

【锺校】

①“的”原作“了”。

日本的米饭

◇约 1965—1966

我们平常想像，以为东亚的人民是以米为常食，至少中国与日本总是如此，因为他们说进食总是说吃饭的。近来看日本牧田茂的民俗学书《生活的古典》，才知道这也只是城市里是这样，若在大多数的乡村那就是别一种的情形了[①]。据他所说，这也只是在“不平常的日子”里，就是说譬如新年、七月半、祭神的时候、端午节日，以及插秧这些时候，才吃米饭，正如在老百姓的社会里，这时才穿绸衣服一样。这不但民俗学的资料上是如此，且亦

【锺校】

① 原无“了”字，今增。

也有史证，在重病人的枕头边，把竹筒里的米摇给他听，后来说：“连摇米也没有效，这真是天命了。”山村里尽有摇米的传说，这或者多少有点夸大也未可知，但是米是多么贵重的东西，也就十分明显了。那么他们平常是吃什么的呢？吃麦饭倒是好的，日本的东北和九州、飞驒的山村地方，即在今日也还如此，乃以小米和稗子为主食，红薯是近来才进去的东西，其普及的径路还是清楚可考，这也就成为近代主食之一了。以著者亲自调查过的土佐的鹈来岛为例，民间主食就全是红薯，或煮或蒸，那是不必说了，也把它晒干了磨粉，和上些面粉，做成馒头，终年就吃这个，吃白米饭要算是节日的特别供应了。每日吃米饭，还是这次战争以来的影响，因为主食配给，由于食粮[1]不足输入外米，所以米麦混食，但这也是麦占八成，米只是二成罢了。

这是民间的情形如此，近来看到日本的大周刊，上面有些时髦的论调，主张吃面包，说吃米不

【锺校】

①“粮”原作“食”。

好，于智慧有关，仿佛日本之不能及美国，便是因为吃三顿米饭的缘故。因此社会上发生两句时新的口号，叫做反米派和亲米派，因为日本把美国称作米国，所以这有一种双关的意义，表面似乎说是反美，实在乃是说反对吃米。报上又征求过人们[①]的意见，赞否不一，但是应征的人都是些坐汽车住洋房的朋友，也只代表得中层以上的人，至于以外的广大的老百姓，原来不在他们的眼里了。从前有个文人名田口卯吉，深恨日本肤色是黄的，曾主张戴西式礼帽，以为便显得脸白了，现在农民还是吃着麦粞饭，却叫他们用面包当饭了。晋惠帝说饥民何不食肉糜，似乎同一路道，不过那是低能的皇帝，所以听见田鸡叫也要问是为公为私，后来也传为笑柄。日本知识阶级容易受外国的影响，在语言文字上表现得很显明，战败后十年来的文章有些几乎读不懂，即如这里亲米反米的话，用的倒不晦涩，只是未免有点轻佻了。

【锺校】

① 原无“们”字，今增。

陆奥地方的粗点心

◇约 1965—1966

粗点心这句话是日本文的译语，它的原文是驮果子，在日本儿童听来却是听惯了的熟语，有一种说不出的亲密之感。这个驮字本来是驮负东西的意思，因为雌马以及劣马不能上战场，只配驮货之用，所以用作劣等的意思用，如不好的作品也称为驮作。但是这驮果子虽然做的粗糙，比不上贵人茶客所吃的上等细巧点心，却是专门供给小孩的，平常手里捏着几个有眼铜钱，就可以买两个来吃，所以可说是儿童的恩物，和玩具（我们乡下称作耍货，俗语却叫嬉家生，读若平上平三声）是同一性质。但是这在别一方面，又是老百姓的食品，据说这是在日本东北地方，就是在宫城、福岛、山形、秋田、青森和岩平诸县，最为发达，原因是地方偏僻，气候寒冷，生活困难，冬季很长，每天除眠食以外没有娱乐，所以只好用了粗粮和糖稀，想尽办法做些经吃耐饥的食品，供给这个需要，这就是粗点心发达的大原因。但是在明治前半期，因了军国主义政治的影响，受到一种严重的打击，政府颁行苛刻的“果子税则”，对于用砂糖的点心征取五分的税，这使粗细点心都受到了致命的损害。当时有人要求废止这税，曾说：

> 不晓得是谁想出来的，等于一种恶戏，来妨害实业界的发达进步，特别是果子税则颇多疑义，真是太把点心业看得好欺侮了。很小的一所茶棚，或是一个可怜的老太婆，在拖鞋草鞋之外带卖①一点小孩的粗点心，一天里的买卖没有超过一角钱。从这样的有如风前的烛的人，也要征收每月一元有馀的税金，可谓不择手段的冷血汉了。

这税则开始于明治十八年（一八八五），一直维持

【锺校】

①“卖”原作“买”。

了十多年，经过好些请愿运动，这才废止了。

石桥幸作是仙台市舟丁桥头的石桥屋点心店的主人，专卖驮果子，前年曾发心作驮果子巡礼，走遍全国，访问驮果子的现状，做有两本书，叫做《驮果子的故乡》和《陆奥的驮果子》，便是这里所说的那一册。里边记各地现有的粗点心的做法等，今不细述，但择译其一节于左，题目是《骗骗女孩子的专称寺》，乃是属于山形县的：

我一个人嘴里叨念道，我的驮果子巡礼今年且以此为止吧，已经到了曾游的山形来了。这回已没有那样的感慨了，但是莫名其妙的总记念着专称寺（在山形市寺町）念佛会。在我心里想着的是过去搜集专称寺的“饴糖的马儿”的事，现在便是把眼睛张得像碟子那么大，也看不到饴糖的马儿了。就是那些从烟草袋里掏出夹杂着烟末的一分铜货来，把那马儿两匹两匹的买去的老大爷老大娘的脸也都看不见了。

今天是专称寺念佛会的逮夜（原为人死后荼毗的前夜，凡宗教仪式正日的前夜亦称此，诸人彻夜念佛）的日子，男女老幼都手里拿着念珠，在寺境里大殿里都是满员，现出极大的盛况。大殿有十丈多见方，周回都雕刻着中国的二十四孝图，在这一天里似与浮世的尘俗隔离，遨游于西方净土或是阿弥陀的极乐，充满着极其和平的气氛。在铺着黄莺叫声的地板（木板特地铺排，行走时发声有如鸟叫）的廊下跑着玩耍的小孩滑了跌倒，一会儿又滑倒了，叫唤“痛呀”之声连续不断。这痛呀又是和逮夜的语音相通［小孩叫“痛呀”（ilaiya）与“逮夜”（laiya）声音相像］，说是和这一天有相关联的。

不知道是谁说起头的，说“骗骗女孩子的专称寺，噼噼嘎啦嘎啦的光明寺”，这寺是属于一向（首创这一派的僧人）念佛宗的，在资格上是在最上郡村山郡的九十六个寺中的本寺，收入有寺领、年贡米、侯爷寄进米、佛供米等很是不少，是山形第一等富裕的寺。在那时代，驮马背着的有好几十匹，送到寺里来，为了表示这种气势，用饴糖做成三公分大的马匹，鞍上载着米的草包，两匹一对，装在贴着纱绫模样的纸的薄木片的小箱内，买给来上庙的人，这是无论如何总要买的。从前是有几十家的糖店，不知从什么地方聚集了来，在寺境内紧挤着摆摊做着生意。此外陈列着山形地方特有的驮果子，如阿官的笛子呀，小马的爪尖呀，牛蒡片和萝卜片呀，眼镜面包呀，以及大福饼等，常要卖一晚上呢。但在今天却看不到过去那样的气势了，饴糖的马儿也是很早就已经消灭了。

我在茫然的望着给风吹了聚集拢来的落叶，心里却在想着专称寺起源的悲哀的故事：“弥陀断罪的剑所及的本身，有什么五障可说呢。”留下这一首绝命词，关白丰臣秀次的侍女於今女史在京都三条河原刑场死去的时候，年纪才只有十五岁。於今女史是山形的侯爷最上义光的独生女，称作驹姬，被召为秀次的侍女，随后秀次因为触了秀吉的怒，于文禄四年（一五九五）的夏天在高野山命切腹自尽，秀次的妻子和其他三十几个的侍女，都一起处斩了。这时义光是在京都，对于毫无罪责的女儿的死不胜悲叹，想必有肝肠寸断之感吧。义光于悲痛不堪之馀，第二年回到山形，乃郑重的埋葬女儿，又为得祈求冥福的缘故，乃起造了这个专称寺。

我译了这节文章，把我对于驮果子的一点兴趣完全消失掉了，却叫我引起对于丰臣秀吉的感想来。这个搅乱东亚三国的魔王，简直是非人，他给与中国与朝鲜的灾害是不必说了，虽然统一了本国，但在“征韩”上却也给日本不少的祸害。尤其奇怪的，是他对于家族的关系，一方面是那么残忍的杀害他的大儿子秀次一家，可是又溺爱小儿子秀赖，很可笑的托孤于德川家康，正像是把一只肥小羊托付给大黑狼，结果只供他大嚼一顿罢了。我这里想不到大有作史论的样子，实在只因为文中讲起秀吉父子的事情，心想加点注解，差不意笔杈了开去，所以弄得有点非驴非马了。

肴核[1]

◇约 1965—1966

我们普通叫下酒的菜作酒肴（读若萨该诺萨加那），但据国学者所教，这只要一个肴字就已够了，这字读作萨加那，“萨加”是酒，“那”便是菜或鱼，所以连起来是说酒菜，但是现今说萨加那却多作鱼的意思讲，就因为在日本的酒菜是以鱼为主的了。这在四面都是海的国度里，是毫不足为异的，若在中国便以鸟兽的肉作为代表了。《诗经·大雅》“既醉”篇云：“既醉以酒，尔殽既将。”注云，殽，谓牲体也，即以供祭祀宾客用的牲畜的带骨的肉。

【锺校】

① 日本青木正儿原作。

殽与肴同字，这是说明和酒一同进上的食品，以肉类为主。又《大雅》“凫鹥”篇云：“尔酒既湑，尔殽伊脯。”脯是干肉，这是叙述将漉过的清酒送上去，连同干肉作殽，把酒肴限定在干肉这一点上，也是值得注意的。其次是《论语》“乡党”篇记录孔子的日常生活里边，说“沽酒市脯不食”。这是酒和脯都是自家制造，买来的东西以为不洁，所以不吃，也是酒脯对举的。由此可见古代的风气，似乎吃酒的菜总是主要用脯的，降至后代往往可以看出遗风。例如《后汉书》方术传说，左慈这个魔术家使用种种幻术，使得曹操出惊，其中记着曹操有一天带着士大夫百许人游于近郊，左慈仅携来“酒一升，脯一斤”，手酌劝百官，皆尽醉果腹，曹操觉得奇怪，叫去查看左慈所常去的酒店，那里的酒脯悉已没有了。这和日本下酒用鱿鱼，是仿佛相像的。

要是再略为阔气一点，普通便是用“炙”，这便是烤肉了，于是成功了“酒炙”这个熟语。《汉书》韩延寿传说，延寿得罪，在赴刑场的途中，吏民数千人慕其德共送之，老小围了他的车争进“酒炙”。《三国志》王粲传注引用《魏略》，说曹操的儿子曹植与文人邯郸淳初次见面，谈论古今文史政事，乃命庖人盛进酒炙。唐杜甫的《奉赠韦左丞丈》诗里嗟叹本身的不得意，说“朝叩富儿门，暮随肥马尘，残杯与冷炙，到处潜悲辛。”也都说及酒炙，肴本来并不限于炙，不过这总是代表的罢了。

且说下酒的东西，还有一种称作“核”的，与“肴”相并，称为“肴核”。古代在《诗经·小雅》“宾之初筵”篇里说，“肴核维旅”，据注里说是梅桃之属，这就是说有核的果实，与肉类并用作为下酒的东西。苏东坡的《赤壁赋》里也有，“肴核既尽，杯盘狼藉”，即是说的这个。这所谓核，使用鲜的与用干的，两样都有，但是近代的习惯却似乎是以用干果为下酒物居多。在宴会上，两样都有，鲜的叫做鲜果，当作果物看，干的称为“干按酒”，特别作为“按酒”即是下酒物。现在少为来在文献上征求一点证明吧。明代《七修类稿》卷廿一，说在元明时宴会上普通所上的菜的种类，是“五果、五按、五蔬菜，汤食五或[1]七”。这里果即鲜果，按即按酒，是下酒的东西，蔬菜是菜食，以上都是五品，汤食是羹或者烹煮的热菜，是五品或是七品。在元代朝鲜人所编的华语会话书《朴通事》里边，恰好举有例子，便把菜单摘录如下：

冷菜：（一）十六碟，菜蔬（没有列举品目）；（二）十六碟，榛子、松子、干蒲桃、栗子、龙眼、核桃、荔枝（这似乎是干按酒）；（三）十六碟，柑子、石榴、香水梨、樱桃、杏子、频婆果、玉黄子、虎刺宾（这是鲜果）。此外是烧鹅、白煠鸡等肉类八碟，这些都是属于按酒的吧。先用按酒及烧肉等听着音乐，吃酒两巡。烧鹅之类是炙是肴，干按酒和鲜果乃是核，两者并称就是肴核了。以后便逐渐是羹汤：

第一道，爊羊蒸卷。第二道，金银豆腐汤。第三道，鲜笋灯笼汤。第四道，三鲜汤。第五道，五软三下锅。第六道，鸡脆芙蓉汤。第七道，粉汤、馒头。这便是汤食七品。看这个菜单，便可知道所

【锺校】

① 此处原衍“者”字，已删。

谓干按酒者，非是果实或干果不可吧。此外在别的元代朝鲜人所编的华语会话《老乞大》（案语意不详）里，记着更是简单的一种宴会：

第一道，团窜汤。第二道，鲜鱼汤。第三道，鸡汤。第四道，五软三下锅。第五道，干按酒。第六道，灌肺、蒸饼、脱脱麻食。第七道，粉汤、馒头。这里是干按酒出于中间，还是上边先出冷菜的方式，和现在相近。但是与现今不一样，看了也很有兴会。凡是这样的民间琐事，在本国的文献上却是容易被人遗忘。

且说撮着干的东西吃酒，关于这样的事，记起在图画上边却看见过有这种场面。其一是现藏日本京都智恩院的什物，传说是明代仇十洲所画的《春夜宴桃李园图》。图上四个文人吟咏着诗，正在喝酒，桌上有几品酒肴装在高脚的盘上，可是在谁的面前都没有放着筷子，这显然是用手撮了来吃的，就是所谓干按酒吧。又一张则是明版戏曲的插画什么吧，已是记不得了，上面一个士人独自饮着，旁边站了一个童子捧着一个分作几格的，现今也有人用了装点心用的器皿，盛着种种下酒的东西，似乎在撮了饮酒的样子。这也是用干按酒喝着的一个例子吧。其次是用鲜果下酒独酌的图，登在《神州国光集》第二集上，即明代李仰槐的《蕉阴独酌图》。士人在院子里芭蕉阴下穿着一件汗衫，坐在竹椅子上，手里执着酒杯，边上[①]一个童子拿一个盘盛着桃子等果物，另有童子拿着酒壶立在后边。这种风俗也是古已有之，宋代的《清异录》“酒浆门”里，记着唐穆宗在临芳殿赏玩樱桃，其时西凉州刚进献蒲桃酒。又宋杨万里有《清明果饮》的诗，说用鹅梨雪藕与青梅加糖，用以下酒，总之这“果饮”已成为熟语了。

在日本似乎也以干的东西用作下酒的菜。平安朝时代（案公元九至十二世纪）藤原明衡的《新猿乐记》里说，“酒则浊醪，肴则炒豆”，此是滑稽文，所举乃平民的食品，但事实上炒豆也是很适于下酒，又镰仓时代的《建久三年（一一九二）皇大神宫年中行事》所记，“办事人等的酒肴，如政府所指挥，肴是毛豆”。这也是适合大众，宜于随便取食，最适于下酒的东西。所以古来称下酒的菜

【锺校】

①“上”原作“里”。

为“取肴”，便是放在一个容器里的肴，由各人取食，这个名称见于室町时代（公元十三四世纪）的《尺素往来》里边，云“可预备酒桶两三，香木攒盒，装满取肴”。用现在的话来说，便是装在木片的盒子里，势必得用干的东西了。据《当流节用料理大全》中“取肴类”所列举，是鱿鱼、烤乌贼、盐鲑、鱼子、腐竹、烤昆布、糟鲍鱼之类，大略可见了。在江户时代的中间（十八世纪上半）有一种称作“中酒”的风气，吃了饭之后再拿出酒来吃，在这种情形之下，自然是“取肴”更为适宜了。酒杯放在台子上，轮流的转，酒菜则放在适当的器物里，加上筷子也随着回转，众客受杯饮酒，夹取酒肴，用手撮食，这似乎是普通的仪式。我对于这些事情不很明白，就只是在有插画的书里，往往看到这样的情景，得以窥知一斑罢了。

鱼鲙①

◇约 1965—1966

《诗经·小雅》“六月”篇里，有“炮鳖脍鲤”的句子。脍即是日本的生鱼片（刺身），可见在周代前期已经吃鲤鱼的生鱼片了。可是这个脍字古来用肉字偏旁，后来才改用鱼旁，从文字改变上可以看出，古来主要的是生吃鸟兽的肉，后来似乎渐渐的多生吃鱼类的肉了。在《礼记》“内则”篇里，有“肉腥细者为脍，大者为轩”的话，注云：“言大切细切异名也，脍者必先轩之，所谓聂而切之也。”又“少仪”篇云：“牛与羊鱼之腥，聂而切之

【锺校】

① 日本青木正儿原作。

为脍。”这就是说，作脍必须将肉先切作小块，随后更细切作丝，这是日本生鱼片做成丝样似的了。所以《论语》的“乡党”篇里说孔子“脍不厌细”，就是喜欢切得碎的好。因为爱好切得细的，所以切的技术也渐渐进步，被称为一种妙技了。其状况往往如诗人之所形容，后汉的傅毅在他所作的《七激》里说道：

涔养之鱼，其脍鲤鲂。

分毫之割，纤如发芒。

散如绝縠，积如委红。

晋潘岳的《西征赋》里也说道：

饔人切缕，銮刀若飞。

应刀落俎，霍霍霏霏。

又傅玄的《七谟》里也说：

飞刀浮切，分毫解缕。

动从风散，委如霰聚。

宋苏东坡的《泛舟城南》诗中云：

运肘生风看斫鲙，随刀落雪惊飞缕。

这都是形容切的细而且快的样子。在日本的作鱼生，无论用了诗的夸张的修辞，到底也写不到那样。要是在日本，就好像是说切那鱼生的配菜如萝菔或独活那种情形罢了。若是萝菔那就容易切，现在是软的鱼肉却飞似的切成如缕的细片，实是可以惊叹的手段了。据说这里有一个秘诀，《酉阳杂俎》卷七里说，用鱼的腹部的脂肪，或是脑髓揩擦厨刀，切起肉来肉便不粘刀上云。

这样切的细丝似的鱼脍，是怎样的吃法的呢？据《内则》篇说是“鱼脍芥酱”，说用蘸了芥末吃最好。又说，“脍春用葱，秋用芥”，注里说道，“芥，芥酱也”。那么葱是怎样使用的呢？后文说生肉的脍及轩（薄片）的吃法曰，“切葱若薤，实诸醯以柔之”。便是把葱切碎了，浸在醋里吃，到了后世似乎更用“齑”来和了吃。代表的是《齐民要术》卷八里，载有“八和齑”的制法。其法系用大蒜、生姜、橘皮、白梅、熟栗黄、粳米饭、盐、酱八物，入臼中捣烂，更加醋稀释。据这书的注里说明，加入栗黄便成金色，谚云：金齑玉脍，甚为美观，似乎是用以和脍的理想的东西。一说云：金齑玉脍，是用柚子的黄熟的皮，切了一起加入。齑这东西不但用于鱼脍，就是别的东西也常一起吃用。日本古时训为“和物”，这实是和物的原料。这样鱼生的吃用，在日本奈良朝（公元八世纪）时代，大概也模仿中国这样的吃鱼脍，《万叶集》卷十六有歌云：

我愿意得到鲷鱼，
用酱醋拌了捣蒜，
但是水葱的羹汤就算了吧。

这里的鲷（案中国叫大头鱼）大抵是鱼生吧。蒜和酱醋比起上边的八和齑来更简单得多了，但是要领却是一样的。

说起鱼脍来，这在向来得着水的恩惠的东南地方，特别在吴郡算是名物，鲈鱼的脍最是有名了。这最初使得它有名的是晋朝的张翰，他是吴郡的人，仕于齐王，住在洛阳，厌天下多事，见秋风起，忽然想起吴中的莼菜羹鲈鱼脍，遂辞官归乡去了，见《世说》"识鉴"篇。其所谓鲈者并不是普通的鲈鱼，乃是鲇鱼的一类，为松江的名物。唐代的《南部烟花记》中载，隋炀帝时，吴郡献上松江的鲈鱼，帝云所谓金齑玉脍，东南佳味也。可是据《大业拾遗》说（《太平广记》二三四所引），此时献上的乃是鲈鱼干鲙六瓶，这种干鲙乃是切出鲙来就在太阳下晒干，密封瓶内贮藏，当使用时用水暂渍，完全同现做的鲙一样。这种鲈鱼鲙在八九月霜下的时候，取三尺以下的鱼作为干鲙，霜降后的鲈鱼肉如雪白，没有腥味。连晒干的鱼鲙也都做出来了，即此可以想见它的盛行了。宋朝的《春渚记闻》卷四云：吴兴溪鱼之美，冠于他郡，郡人有集会，必切脍相劝，其操刀者名为鲙匠云。这是一种专门的职业。又南宋《避暑录话》卷下里说，往时南方食品不行于北方，京师无切鲙者，梅尧臣家有老婢独能之，欧阳永叔等南方人士思欲食鲙，辄提鱼往梅家，梅有佳鱼亦必作鲙招诸人云。

以后查阅宋元明间的割烹书，都载着作脍的法子，但是似乎渐渐的不流行了，到了明代的《易牙遗意》，只载着“蟹生”一条，清初的《养小录》遂完全没有了。当时周亮工的《因树屋书影》中说，古代食物中不传者斫脍，想即是现今闽广人所作的鱼生吧。因此想见其时就是吴地也已没有，只有福建广东尚有遗风存在罢了。可是那也不像古时的脍那么细切，在《中华全国风俗志》里所载潮安地方鱼生的那样，切成厚约二分的薄片，浇上酱醋食之，与日本的吃法没有什么大差。这鱼鲙的终于废止的原因何在呢？想来或是由于元朝的征服者蒙古族游牧民的嗜好的影响也未可知吧？据说现今蒙古人很讨厌鱼类。假如是这样的，那么如为汉民族打算，这种味觉的没落实在是可悲的了。事情虽然不大一样，近年来几乎忘却了生鱼片的味道的萧然的我的食生活，不觉令我想起了这种事情。[1]

【锺校】

① 文末原署（一九五〇），当是青木正儿原作的写作时间。

普茶料理[①]

◇约 1965—1966

【译者按】 普茶料理这里可以译作素菜筵席，是日本黄檗宗禅寺里所有的一种素斋，乃是直接从明朝传过去的，与中国现代还有许多相同的地方。黄檗宗乃临济宗的一派，隐元法师俗名林隆崎，在福州黄檗山万福寺出家得度，明末避难到日本去，在京都宇治地方开山，建立了黄檗山万福寺，得赐号为大光普照国师，一六七三年卒，年八十二。《黄檗清规》卷四“住持章”里说，“当晚小参，常住设普

【锺校】

① 日本山路闲古原作。

茶，言普及一众也”。普茶只是普遍给茶的意思[①]，后来引伸于食物方面，作为设饮的意义了。虽然用的都是[②]素菜作料，但也模拟作为鱼肉，这正是与中国相同，从前北京有素食饭馆，用山药等物做成鱼翅等物，就是民间也还留存将豆腐皮作素鸡的方法，可见这是古已有之，至少在明朝的寺院里便是如此的了。

从在西之原的山崎获风翁得到通知，招赴普茶料理的会，正在供养梅若的大念佛（按其时为阴历三月十五日）时候。会场在东京青山北町的海藏寺禅寺，离青山四丁目的电车站不远，至今还留着海藏寺横街这一个地名，可见这似乎是向来知名的一个名刹。但是这寺也给战火烧掉了，已经看不见当时的面影，现在只有一栋临时修造成的大殿，再[③]也不像僧房，也不像客室的，宽阔的房间内用板壁隔开了，那里设了筵席。

【锺校】

①“意思”二字原倒置，今乙正。

②“是”原作“用”。

③“再”原作“在”。

客人还没有很到来。主办人矶谷紫红翁和一个客人正[1]在说着话。在他们说话中间走上前去招呼，紫红翁只说得一句：

“承蒙光临。”但是那一个客人却说道：

“日前是失了礼了。”端正的坐好了（按这是说在日本房间里跪坐着的时候致敬的意思）打招呼。看去有些面善，但想不起姓名来。老人的脸都是一样的打着皱纹，干巴巴的，倘若不是很有特色，名字同脸相不容易连结在一起，浮到记忆上来。

随后想到这个老人乃是有名的民俗学研究家，叫作永江维章，这是在过了三十分钟以后的事了。听见传说这人是大名（封建的诸侯）之后，但是叫作永江的侯爷不大听见过，想来或者是什么地方的大侯爷那里的家臣吧。紫红氏是金石碑文的大家，他这人显然是旗本（高级武士）的出身。这倒也好玩，隐退的大名和旗本来到古寺，烘着炭盆闲谈，不像是什么原子力的时代，却是古色苍然的。

这其间客人渐渐的到来，山崎荻风氏来了，森

【锺校】

①“正”原作“现”。

山太郎氏也来了，矶部镇雄氏也来了。一总到了十七八个人，这中间计花费了二小时，随后是分发了普茶料理的菜单，当日管办筵席的海藏寺住持也出来，给讲了一场关于素食沿革的说话。此后搬出来的就是称作黄檗的普茶料理了。

最初是叫作“澄汁”的小菜。在清汤里面有担子菌与生姜，此外加上百合花配一点青味。和尚说这里该有点甲鱼的味道，但是甲鱼是什么味道却不很知道，所以这是很可悲的了。

其次是大菜，麻腐与山葵。麻腐是将白芝麻磨了布袋滤过，随后凝结了做成的芝麻豆腐，与现成买来的切成块的豆腐不同，是很费些手脚做成的东西。在碗里边只放着四小块见方的东西，加上刚才擦下来的山葵末。这很是好吃，后来想起来，这大概是当夜的第一吧。

忘记早说了，最初拿出来的是日本酒，称作“药水”，便先慢慢的喝着，等候其次的菜上来。

其次的大菜是笋羹和飞龙头[1]。笋羹是咸甜煮

【锺校】

① “飞龙头”原作“飞头头”。

的笋，飞龙头就是照例的赛雁鹅（按赛雁鹅是一种豆腐制品，圆形径可二寸，乃以胡萝菔牛蒡及麻实，切碎杂豆腐中，可称是八宝豆腐，云其味似雁故名，京都大阪方面则名为飞龙头），同这个盛在一起，还有豆腐羹、豆腐皮、煮油豆腐、芋头、花椒芽，酱拌的和白醋煮的，也[1]分别不出是些什么，杂然的盛着。不愧为中国式，供应很丰富，但是太是贪吃了就怕肚子就要满了，所以大半只是看着算了，等着后面的菜。

其次又是大菜，叫做“油滋”。是拿海带和山药用油炸了的东西。将慈菇磨碎了再用油煎，就是家里的女人也常是自夸的做，这有点像鸡肉的味道。现在是把山药弄烂了，裹上面粉，一面包上海苔，炸了的时候一看很是像鳗鱼的蒲烧（按鳗鱼去骨叉烧，涂以作料，色焦黄有似菖蒲花故名），但是味道却没有什么。

“全是骗人的。这乃是骗人的料理呀。”客人中间有谁说这话，在旁边的做菜的住持听见了，便

【锺校】

① 此处原衍“不”字，今删。

答说：

“正是这样。普茶料理里的肉类都是骗人的东西。”他大声的回答，那说话的人不禁吃了一惊。

其次是小菜，叫做“云片”。这乃是所谓杂煮，胡萝菔、牛蒡、藕、木耳、银杏，而且照例加有骗人的猪肉。将蕨粉做成肥肉，瘦肉则是用面筋和豆腐皮所做，因为做工细致，所以十分相像。

最后是拿出饭来，叫做“饭子”。据说正式是应该用黄栀所染的黄色的饭的，但是因为俗人觉得如不是白饭，便不像是吃过饭了，所以才不用的。

“浊汁”就是黄酱汤，汤里的菜是香菇和炸豆腐，添菜是叫做“掩菜”的一种盐菜，此外也有泽庵渍（按此系将萝菔晒半干，用米糠拌盐腌藏，相传系泽庵和尚所创制，故以为名）及酱制的各种习见的小菜。用茶泡了饭，很快的爬进嘴里去，酒也慢慢的醉上来了。

“怎么样，觉得醉的很愉快吧？普茶料理这物事，实在是酒的味道是很好的。你中意了么？”山崎老人这样的对我说。我说道：

“贵吧。即使是素菜可是这样的给吃，算起账来一定是了不得吧？”老人像是训斥似的说道：

“不许说这种的话。不则声的吃了，不则声的回去，那就行了。”

吃完了饭就觉得没有事了，客人都陆陆续续的回去了。山崎老人说帽子不见了，在那里着急吵闹，随后却又找到了，戴了走出来到了青山大街上，这里是说忘记了外套，又回到寺里去。

客人里有谁说道：“天气暖和起来了。老头儿所以会把帽子不见，或是外套忘记了。”

“渐渐的要变成春天了。”

醉醺醺的又觉得春天来了，这个感觉的确是不错。也没有人说要喝梯子酒（接连的吃酒）的，的确是至极悠长的。走到涩谷，山崎老人和四五个人都分别了，我独自坐了到品川去的电车。回到家里，女人问道：

“怎么样，普茶料理？”我拿出菜单来给她看道：

“这就是菜单。”那是用石州的纸将四面都用胭脂染了，由矶部镇雄氏用美丽的钢板的字誊写的，上边写着紫香会主办，海藏寺援助。现在才知道这是个很少有的僧俗合同的趣味的集会。

【译者附记】 山路闲古是个科学家，现为学校教员，但是他的工作是研究古川柳，于今已经将有四十年了，所有著作据我所知道的，都是关于川柳方面的，有《末摘花百韵全释》《川柳岁时记》及《昨天今天》等。川柳是日本特有的十七字短诗之一种，而且又是专门嘲讽社会现象的，值得我们的注意，但因为生活风俗不同的关系，很不容易完全了解。这一篇是山路所写的随笔，附录在《川柳岁时记》里，所讲黄檗宗的素菜与中国有些关系，所以抄译出来了。